ullstein

Das Buch

Er ist immer auf der Suche. Nach Familien, die perfekt erscheinen. Er sieht jeden Riss in der Fassade. Er beobachtet sie, bis er die ganze Wahrheit kennt. Beobachtet jeden Schlag, jede Verletzung, kennt jede Wunde. Dann schlägt er zu.

Er nimmt die Familie als Geisel und ersetzt den Vater. Er will es besser machen, zeigen, wie perfekte Väter sind. Der echte Vater verschwindet spurlos. Die Fälle häufen sich. Nur die Polizistin Eva Flessner hat einen Verdacht. Aber sie ist lebensbedrohlich erkrankt …

Der Autor

Raimon Weber, geboren 1961, ist Schriftsteller, Hörspielautor und Medientrainer. Bei seinen Lesungen trägt der Autor die merkwürdigsten Methoden vor, wie man ums Leben kommen kann, und plaudert aus seinem Berufsleben als Autor. Schließlich treibt ihn die Recherche auf hohe Schornsteine und in die geschlossene Forensik, oder er lässt sich von Spezialisten vor Ort über die Entsorgung amputierter Gliedmaßen aufklären. Raimon Weber lebt in Kamen. Mit seinem Thriller *Eis bricht* stürmte er die E-Book-Charts.

Besuchen Sie Raimon Weber auf seiner Homepage
www.raimon-weber.de

Von Raimon Weber sind in unserem Hause
bereits erschienen:

Eis bricht
Kuckucksmörder

RAIMON WEBER

KUCKUCKS-MÖRDER

THRILLER

Ullstein

Besuchen Sie uns im Internet:
www.ullstein-taschenbuch.de

MIX
Papier aus verantwortungsvollen Quellen
FSC® C014496
www.fsc.org

Originalausgabe im Ullstein Taschenbuch
1. Auflage November 2014

Umschlaggestaltung: ZERO Werbeagentur, München
Titelabbildung: Ei: Jane Burton/Getty Images,
Komposition: FinePic®, München
Satz: Pinkuin Satz und Datentechnik, Berlin
Gesetzt aus der Garamond
Papier: Pamo Super von Arctic Paper Mochenwangen GmbH
Druck und Bindearbeiten: GGP Media GmbH, Pößneck
Printed in Germany
ISBN 978-3-548-28534-4

Prolog

Das Licht der Taschenlampe war nur noch ein bernsteinfarbenes Glühen.

»Das ist nicht gerecht!«, schrie Robert. »Das ist wirklich nicht gerecht! Ich brauche mehr Zeit!«

Der Fremde hatte gesagt, dass die Batterien der Taschenlampe für mindestens eine Stunde ausreichten, doch es konnten höchstens zwanzig bis dreißig Minuten vergangen sein. In dieser Zeit hatte er gerade mal zwei Seiten des Schreibblocks mit schiefen Buchstabenkolonnen vollkritzeln können. Jedes Wort davon war gelogen, aber das war ihm völlig gleichgültig. Hauptsache war, dass der Inhalt seines Geständnisses – so hatte es der Fremde bezeichnet – den Erwartungen eher entsprach als die erste Fassung. Robert war für die erste Version hart bestraft worden. Sehr hart. Die Erinnerung an die Schmerzen und Demütigungen ließ Übelkeit in ihm aufsteigen.

Er hatte noch längst nicht genug geschrieben.

Vielleicht erholten sich die Batterien ein wenig, wenn er die Lampe eine Weile ausgeschaltet ließ.

Robert saß still im Dunkeln und hörte, wie sein Atem sich beschleunigte. Er trug nur Boxershorts, aber trotzdem fror er nicht. Er fühlte sich fiebrig. Jetzt, wo er sich nicht mehr auf das Schreiben konzentrierte, meldete sich der pochende Schmerz im linken Arm zurück. Im Licht der Lampe hatte die Wunde übel ausgesehen. Die Haut um das Einstichloch herum war angeschwollen und von tiefroter Farbe. Dass sein linker Arm mit einer Kette an einen Haken gefesselt war, machte die Sache noch schlimmer.

Robert fragte sich, wie lange die Taschenlampe nun schon ausgeschaltet war. Drei, vier Minuten oder länger?

Er betätigte den Schalter, und es geschah nichts. Der winzige Glühdraht glimmte noch nicht einmal kurz auf. Robert schob den Schalter immer wieder hin und her, schüttelte die Lampe und klopfte gegen das Gehäuse aus Leichtmetall. Als er die Batterien herausnahm, um sie in einer neuen Reihenfolge wieder einzusetzen, entglitten sie seiner Hand. Er hörte, wie sie aufschlugen und davonrollten. Es gelang ihm, eine Batterie in der Dunkelheit zu ertasten. Danach hockte er auf dem kalten Boden und schluchzte. Irgendwann begann er wieder um Hilfe zu rufen. Obwohl das auch in den letzten zwei Tagen – oder waren es schon drei? – keinen Erfolg gehabt hatte. Der quadratische Raum mit einer Seitenlänge von zwei Metern und einer Decke, die so niedrig war, dass Robert sich nicht aufrichten konnte, musste absolut schalldicht sein. So fest er sein Ohr auch gegen die Wand presste, es drang kein Laut von der Außenwelt in sein Gefängnis.

Da war nur dieses leise Summen hinter dem kreisrunden Gitter. Von dort wurde Luft in sein Gefängnis geblasen. Er konnte sie spüren, wenn er die Hand vor die Gitterstäbe hielt.

Plötzlich wurde die Luke über ihm aufgerissen. Robert war von dem grellen Licht geblendet und wollte schützend beide Hände vors Gesicht halten. Durch die ruckartige Bewegung hätte er sich beinahe den angeketteten Arm ausgekugelt. Er schrie auf.

»Fertig?«, fragte eine Stimme.

»Die Batterien haben nicht gehalten«, ächzte Robert. Er konnte den Mann nur schemenhaft im weißen Licht ausmachen.

»Du hast die Lampe kaputtgemacht.«

»Nein, ganz bestimmt nicht.« Seine Stimme klang jetzt flehend wie die eines Jungen, der etwas angestellt hatte.

»Bist du mit deinem Geständnis fertig geworden? Ich stelle dir diese Frage nicht noch einmal.«

»Kann ich noch etwas Zeit haben?«, bettelte Robert.

»Gib mir den Block.« Der Mann streckte ihm die linke Hand entgegen. Robert konnte nicht genau erkennen, was sich in der anderen Hand verbarg. Mit Sicherheit handelte es sich dabei um einen Gegenstand, der schlimme Schmerzen verursachen konnte. Robert hatte davon einige Kostproben erhalten, als er noch den Mut besessen hatte, den Mann nach dem Grund seiner Entführung zu fragen und ihm sogar mit Konsequenzen zu drohen.

Mittlerweile wusste Robert, was dieser Fremde, den er niemals zuvor gesehen hatte, von ihm verlangte. Die Situation war absurd, aber Robert würde sich fügen und vor keiner Form der Selbsterniedrigung zurückschrecken, um zu überleben.

Der Mann riss ihm den Schreibblock aus der Hand und bewegte sich ein Stück rückwärts.

Robert hörte, dass der Mann beim Lesen auf und ab ging, kurz innehielt und ein Brummen von sich gab. Hatte es sich zufrieden, vielleicht sogar anerkennend angehört? Robert klammerte sich an diesen Gedanken.

»Du machst Fortschritte«, sagte der Mann. »Dein erstes Geständnis war nichts anderes als der Versuch, dich zum Opfer statt zum Täter zu machen.«

»Ja, ja! Das bereue ich sehr! Sie haben recht. Das war

ein ganz billiger Trick!« Robert sprach sehr laut, denn der Mann war aus seinem Blickfeld verschwunden. Alles, was Robert sehen konnte, war eine Kreissäge und ein Stapel Bretter. Aber der Fußboden war blitzsauber. Nicht die geringste Spur von Sägemehl oder Holzspänen.

Der Kopf seines Entführers tauchte so plötzlich in der Öffnung auf, dass Robert mit einem leisen Schrei bis zur Wand in seinem Rücken zurückwich. Der Schreibblock flog auf ihn zu und prallte gegen seine Schulter.

»Es ist nur so, dass dein zweiter Versuch auf den ersten Blick beinahe akzeptabel erscheint«, begann der Mann. Robert hörte, wie die Stimme einen bedrohlichen Unterton annahm. So, als stände ein erneuter Wutausbruch unmittelbar bevor. »Aber wenn man genauer liest, entsteht der Eindruck, du erfindest einfach etwas, von dem du glaubst, dass es mir gefallen würde.«

»Das ist nicht wahr!« Robert schüttelte heftig den Kopf. »Ich bereue! Ich war ein echter Scheißkerl!«

»Du!«, brüllte der Mann. »*Du!* Du bist noch immer ein Scheißkerl! Du wirst immer ein verdammter Scheißkerl bleiben!«

Robert erkannte jetzt den Gegenstand in der rechten Hand seines Entführers. Es war ein schwarzer Trommelrevolver mit kurzem Lauf. Damit konnte man nicht nur Schmerzen zufügen, sondern schnell und gezielt töten.

Der Mann zielte mit der Waffe auf Roberts Kopf.

Robert fuchtelte mit dem rechten Arm in der Luft herum und stammelte, dass er alle seine Fehler einsehe und sich ändern wolle. Doch der Mann blickte ihn nur voller Verachtung an – wie etwas, in das er auf dem Gehweg getreten war.

Und drückte ab.

Robert sah das Mündungsfeuer aufblitzen, spürte die Hitze und schloss reflexartig die Augen.

Das Explosionsgeräusch des Schusses hatte ihn halb taub gemacht, und er schmeckte Blut in seinem Mund, weil er sich auf die Zunge gebissen hatte. Aber er war nicht tot.

Der Mann betrachtete ihn und hatte die Arme fest vor der Brust verschränkt. Die Pistole war verschwunden.

»Nur eine Platzpatrone. Es ist nicht an mir, über dich zu richten. Das werden andere übernehmen«, sagte er. »Heute noch.«

Robert übergab sich. Eine zähe, bittere Flüssigkeit. Seit er hier eingesperrt war, hatte er nichts zu essen bekommen. Nur einen Plastikkanister mit Wasser, das intensiv nach Dieselöl schmeckte.

»Du bist widerlich. Aber ich werde dich ohnehin reinigen müssen. Bleib genau dort stehen!«, sagte der Mann und wandte sich ab.

Nach einer Weile vernahm Robert ein näher kommendes Quietschen. Vor ihm tauchte der Mann mit einem klobigen Kasten auf Rädern auf: einem Hochdruckreiniger.

Der erste Wasserstrahl traf Robert wie ein Peitschenschlag. Der zweite wie ein Messerstich.

»Zieh die Hose aus!«, befahl der Mann. »Die brauchst du nicht mehr.«

Kapitel eins

Hinter dem Fenster verblasste das Licht eines trüben Januartages.

Eva Flessner hatte ihre Polizeiuniform gegen Jeans und Pullover getauscht und lehnte im Flur ihres Apartments an der Wand. Sie versuchte ruhig und normal zu atmen. Aber das war gar nicht so einfach, denn ihr Herzschlag hallte in den Ohren. Dumpf und hektisch. Wie ein Motor, der nicht ganz rund lief.

Eva hob den Kopf und studierte ihr Gesicht in dem ovalen Spiegel neben der Garderobe. Ihre Lippen waren blau angelaufen, und eine intensive Blässe überzog ihre Wangen. Das linke Augenlid zuckte ein paarmal unkontrolliert. Bis vor wenigen Monaten hätte sie niemand für zweiunddreißig gehalten, aber jetzt schien sie das Alter einzuholen.

In ihrer Jugend hatte Eva immer peinlich genau auf ihr Gewicht geachtet, mittlerweile mied sie die Waage im Badezimmer. Das spitze und schmale Gesicht und die immer weiter werdenden Hosenbünde machten ihr auch so deutlich, dass sie an Gewicht verlor. Eine neue Polizeiuniform würde sich nicht vermeiden lassen.

Ich bin nur überarbeitet.

Sie pustete eine blonde Haarsträhne aus ihrer Stirn. Ein ruhiger Abend vor dem Fernseher würde da etwas Abhilfe schaffen.

Das Telefon im Wohnzimmer klingelte, und sie stieß einen leisen Fluch aus. Dann atmete Eva aus: Die Kollegen riefen sie immer zuerst auf dem Handy an.

Auf den wenigen Metern bis zum Telefon hatte sie das Gefühl, als würde der Boden unter ihr schwanken.

Sie nahm den Hörer ab. »Flessner.«

»Eva! Gut, dass ich dich erreiche.«

Sie erkannte die Stimme sofort. Gerda, die Mutter ihrer besten Freundin Petra, hörte sich immer so an, als sei etwas Furchtbares passiert. Die alte Dame erzählte, dass sie seit Tagen erfolglos versuche, ihre Tochter zu erreichen. Dabei käme die doch jeden Mittwoch vorbei, um den Einkauf für sie zu erledigen. Und heute sei ja schon Donnerstag.

»Haben Sie es mal im Büro Ihres Schwiegersohns probiert?«, fragte Eva.

»Sicher«, erwiderte Petras Mutter. »Die sagten, er habe sich Urlaub genommen. Aber wenn alle zusammen für ein paar Tage weggefahren wären, hätte mir Petra Bescheid gegeben. Außerdem müssen die Kinder doch zur Schule.«

Stimmt, dachte Eva und spürte, wie sich ein Gefühl der Unruhe einstellte. Die Winterferien waren längst vorbei.

»Ich wollte schon die Polizei anrufen«, redete Gerda weiter. »Aber dann dachte ich mir, ich bitte dich darum, mal nach dem Rechten zu sehen. Schließlich bist du ja auch Polizistin.«

»Gut«, sagte Eva. »Ich fahre gleich los und melde mich dann später.«

Nachdem sie aufgelegt hatte, versuchte sie zuerst ihre Freundin auf dem Handy und dann auf dem Festnetz anzurufen. Der Spruch auf dem Anrufbeantworter war schon vor ein paar Jahren von Petras jüngstem Kind, dem kleinen Sebastian, gesprochen worden.

»Sie tönnen nach dem Piepen was sagen. Tschüüüs!«

Damals hatte er noch Probleme mit den K-Lauten.

Eva zog sich eine Winterjacke über und griff nach dem Autoschlüssel. Ihre Unruhe verwandelte sich in Besorgnis.

*

Petra und ihre Familie wohnten im Dortmunder Stadtteil Wickede. Da, wo das Ruhrgebiet ausfranste und fast schon ländlich wurde. Das Haus der Wieses stand eingerahmt von hohen Kiefern am Rande großer Felder. Von dort aus konnte man weit sehen. Früher hatte Eva mit ihrer Freundin oft in den Abendstunden auf der Terrasse gesessen und die Aussicht über Getreideähren und Rapsblüten bis hin zur Autobahn genossen. In den letzten Jahren waren diese Momente immer weniger geworden. Petra musste oft absagen, weil eines der Kinder krank war oder sie ihren Mann zu einem Geschäftsessen begleiten musste.

Eva parkte ihren Opel Corsa vor der Einfahrt. Obwohl es bereits dämmerte, brannte im Haus kein Licht. Nur ein Bewegungsmelder reagierte auf ihr Kommen und schaltete die Lampe über dem Eingang ein. Sie klingelte dennoch und wartete auf der Bastmatte mit den eingewebten Marienkäfern und einem verblichenen »Willkommen«. Da niemand auf ihr Läuten reagierte, klopfte Eva einige Male gegen die Haustür. Sie hob den Deckel des Briefkastens, spähte hinein und entdeckte zwei weiße Briefumschläge und einen Werbeprospekt. Wäre Petra zu Hause, hätte sie die Post längst hereingeholt. In solchen Dingen war sie sehr genau.

Eva folgte dem schmalen Plattenweg im Vorgarten zu der Doppelgarage am Ende der Auffahrt. Die beiden Tore waren verschlossen, und durch das kleine Fenster in der Seitenwand konnte sie nicht erkennen, ob die beiden Autos der Wieses dort abgestellt waren.

Eva überlegte einen Moment, wog ab, ob die Situation ihr ein Eindringen erlaubte, und ging schließlich zu dem Geräteschuppen hinter dem Haus. Dort lag zwischen einem Stapel Ziegelsteinen, die Petras Mann dort aufgeschichtet hatte, um irgendwann mal einen massiven Grill im Garten zu errichten, der Schlüssel zur Kellertür. Eva wusste davon, weil sie immer dann, wenn die Familie im Urlaub war, im Haus nach dem Rechten sah und dabei die Zimmerpflanzen goss.

Der Schlüssel befand sich an der gewohnten Stelle. Eva drehte sich um und sah zu dem Haus hinüber, das sich vor dem Nachmittagshimmel scharf wie ein Scherenschnitt abzeichnete. Jemand konnte dort hinter den Fensterscheiben stehen und sie beobachten, ohne selbst gesehen zu werden.

Eva wünschte sich, sie hätte ihre Dienstwaffe eingesteckt.

Das einzige Geräusch, das zu hören war, stammte vom unentwegten Strom der Fahrzeuge auf der zwei Kilometer entfernten Autobahn. Mit etwas Phantasie klang es wie Meeresrauschen.

Eva stieg die Kellertreppe hinab, schloss die Tür auf und trat über die Schwelle in einen dunklen, nach Heizöl riechenden Raum. Sie tastete nach dem Lichtschalter, und eine Neonröhre erwachte mit leisem Klicken zum Leben und tauchte alles in blauweißes Licht.

An der Wand lehnten die Fahrräder der beiden Kinder. Hannah war dreizehn, und ihr kleiner Bruder Sebastian hatte vor sechs Wochen seinen achten Geburtstag gefeiert. Seitdem hatte Eva ihre Freundin und deren Kinder nicht mehr gesehen. Es kam ihr wie eine Ewigkeit vor.

Eva hatte es mit einem Mal eilig, ins Erdgeschoss zu gelangen.

Im Haus war es kühl. Beinahe so, als wäre die Heizung abgeschaltet. Obwohl der Winter die Region bisher mit strengem Frost verschont hatte, war das bei einer Außentemperatur von vier bis fünf Grad überaus ungewöhnlich.

»Hallo! Ich bin es! Eva!« Sie stand im Flur und lauschte in die Stille. »Ist jemand da?«

Weder ihre überraschte Freundin noch deren Mann oder die Kinder kamen ihr entgegen. Das Licht von der Kellertreppe hüllte nur den vorderen Teil des Flures in diffuses Licht, dahinter herrschte Dunkelheit. Hastig suchte Eva nach dem Schalter und spürte, wie sie trotz der Kälte zu schwitzen begann. Sie versuchte den schneller werdenden Herzschlag in ihrer Brust einfach auszublenden und sagte sich, dass es bisher nicht den geringsten Grund zur Beunruhigung gab. Bisher wies nichts auf ein Verbrechen hin.

Eva beschloss, zuerst im Wohnzimmer nachzusehen. Auf dem Weg dorthin kam sie an der geöffneten Küchentür vorbei. Sie konnte sehen, dass auf dem Tisch Gläser und Teller standen. Wenn die Familie ein paar Tage in den Urlaub gefahren wäre, hätte Petra das Geschirr zuvor abgeräumt. Sie und ihr Mann legten eine Ordnung an den Tag, die an Pedanterie grenzte.

Eva schaltete die Küchenlampe ein. Es roch säuerlich. Eines der Gläser war zur Hälfte mit einer gelben Flüssigkeit, vermutlich Orangensaft, gefüllt. Auf dem

Teller lag eine angebissene Schnitte Vollkornbrot. Der Käse darauf war schon ganz trocken und hart. Auf den weißen Fliesen, direkt vor dem Kühlschrank, lag ein zerbrochenes Gurkenglas. Von dort stammte der intensive Essiggeruch. Die kleinen Cocktailgurken sahen auf dem Küchenboden wie verendete Raupen aus.

Das alles war nichts Dramatisches. Nichts Eindeutiges, was auf einen Unfall oder ein Verbrechen hindeutete. Es gab keine Einbruchsspuren, kein Blut oder Anzeichen von Gewalt. Nur hätte Petra niemals ein zerschelltes Gurkenglas samt Inhalt auf dem Küchenboden liegen lassen …

Eva wandte den Blick in Richtung Wohnzimmertür. Im Halbdunkel glaubte sie die Umrisse eines Menschen zu erkennen. Die Person saß zusammengesunken auf dem Sofa.

»Petra?«, sagte Eva halblaut und überwand die wenigen Meter zum Wohnzimmer mit zögernden Schritten.

Wenn es wirklich ihre Freundin Petra war, die da auf dem Sofa saß, stimmte etwas ganz und gar nicht.

*

Eva schaltete das Licht ein. Im schwachen Schein der Deckenlampe sah es zunächst so aus, als sei Petra Wiese auf dem Sofa eingeschlafen. Dabei war ihr der Kopf auf die Brust gesunken.

Eva drehte den Dimmer hoch und stürzte zu ihrer Freundin. Als sie ihr Kinn vorsichtig hob, blickte sie in gebrochene Augen.

Petra war tot.

Und das nicht erst seit kurzer Zeit, die Leichenstarre war längst eingetreten.

Erst aus unmittelbarer Nähe konnte Eva erkennen,

dass Petras Bluse blutgetränkt war. Das ehemalige Dunkelblau war einem dunklen Braunton gewichen.

»Die Kinder!«, stieß Eva laut hervor und erschrak vor ihrer eigenen Stimme. Sie musste leise sein. Vielleicht befand sich der Mörder noch im Haus.

Eva griff nach ihrem Handy und wählte den Notruf 110. Sie wusste automatisch, welche Angaben sie zu machen hatte. Die Kollegen versprachen, sofort zu kommen, und gaben ihr den Rat, überaus vorsichtig zu sein.

Sie musste nach oben. Zu den Kindern. Eva nahm zwei Stufen auf einmal, vergaß alle Vorsicht und rief: »Hannah! Sebastian!«

Sie erhielt keine Antwort.

Im oberen Flur war alles ruhig. Durch ein Fenster konnte sie die Positionsleuchten eines Flugzeugs im Landeanflug auf den Flughafen Dortmund sehen.

Eva horchte. Vielleicht versteckten sich die Geschwister irgendwo.

Plötzlich wusste sie nicht mehr, welche der vier Türen zu Hannahs und Sebastians Zimmern führten. Sie war nur wenige Male hier oben gewesen.

Die erste Tür führte in ein Badezimmer. Benutzte Handtücher waren auf den Bodenfliesen verteilt. Daneben ein einzelner hellblauer Kinderpantoffel.

Eva öffnete die nächste Tür. Auf dem Bett lag ein nackter Mann auf dem Rücken. Brust und Bauch waren ein Labyrinth aus Fleischwunden.

Eva schnappte nach Luft und schaute kurz weg, um sich zu sammeln.

Es war gut, dass sie das Licht im Raum nicht eingeschaltet hatte. Der schwache Schein durch die geöffnete Tür milderte den Schrecken ein wenig.

Sie zwang sich, erneut hinzusehen, obwohl es für sie keinen Zweifel gab, dass es sich um Robert handelte. Den Mann, mit dem ihre Freundin seit dreizehn Jahren verheiratet war.

Sieh nicht hin!, dachte Eva. *Sieh nicht noch einmal hin! Er ist tot. Um das festzustellen, benötigst du keinen weiteren Blick.*

Sie tat es trotzdem, und ihr kam der seltsame Gedanke, wie gut es doch war, dass dies alles im Januar geschah. Im Sommer wäre hier alles voller Fliegen gewesen.

Zwischen Roberts gespreizten Schenkeln klaffte eine riesige Wunde. Man hatte ihm die Genitalien komplett entfernt.

In Evas Schädel dröhnte ihr Herzschlag in der Lautstärke einer Dampframme. Grelle Lichtflecke schoben sich blitzartig in ihr Blickfeld und löschten den furchtbaren Anblick aus. Sie suchte nach Halt, stieß gegen eine Kommode und kämpfte mit aller Kraft dagegen an, das Bewusstsein zu verlieren.

Eva schrie. Der Schrei schaffte Klarheit in ihrem Kopf, und plötzlich fühlte sie sich dazu bereit, sich dem Unvermeidlichen zu stellen: Sie musste nach den Kindern sehen.

Es waren nur noch zwei Türen übrig.

Hinter der ersten befand sich Hannahs Zimmer. Eva konnte es riechen. Ein leichter süßlicher Geruch lag in der Luft. Mädchenparfüm. An der gegenüberliegenden Wand hing das Poster eines jungen Kerls mit Waschbrettbauch und abstehenden Haaren. Irgendein junger Popstar, dessen Name Eva entfallen war.

Hannah, filigran und zerbrechlich wie eine Puppe aus Porzellan, lag mit geschlossenen Augen im Bett.

Einen winzigen Moment lang gab sich Eva der Illusion hin, das Mädchen könnte einfach nur tief und fest schlafen. Obwohl man ihrem Vater ein paar Schritte entfernt die Genitalien aus dem Leib geschnitten hatte und die Mutter auf dem Sofa im Wohnzimmer verblutet war.

Ganz behutsam, obwohl die Realität sie schon längst wieder eingeholt hatte, legte Eva zwei Finger auf die Halsschlagader des Mädchens.

Wie erwartet spürte sie keinen Puls.

Eva Flessner schmeckte Tränen auf ihren Lippen. Ein Geschmack, den sie beinahe vergessen hatte. Sie hatte seit Jahren nicht mehr geweint.

Mit unsicheren Schritten betrat sie das letzte Zimmer. Unter der Decke hing ein zigarrenförmiger Flugkörper. Er schwang in dem Luftzug, der durch das Öffnen der Tür verursacht worden war, hin und her. Der kleine Sebastian liebte Zeppeline. Eva hatte ihm zu seinem letzten Geburtstag einen Bildband mit historischen Luftschiffen geschenkt.

Sebastian lag wie seine Schwester im Bett. Aber sein Gesicht war mit einem Handtuch bedeckt.

Eva hob den Stoff vorsichtig an, um keine Spuren zu verwischen.

Mund und Augen waren geschlossen. Der kleine Junge war tot.

Sebastian war ein wunderbarer Junge gewesen, einer der sanftesten und gleichzeitig klügsten, die Eva je kennengelernt hatte. Insgeheim hatte sie sich oft gewünscht, er wäre ihr Sohn.

Eva sank auf die Knie, verbarg ihr Gesicht in den Händen und schrie, bis sie fast das Bewusstsein verlor.

Als sie die Sirenen der heranrasenden Einsatzfahrzeuge vernahm, stand sie auf und wischte sich die Tränen aus dem Gesicht. Eva wollte wieder funktionieren.

Ich werde alles dafür tun, dass wir diese Bestie kriegen! Absolut alles.

*

Falk Stucke saß in der Überwachungszentrale. Von hier aus konnte er alles regeln: den Verkehr rund um das Einkaufszentrum Ruhr-Alleen, den Fluss des Kundenstroms und im Notfall Rettungseinsätze bis hin zur kompletten Evakuierung. Vierundvierzig Kameras waren auf dem gesamten Gelände verteilt. Falk und seine Kollegen hielten damit Ausschau nach Dieben, Betrunkenen und Randalierern. Erst letzte Woche hatten ein paar junge Burschen die Ausstellungsvitrine einer Parfümerie mit einem schweren Stein zertrümmert. Außer einer Packung Bodylotion war laut der Filialleiterin nichts gestohlen worden. Leider waren die Täter davongekommen. Falk hätte sie zu gern nach ihren Beweggründen gefragt, vorausgesetzt, die Kerle waren überhaupt in der Lage, einen klaren Satz zu formulieren.

Um Viertel vor zehn am Morgen war die Situation in den Ruhr-Alleen noch übersichtlich. Um diese Zeit schlichen in erster Linie Rentner von Schaufenster zu Schaufenster.

Dann gab es noch die Schulschwänzer. Sie zogen die Ladenpassagen den Klassenräumen vor und drückten sich in einem der Fast-Food-Restaurants herum. Kauften sich von ihrem knappen Geld eine Cola oder einen Milchshake und hielten sich an ihrem Getränk stundenlang fest, um nicht wieder ziellos durchs Einkaufscenter schlendern zu müssen.

Falk entdeckte auf einem der Monitore ein junges Mädchen, das sich für die Haarspangen und Ohrringe in den Verkaufsständern neben dem Eingang eines Ladens für billigen Modeschmuck interessierte. Er hatte ein Gespür dafür, wenn jemand ohne große Erfahrung mit dem Gedanken spielte, etwas zu stehlen. Da waren die verstohlenen Blicke nach allen Seiten, das viel zu lange Zögern und der Versuch, die ins Auge gefasste Beute mit dem Körper zu verdecken.

Falk beobachtete das Mädchen nicht zum ersten Mal. Mit ihren grün gefärbten Strähnen im schwarzen Haar und einer so spindeldürren Figur, dass sie auch nicht von der langen Wolljacke kaschiert werden konnte, gab sie eine einprägsame Erscheinung ab. Falk schätzte das Mädchen auf höchstens dreizehn, und es erschien mit einer solchen Regelmäßigkeit auf seinen Überwachungsmonitoren, dass er sich fragte, ob die Verantwortlichen an den Schulen vor den chronischen Schulschwänzern mittlerweile kapituliert hatten.

Er zoomte das Bild gerade rechtzeitig heran, um mitzukriegen, dass sie ein paar Ohrringe unter ihrer Jacke verschwinden ließ. Da er das Sortiment des Ladens kannte, mochte der Wert der Beute unter zehn Euro liegen. Er hatte sie nie zuvor bei einem Diebstahl erwischt und verspürte keine Lust, irgendetwas zu unternehmen. Falk empfand Mitgefühl, denn er wusste, was es bedeutete, in jungen Jahren ein Außenseiter zu sein. Immer allein wie das Mädchen mit den grünen Strähnen, weil man nicht den Vorstellungen der Gleichaltrigen entspricht. Sie war so dünn, dass er auf Magersucht tippte. Er war in ihrem Alter fett gewesen. So fett, dass die Sportlehrer es aufgegeben hatten, ihn mit den anderen Schülern durch die Turnhalle zu scheuchen.

Heute, im Alter von neununddreißig Jahren, war er ein massiv gebauter Mann mit einer Größe von 1,88 m, ohne ein Gramm Fett zu viel. Er rasierte sich den

Schädel, bevorzugte auch privat dunkle Kleidung und wirkte auf den ersten Blick wie die Idealbesetzung für den schlagkräftigen Leibwächter eines Gangsterbosses. Doch wer ihn näher betrachtete, dem fielen die dunklen Augen auf. Falk schien die Welt stets mit einer Mischung aus Traurigkeit und Verwunderung zu betrachten. Außer wenn er zornig war.

Falk wechselte zu einer anderen Überwachungskamera und ließ das Mädchen ziehen. Er konnte sicher sein, dass sie kein von den Verwaltungsleuten des Centers bezahlter Lockvogel war, der die Effizienz des Sicherheitsdienstes auf die Probe stellen sollte. Die schickten zumeist Studenten, die für ein paar Euro Stundenlohn so tun mussten, als wären sie Ladendiebe. Für Falk stellten die Tests kein Problem dar. Er starrte seit Jahren auf die Monitore und konnte die Kunden anhand von Kleidung, Mimik und Fixierung auf bestimmte Waren genau in Kategorien einordnen. Markant war für ihn auch die Art, wie sie sich bewegten. Jemand, der scheinbar ziellos herumschlich, musste nicht unbedingt auf Beute aus sein, sondern schlug vermutlich einfach nur die Zeit tot. Menschen mit zu hohem und permanentem Alkoholkonsum erkannte Falk häufig an ihrem steifen Gang. Jeder Schritt erforderte allerhöchste Konzentration.

Falk goss sich den dritten Kaffee an diesem Vormittag ein. Er rauchte nicht, trank nur selten Alkohol und lief regelmäßig über die Feldwege in der Nähe seines Wohnortes. Mit seinen fast vierzig Jahren war er besser in Form als jemals zuvor in seinem Leben.

Erst nach dem Tod seines Vaters vor fünfzehn Jahren war es ihm gelungen, sein Leben neu zu ordnen. Bis dahin hatten seine Eltern ein Geschäft für preisgünstige Bekleidung – sein Vater bekam einen Tobsuchtsanfall, wenn man stattdessen den Ausdruck *billig* verwendete – betrieben. In der Schule trug Falk daher zur Belustigung der Mitschüler Sachen, die denen der älteren Lehrer verblüffend ähnlich sahen: braune Kord- oder Stoffhosen, karierte Hemden und speckig glänzende Kunstlederjacken. Am schlimmsten waren die Pullover aus Synthetikfasern, in denen er so furchtbar nach Schweiß roch, dass in der Klasse niemand mehr neben ihm sitzen wollte.

Wenn Falk allein vor den Monitoren saß und es so wie jetzt nichts für ihn zu tun gab, kehrten die Bilder aus der Vergangenheit zurück. Sie ließen sich nicht verscheuchen, und um ihn herum verschmolzen alle Geräusche zu einem fernen Rauschen. Mit blicklosen Augen hing er den Erinnerungen nach. Das waren die Momente, in denen er es noch nicht einmal bemerkt hätte, wenn auf den Bildschirmen eine Bande Bewaffneter aufgetaucht wäre, um das Einkaufszentrum zu stürmen.

*

Es war sein erstes Jahr auf der Realschule, als er nach dem Unterricht, heißhungrig wie immer, in die Küche stürmte und sich vor den Teller dampfender Linsensuppe mit extragroßen Stücken Mettwurst hockte. Gerade hatte er den Löffel in die Hand genommen, als ihn seine Mutter mit ungewohnt schriller Stimme darauf hinwies, dass dieser Teller für den Vater bestimmt sei. Falk sah sie erstaunt an, aber sie bestand darauf, dass er den Platz wechselte, und servierte ihm eine neue, gleich große Portion. In der Suppe schienen sogar noch mehr Wurststücke zu schwimmen.

»Was soll das?«, vernahm er plötzlich die Stimme seines Vaters. Ruhig und nicht laut, aber mit diesem Unterton, der signalisierte, dass man jetzt erst besser genau nachdachte, bevor man antwortete.

Weder Falk noch seine Mutter hatten den Vater kommen hören. Er stand an der Türschwelle. Da, wo es im fensterlosen Flur selbst bei Tage ein wenig düster war und nach Schuhcreme roch.

»Es ist gar nichts. Ich habe dir nur etwas mehr aufgefüllt«, erwiderte Falks Mutter, und wie immer, wenn sie nervös war, sprach sie so schnell, dass aus ihrem Mund nur eine Kette von Lauten hervorsprudelte, die mit Worten nichts mehr zu tun hatten. Der Vater hasste es. Aber dieses Mal hatte er sie verstanden.

»Der Junge sieht aber hungrig aus«, erwiderte er. »Ich möchte, dass er meine Portion bekommt.«

»Ich kann ihm ja noch nachfüllen.« Sie hielt die Suppenkelle in der Hand und machte Anstalten, nach Falks Teller zu greifen.

Der Vater machte zwei Schritte in den Raum hinein, und sie wich zurück. Ihre Lippen presste sie zu schmalen Strichen zusammen.

Er vertauschte die Teller und ließ sich mit einem Grunzen auf den Stuhl fallen. »Der Junge bekommt, was für seinen Vater bestimmt war. Lang nur zu, Falk.«

Falk sah zuerst zu seinem Vater, der ihm aufmunternd zunickte, und blickte dann seine Mutter an. »Warte«, sagte sie nach kurzem Zögern zu ihrem Sohn. »Ich esse deine Suppe. Sie steht schon länger auf dem Tisch und ist sicher ein wenig kalt geworden.«

Falk hatte nur die Hälfte von dem verstanden, was sie gesagt hatte, und wusste nicht, wie er sich verhalten sollte.

»Er frisst deine beschissene Suppe«, beharrte der Vater, und spätestens jetzt erkannte Falk, dass die Stimmung endgültig kippte und aus einer ungewöhnlichen Situation eine brandgefährliche wurde.

»Ich mag Linsen«, sagte Falk und tauchte den Löffel in die Suppe.

Seine Mutter durchquerte die Küche mit einer lautlosen, geschmeidigen Schnelligkeit und wollte nach Falks Teller greifen. Aber da ihr Gatte sie seit dem Betreten der Küche nicht eine Sekunde lang aus den Augen gelassen hatte, war ihr Versuch zum Scheitern verurteilt. Er umfasste ihren rechten Unterarm, ehe sie den Teller auch nur berühren konnte, und hielt sie fest. Sie erwiderte seinen forschenden Blick mit einem Lächeln, das schamhaft und verzweifelt zugleich war. »Ich … Es tut mir leid.«

»Was tut dir leid?«, herrschte der Vater sie an, ohne den Griff zu lockern.

Falk zog den Kopf ein, beobachtete die Eltern mit wachsender Panik und suchte wie schon so oft nach einer Möglichkeit, die Situation zu entschärfen.

Der Vater ließ sie endlich los und deutete auf die beiden Teller auf dem Tisch. »Ich fasse zusammen, mein Schatz.« Jetzt lächelte er sogar. »Zwei Portionen Linsensuppe scheinen völlig gleich zu sein. Nur ist eine davon nicht für unseren Sohn bestimmt. Woran könnte das liegen? Bekommt er eine fettarme Variante? Das wäre mal eine sinnvolle Maßnahme! Anstatt ihn permanent zu mästen!«

»Es ist nichts«, sagte Falks Mutter so leise, dass sie kaum zu verstehen war. Ihr Gesicht hatte mittlerweile die Farbe von Neuschnee angenommen.

»Es gibt zwei Möglichkeiten«, fuhr der Vater fort. »Ich erfahre augenblicklich, was die beiden Portionen unterscheidet, und alles ist in Ordnung. Oder ich lasse den Fraß vom Gesundheitsamt untersuchen.«

Falk glaubte nicht, dass sich das Gesundheitsamt für die Suppe seiner Mutter interessieren würde, gab aber lieber keinen Mucks von sich.

»Haare«, sagte die Mutter.

Falks Vater legte den Kopf schief und sah dabei beinahe belustigt aus. »Haare? Habe ich richtig verstanden? Sind da Haare in meiner Suppe?«

»Bartstoppeln«, erwiderte sie.

»Oh!«, machte der Vater und klatschte so laut in die Hände, dass Falk zusammenzuckte. »Bartstoppeln! Stammen die wenigstens von mir?«

Die Mutter nickte kaum merklich.

Falk spürte plötzlich die Hand seines Vaters auf seiner Schulter.

»Es ist nämlich so, mein Junge, dass wir vor ein paar Tagen einen Krimi im Fernsehen gesehen haben. Einen amerikanischen Krimi. Da wird immer gern übertrieben.«

Falk wagte es nicht, seinem Vater in die Augen zu sehen. Er starrte auf den Teller und fragte sich, was Linsensuppe mit einem dieser US-Krimis, in denen immer riesige Autos um die Kurven schleuderten, zu tun haben könnte.

»In diesem besagten Film wollte eine alte Lady an das Vermögen ihres Mannes kommen, indem sie dem armen Kerl jeden Tag eine ordentliche Prise seiner eigenen Bartstoppeln aus dem Elektrorasierer ins Essen mischte. Das sollte dann zu Magenblutungen führen.« Der Vater kicherte, und Falk spürte zu seiner Erleichterung, wie der Druck auf seiner Schulter verschwand.

»Und nun stell dir vor, dass deine Mutter ebenfalls meine Bartstoppeln aus dem Rasierer sammelt und sie in die Suppe streut. Was sagst du dazu, Junge?«

Falk schluckte und suchte verzweifelt nach einer Antwort. »Ich weiß nicht«, gab er schließlich von sich und sah zu seiner Mutter, die wie erstarrt schien.

»Ich weiß es aber«, sagte sein Vater. »Nicht nur, dass deine Mutter keine eigenen Ideen hat, sie greift auch noch auf die absurden Einfälle von irgendwelchen Drehbuchschreibern zurück.« Er klatschte erneut in die Hände. »Das mit den Stoppeln funktioniert gar nicht. Deine liebe Mutter müsste mich schon mit einem Zentner von diesem Zeug ersticken.«

Falk verstand erst jetzt, dass seine Mutter tatsächlich versucht hatte, ihren Mann umzubringen. Er wünschte, sie hätte es klüger angestellt.

Der Vater näherte sich ihr bis auf Armeslänge und hob die Hand. Falk sah, dass die Mutter die Augen schloss und den Kopf zur Seite drehte. Nach allem, was Falk bisher gehört und manchmal auch mit angesehen hatte, fragte er sich, wie die Reaktion seines Vaters auf eine solche Tat – einen, wenn auch lächerlichen, Tötungsversuch – ausfallen würde. Doch zu seiner Überraschung tätschelte er seiner Mutter nur die Wange. So, wie man einen Hund streichelt, der brav ein Stöckchen apportiert hat.

»Du kleines Dummchen«, sagte sein Vater und stupste ihr mit dem Zeigefinger unter die Nasenspitze.

Der furchtsame Gesichtsausdruck der Mutter entspannte sich ein wenig.

»Entschuldige«, flüsterte sie. »Ich weiß selbst nicht, warum ich das getan habe.«

Der Vater sah auf die Armbanduhr und wandte sich mit ausgebreiteten Armen zu Falk um. »Dann werden wir heute wohl mal auswärts essen. Was hältst du von Pizza?«

»Gut«, sagte Falk nur.

»Gehen wir.« Der Vater drehte sich zur Mutter um. »Die Einladung gilt natürlich nicht für dich.«

Seine Faust traf sie mitten ins Gesicht. Sie stolperte rückwärts gegen die Spüle. Blutend, schreiend. Geschirr zerschellte auf dem Boden. Die Mutter sank weinend vor Schmerzen und Schock auf Hände und Knie. Blut schoss aus ihrer Nase.

»Wenn wir wiederkommen, ist hier alles sauber«, sagte der Vater zu ihr und verließ den Raum.

Falk folgte ihm wie in Trance.

Kapitel zwei

Am Montagmorgen saß Eva Flessner im Büro der Dortmunder Mordkommission und betrachtete ihr Gegenüber. Kriminalhauptkommissar Dewald machte den Eindruck eines zufriedenen Mannes, der dort war, wo er sein wollte, und tat, was ihn erfüllte.

Obwohl Eva seit fast zwölf Jahren bei der Polizei arbeitete, hatte sie noch nie etwas mit der auch für die Kreisstadt Unna zuständigen Mordkommission in Dortmund zu tun gehabt. Sie hatte sich bisher während ihres Dienstes nur mit Unfallopfern beschäftigen müssen.

Dewalds Brille funkelte im Licht der Vormittagssonne, die durch die Fensterfront seines Büros fiel. Er fingerte eine kleine Schokowaffel aus einer Tüte Gebäckmischung.

»Möchten Sie auch?«

Eva lehnte dankend ab. Sie hatte bei Dewald, unmittelbar nachdem die Leichen der Familie Wiese von ihr entdeckt worden waren, ihre Aussage gemacht.

Der Kommissar stammte auch aus Unna und war zu Evas Überraschung sogar ein ehemaliger Schüler ihres längst pensionierten Vaters gewesen. Lächelnd hatte Dewald bemerkt, dass er es nur *Dr. Flessner* verdankte, sein Abitur geschafft zu haben.

Das war vor vier Tagen gewesen, und Dewald hatte ihr versprochen, sie auf dem Laufenden zu halten.

»Ich würde Ihnen gern etwas Positives mitteilen.« Er faltete die blau geäderten Hände. »Aber wir haben so gut wie nichts.«

»Keine Spuren, keine Hinweise?«, fragte Eva.

»Der oder die Täter haben keinerlei Spuren im Haus hinterlassen. Offensichtlich ist auch nichts entwendet worden.«

»Warum mussten dann alle sterben?« Eva hatte die Leichen der Kinder wieder vor Augen und zwang sich dazu, normal weiterzuatmen. Auf keinen Fall wollte sie in der Gegenwart des Kriminalbeamten einen labilen Eindruck machen. »Was ist das Motiv?«

»Robert Wiese war Immobilienmakler«, erwiderte Dewald. »Ein Beruf, bei dem man sich hin und wieder unbeliebt machen kann. Wir ermitteln daher auch in diese Richtung.«

Eva wollte ihm versichern, dass der Mann ihrer Freundin seine Geschäfte seriös betrieben hatte, schwieg aber doch, weil sie als Beweis dafür nichts außer ihrem ganz persönlichen Gefühl anbieten konnte – und dass Robert ihr damals, als sie unbedingt aus der alten und plötzlich viel zu großen Wohnung ausziehen wollte, schnell ein neues und günstiges Apartment verschafft hatte.

»Kommen wir aber nun zu dem, was wir wissen«, fuhr Dewald fort. »Ihre Freundin wurde mittels äußerst kraftvoll ausgeführter Stiche in Brust- und Bauchbereich getötet. Die Tatwaffe fehlt. Ihr Mann verblutete an seiner Unterleibswunde.« Er räusperte sich. »Die Genitalien wurden unter dem Bett gefunden. Der Täter hat sie also nicht an sich genommen. Er hat sie einfach weggeworfen. Interessant sind die Verletzungen am Oberkörper. Laut Autopsie wurden sie Robert Wiese Stunden vor der Kastration zugefügt. Eine Verletzung am Arm war noch älteren Ursprungs und hatte sich bereits entzündet. In den Wunden gab es Rückstände eines Öl- und Fettlösers. Ein Reinigungsmittel, wie es für Hochdruckgeräte benutzt wird. Zudem müssen er und seine Frau zumindest zeitweise gefesselt gewesen sein. Es gibt deutliche Spuren an den Handgelenken. Bei den Kindern hingegen fehlen sie.«

»Die Verletzungen auf Brust und Bauch stammen von einem Hochdruckreiniger?«

Dewald nickte und lehnte sich zurück. Der Sessel quietschte unter seinem Gewicht – ein eigenartig lautes Geräusch in dem stillen Büro.

»Mit einem solchen Gerät kann man einem Menschen die Haut von den Knochen schälen«, sagte er. »Wiese versuchte sich abzuwenden, daher traf ihn der Wasserstrahl auch an den Hüften. Interessant ist, dass wir auf dem gesamten Grundstück der Familie Wiese kein derartiges Gerät gefunden haben. Auch keinerlei Reste von dem Reinigungsmittel, das man an Robert Wieses Leiche entdeckte. Demzufolge wurde er wohl woanders so zugerichtet.«

Der Kriminalhauptkommissar klappte einen Ordner auf. In einer Klarsichthülle steckten mehrere Fotos der Toten. Aufgenommen in einem grellen, weißen Licht, das jedes grauenvolle Detail zeigte. Eva wandte den Blick zur Seite, und Dewald blätterte schnell weiter.

»Auch bei Petra Wiese wurden ältere Verletzungen festgestellt«, sagte er. »Ihr Körper wies eine ganze Reihe Hämatome auf. Im Rückenbereich, am Gesäß und an den Oberschenkeln.«

»Dann wurde sie vom Täter geschlagen«, vermutete Eva.

»Im Regelfall heilen solche Blutergüsse im Laufe von

zwei, drei Wochen ab. Der Gerichtsmediziner stellte fest, dass die Hämatome innerhalb der letzten vierzehn Tage entstanden sind. Und zwar nicht alle gleichzeitig.«

Dewald beugte sich vor, und der Stuhl gab erneut ein lautes Quietschen von sich. »Ist es möglich, dass Robert Wiese seine Frau geschlagen hat?«

Eva schwieg entsetzt. Sie sah Petras Mann vor sich. Wie er die Kinder herzte, den Arm liebevoll um seine Frau legte und Petra dabei zu dem fast zwanzig Zentimeter größeren Ehemann aufsah.

»Es gab keinerlei Anzeichen«, erwiderte sie zögerlich. »Kann sie nicht gestürzt sein oder sich sonst irgendwie die Blutergüsse zugezogen haben?«

»Ausgerechnet an Stellen, die von der Kleidung verdeckt werden? Vorausgesetzt, man trägt Hosen statt Röcke. Und dann ist sie an mehreren Tagen hintereinander gestürzt oder gegen eine Tischkante gelaufen?« Dewald schüttelte energisch den Kopf. »Es wäre nicht das erste Mal, dass selbst guten Bekannten ein Fall von häuslicher Gewalt verborgen blieb.«

»Petra hätte sich mir anvertraut.« Kaum hatte sie den Satz ausgesprochen, begann sie selbst zu zweifeln. Ihre Treffen zu zweit waren schließlich immer seltener geworden, manchmal hatte Petra dabei einen geistesabwesenden Eindruck gemacht, den Eva auf die Belastung durch das große Haus und die Kinder zurückgeführt hatte. Selbst im Sommer hatte ihre Freundin langärmlige Blusen und Jeans getragen. Sonst würde sie eine Sonnenallergie bekommen, hatte Petra gesagt. Eva schluckte.

»Sie zweifeln in Wirklichkeit, Frau Kollegin.« Dewald konnte es deutlich in ihrem Gesicht ablesen. »Da ist noch eine Kleinigkeit, von der Sie möglicherweise nichts wussten.«

»Ja?«

»Ihre Freundin ist beim Ladendiebstahl erwischt worden. Sie hatte in mehreren Geschäften Hausverbot.«

Es entstand ein Moment angespannter Stille, in der Eva Flessner versuchte, ihre Gedanken zu ordnen. Sie fühlte sich einerseits schuldig, dass sie von diesen Dingen nichts mitbekommen hatte, und gleichzeitig war sie auch wütend auf ihre Freundin. Petra hätte sich ihr anvertrauen müssen!

»Vergewaltigung.« Sie bemerkte erst, dass sie laut gedacht hatte, als Dewald reagierte.

»Von Seiten der Täter? Nein, weder Ihrer Freundin noch den Kindern wurde etwas Derartiges angetan.« Dewald blätterte weiter. »Im Blut der Geschwister und des Vaters wurde Diazepam nachgewiesen. Ein starkes Schlafmittel. Es wirkt nicht nur extrem schlaffördernd, sondern beruhigt auch ungemein.«

»Dann sind Sebastian und Hannah daran gestorben?«, wollte Eva wissen.

»Sie sind im Schlaf mit einem Kissen erstickt worden. Wir fanden an ihnen darüber hinaus keinerlei Spuren von Gewalteinwirkung. Dem Jungen hat der Täter noch ein Handtuch auf das Gesicht gelegt. Aber da war er schon tot.«

»Warum hat der Mörder das Gesicht von Sebastian mit einem Handtuch bedeckt?«, fragte Eva.

»Es wäre möglich, dass sich der Täter mit dem Jungen identifiziert hat. Er hatte deshalb Skrupel, ungute Gefühle bei dessen Tod. Das ist in der Kriminalpsychologie ein klassisches Motiv.«

Dewald griff erneut in die Tüte mit der Gebäckmischung, erwischte einen runden Keks mit einem Klecks roter Marmelade in der Mitte und steckte ihn nach kurzer Betrachtung wieder zurück. Dann fuhr er fort: »Jeden Mittwoch erledigte Petra Wiese den wöchentlichen Einkauf für ihre Mutter. Die alte Frau meldete sich am Donnerstag bei Ihnen, Frau Kollegin. Wir können also davon ausgehen, dass sich die Familie bereits am Mittwoch in der Gewalt des Täters oder mehrerer Täter befand. Außerdem rief Robert Wiese am Mittwochmorgen in seiner Firma an und gab vor, zu seinem schwer erkrankten Vater nach Fulda fahren zu müssen. Danach meldete er die Kinder in der Schule krank. Laut Bericht war die Familie bereits seit zwölf Stunden tot, als Sie die Leichen fanden. Da die Heizung im Haus abgestellt worden war, hat sich der … ähm … Verwesungsprozess ein wenig verlangsamt.«

»Dienstag wäre auch möglich«, flüsterte Eva. »Der Mörder kann doch auch schon am Dienstag aufgetaucht sein.«

Dewald überflog seine Unterlagen. »Am Dienstag hat Frau Wiese ihren Sohn um halb eins von der Schule abgeholt. Die Tochter kam eine Dreiviertelstunde später mit dem Bus. Für den Weg von der Haltestelle bis zum Haus benötigte Hannah maximal zehn Minuten. Also waren Mutter und Kinder spätestens ab halb zwei daheim. Robert Wiese verließ sein Büro laut Aussagen seiner Mitarbeiter gegen fünf. Vielleicht wartete da schon der Täter bei der Familie auf ihn.«

»Aber warum?«, fragte Eva.

Dewald zuckte mit den Schultern. »Wären da nicht die Verletzungen an Robert Wieses Oberkörper, hätten wir es angesichts der fehlenden Täterspuren sogar in Erwägung gezogen, dass er Frau und Kinder und anschließend sich selbst umgebracht hat. Aber laut Aussage der Gerichtsmediziner ist es nahezu unmöglich, sich eigenhändig derartige Wunden mit einem Hochdruckreiniger zuzufügen.«

»Außerdem hätte er sich doch nicht selbst kastriert«, wandte Eva ein.

»Es wäre aber nicht völlig auszuschließen gewesen. Solche Fälle hat es schon gegeben.« Dewald schüttelte sich kurz. »Ein wichtiger Ansatz ist dieser Hochdruckreiniger. Den Verletzungen zufolge muss es sich um ein Gerät mit hoher Leistung handeln. So etwas passt nicht in die Hosentasche.«

»Wie groß ist die Chance, den Mörder zu finden?«, fragte Eva.

»Unsere Aufklärungsquote ist sehr hoch.« Dewald nahm die Brille ab und reinigte die Gläser mit einem Tuch, das er aus einer Schreibtischschublade hervorgeholt hatte. »Darf ich Sie etwas Privates fragen?«

Eva nickte kurz.

»Wie werden Sie mit dem Tod der Familie fertig? Sie haben zu Protokoll gegeben, dass Sie mit Petra Wiese sehr eng befreundet waren.«

Eva rang nach Worten. Sie hätte Dewald am liebsten ins Gesicht geschrien, dass es ihr unendlich beschissen ging, weil sie Menschen verloren hatte, die sie liebte. Es war, als wäre ein Teil ihres Lebens in ein bodenloses Loch gestürzt. Aber sie sagte nur: »Schlecht! Und dieser Zustand kann nur dadurch ein wenig besser werden, dass wir den Dreckskerl kriegen.«

»Das verstehe ich«, sagte Dewald. »Aber die Ermittlungen führen wir durch. Sie sind bei der Schutzpolizei, wobei ich Ihre Arbeit dort keinesfalls schmälern möchte. Handeln Sie nicht überstürzt und emotional.«

»Aber eine uniformierte und emotional belastete Schutzpolizistin darf sich trotzdem Gedanken machen und sich ein wenig umhören?« Eva hörte sich zynischer an, als sie es beabsichtigt hatte.

»Ich wollte Sie nicht beleidigen.« Er hob die Hand hinter den Kopf und berührte einen Punkt unterhalb seines Nackens. »Da klebt ein Nikotinpflaster. Ich versuche mir mal wieder das Rauchen abzugewöhnen. Meine Frau sagt, in diesem Zustand wäre ich bisweilen geradezu widerlich.« Er ließ die Kekse im Schreibtisch verschwinden. »Das Zeug hilft auch nicht, macht nur fett.«

»Schon in Ordnung«, sagte Eva und versuchte ein Lächeln.

»Ich kann gut nachvollziehen, dass Sie auf eigene Faust Ermittlungen anstellen möchten. Ich würde an Ihrer Stelle genauso handeln. Aber bei allem, was Sie tun und woran ich Sie ohnehin nicht hindern kann, bitte ich nur um eines: Seien Sie vorsichtig, Frau Kollegin.«

*

Eva schaltete das Autoradio aus, weil sie die permanent auf gute Laune getrimmte Stimme des Moderators und die immer gleichen Lieder nicht mehr ertragen konnte. Der Regen prasselte gegen die Frontscheibe und wurde von den Scheibenwischern, die sie schon längst hatte erneuern wollen, in einen Schmierfilm verwandelt. Sie betätigte die Scheibenwaschanlage, bis die Sicht ein wenig besser wurde.

Der Gedanke an einen prügelnden Robert Wiese ging ihr nicht mehr aus dem Kopf. Er war ein großer und sportlicher Mann gewesen, der Wert auf seine Fitness legte und sich am Wochenende in einem bunten Trikot auf sein ultraleichtes Rennrad setzte. Seine Frau hätte sich ihm kaum widersetzen können, wenn er gewalttätig geworden wäre.

Ich hätte es spüren müssen!

Es gab Anzeichen, die sie einfach nicht richtig eingeordnet hatte. Petras Diebstähle waren sicher nicht mehr als eine Reaktion auf ihre Situation gewesen. Jetzt erklärte sich auch, warum ihre Freundin plötzlich Läden mied, von denen sie kurz zuvor noch geschwärmt hatte. Man hatte ihr dort Hausverbot erteilt.

Eva fragte sich, was für Geheimnisse Petra hinter ihrem normalen, fast immer fröhlichen Verhalten verborgen haben mochte. Welche kaum wahrnehmbaren, verzweifelten Signale ihr neben den Diebstählen und Blutergüssen noch entgangen sein mochten.

Der Regen hörte auf, als sie den Wagen von der Bundesstraße lenkte. Das Licht, das durch die sich auflösenden Wolken drang, war dunstig und grau und ließ ihren Heimatort Unna wie ein Schwarzweißfoto aus einer längst vergangenen Ära aussehen.

Sie nahm die vorbeiziehenden Häuser gar nicht wahr. Eva war eingehüllt in eine Aura tiefer Trauer.

Vielleicht war es nicht richtig gewesen, das Angebot ihres Vorgesetzten, eine Woche freizumachen, anzunehmen. Das Alleinsein würde die alten Bilder zurückbringen, die sie so sorgfältig in die hinterste Kammer ihres Gedächtnisses gesperrt hatte. Die Bilder von Ereignissen, die ihr Leben trotz aller Verdrängung bis zum heutigen Tage beeinflussten. Jetzt waren neue, schlimme Bilder hinzugekommen.

In ihrer Wohnung angekommen, duschte Eva und starrte anschließend eine gefühlte Ewigkeit in den Kühlschrank, unschlüssig, was sie sich zu essen machen sollte. Sie schlug die Kühlschranktür zu und verzichtete auf eine Mahlzeit, obwohl sie im Laufe des Tages nur einen Joghurt zu sich genommen hatte.

Eva wusste, dass Appetitlosigkeit, vor allem, wenn sie schon geraume Zeit anhielt, immer ein Alarmsignal war, aber sie versuchte daran keinen Gedanken zu verschwenden.

Stunden später lag sie im Bett, in ihrem Kopf ein Strudel düsterer Gedanken, und versuchte einzuschlafen. Aber ihr Herz schlug schnell und schneller.

Palpitation bezeichnete die bewusste Wahrnehmung des eigenen Herzschlags. Eva hatte es im Internet recherchiert, nachdem sie immer öfter das Pochen in ihren Ohren – manchmal unregelmäßig, häufig zu schnell – verspürt hatte.

Palpitation konnte durch Überlastung ausgelöst werden und durch Dinge, von denen Eva sich wünschte, dass sie nicht zutrafen. Weil sie die Ausübung ihres Berufes gefährden konnten. Noch aber glaubte sie, auf einen Arztbesuch verzichten zu können.

Irgendwann stand sie auf, ging zum Fenster und blickte auf die leere Straße hinab.

»Reiß dich zusammen!«, sagte sie laut, und der Atem ließ das Glas der Fensterscheibe beschlagen. Sie hatte neben der Leiche des kleinen Sebastian geschworen, dass sie – die Polizei – den Mörder fand. Eva wollte versuchen, dieses Versprechen einzulösen, und hatte eine erste Idee.

*

Am nächsten Morgen fühlte sie sich trotz der vier, fünf Stunden, in denen sie in einen unruhigen Halbschlaf gefallen war, überraschend gut.

Eva saß in ihrer Küche und nippte am Kräutertee. Auf Kaffee verzichtete sie seit Wochen, um ihren Herzschlag nicht noch durch Koffein zu beschleunigen. Sie griff zu ihrem Handy und wählte eine der wenigen gespeicherten Nummern. Ihre Eltern saßen um diese Uhrzeit beim Frühstück. Vor ihrem geistigen Auge konnte sie den gedeckten Tisch mit den kleinen Schälchen sehen, in denen ihre Mutter Marmelade, Pflaumenmus und Honig abfüllte, weil sie es *lieblos* fand, wenn man einfach nur die Marmeladengläser und sonstigen Verpackungen hinstellte. Ihr Vater würde angesichts der frühen Störung mit einem Seufzen aufstehen und zum Telefon im Flur gehen.

Die Eltern waren nach der Pensionierung ihres Vaters, er war Lehrer für Deutsch und Geschichte an einem Unnaer Gymnasium gewesen, an die Nordseeküste gezogen. In ein uraltes Reetdachhaus, das sich am Rande eines winzigen Ortes in die Dünen duckte.

Ein solches Haus in der unmittelbaren Nähe des Meeres war der Lebenstraum ihres Vaters gewesen. Außerdem wirkte sich die Seeluft lindernd auf sein Asthma aus.

»Flessner«, ertönte die vertraute Stimme.

»Hier ist Eva. Hallo, Papa!«

Mehr brauchte sie nicht zu sagen. Er hatte immer ein feines Gespür dafür, herauszuhören, wie sie sich fühlte. Ob sie die Wahrheit sagte oder log.

»Eva«, sagte er. »Schön, dass du anrufst.« Er wartete darauf, dass sie weitersprach.

»Petra ist tot.« Sie hatte sich vorgenommen, sich zu beherrschen, aber dieser Satz mit seiner so endgültigen Aussage brachte sie sofort zum Weinen. Sie konnte sehen, wie ihre Tränen auf den Küchentisch fielen.

Ihr Vater atmete schwer, und nach einer kurzen Weile, die sie benötigte, um sich halbwegs zu beruhigen, fragte er: »Was ist geschehen?«

Er wusste sofort, dass es sich nur um Petra Wiese

handeln konnte. In ihrer Kindheit und Jugend waren sie unzertrennlich gewesen.

Sie erzählte ihm, wie sie Petra und ihre Familie gefunden hatte, verzichtete auf die zu grauenvollen Details und erlitt danach erneut einen kurzen, aber heftigen Weinkrampf.

»Soll ich zu dir kommen?«, fragte ihr Vater. Sie hörte, wie er um Fassung rang.

»Nein, das ist nicht nötig. Wirklich nicht.«

»Was wirst du jetzt tun, Eva?«

»Ich bin dafür nicht zuständig. Das ist Sache der Dortmunder Mordkommission.«

»Das weiß ich, aber das beantwortet nicht meine Frage. Ich kenne dich gut genug, um zu wissen, dass du trotzdem etwas unternimmst.«

»Das muss ich«, erwiderte Eva.

»Dann erübrigt sich wohl meine Frage, ob du nicht zu uns in den Norden kommen möchtest. So lange, wie du willst. Um dich zu sammeln.«

Am liebsten wäre sie sofort in ihren Wagen gesprungen, um so schnell wie möglich von ihrem Vater in den Armen gehalten werden zu können. Aber sie hatte sich geschworen, den Mörder von Petra und ihrer Familie zu finden.

»Ich komme so bald es nur geht«, sagte sie. »Versprochen, Papa.«

*

Dewald hatte ihr gesagt, dass er und seine Leute Robert Wieses Kunden- und Bekanntenkreis daraufhin überprüfen wollten, ob jemand noch eine offene Rechnung mit ihm hatten. Was aber, wenn der Täter es in erster Linie auf Petra abgesehen hatte? Jemand, dem sie in der wenigen

Zeit begegnet war, die ihr allein zur Verfügung gestanden hatte. Vielleicht handelte es sich sogar um einen Stalker. Petra war eine überaus attraktive Frau gewesen.

Bis vor zwei Jahren hatte sie regelmäßig ein Fitnesscenter besucht, um den Vertrag dann mit der Begründung, sie hätte einfach die Lust daran verloren, zu kündigen. In Wirklichkeit waren wohl die Verletzungen, die Robert ihr zugefügt hatte, spätestens beim Umziehen oder Duschen nicht mehr zu verbergen gewesen … Eva zog es bei diesem Gedanken das Herz zusammen. *Und Petra hat das allein durchstehen müssen – und ich war nicht für sie da.*

Soweit Eva wusste, blieb Petra danach nur noch der regelmäßige Einkaufsbummel. An Geld hatte es ihr dabei nie gefehlt, ihr Mann zeigte sich in solchen Dingen stets großzügig. Eva hatte sie nur ein paarmal begleitet. Ihr eigenes Interesse an Kleidung, Schmuck oder Kosmetikartikeln hielt sich in Grenzen. Petra hatte ihr hingegen per Telefon detailliert von ihren Einkäufen berichtet. Bei den letzten Anrufen schwärmte sie von der unglaublichen Auswahl und den Cafés und Restaurants in den vor zwei Jahren eröffneten Ruhr-Alleen, einem Konsumtempel zwischen Dortmund und Bochum. Eva war noch nie dort gewesen und beschloss spontan, sich dorthin auf den Weg zu machen. *Vielleicht kann sich ja jemand an Petra erinnern.* Sie steckte ein Foto von ihrer Freundin ein, auf dem Petra ein Sektglas in der Hand hielt und der untergehenden Sonne hinter ihrem Haus zuzuprosten schien.

*

Zu warm, war Evas erster Eindruck, als sich die gläsernen Pforten zu den Ruhr-Alleen öffneten. Im Freien mochte die Temperatur kurz über dem Gefrierpunkt liegen, der Wetterbericht hatte vor Glatteisgefahr gewarnt, während im Innern des Einkaufszentrums deutlich über zwanzig Grad herrschen mussten. Eva wusste, dass sie sich irren konnte, denn in der letzten Zeit war ihr immer zu warm gewesen. Selbst im Herbst hatte sie die Klimaanlage im Auto permanent auf Kühlung eingestellt.

Eva hob den Kopf und sah in die Höhe. Auf einer geschätzten Länge von dreihundert Metern reihten sich auf vier Ebenen die großen Filialen von Modeketten, ein Elektromarkt und unzählige Boutiquen aneinander. Das waren die sogenannten Alleen, doch anstelle von Bäumen gab es nur pflegeleichte Grünpflanzen in quadratischen Kübeln. In einem Brunnen in der Mitte des Eingangsbereichs plätscherte eine von blauen und roten Scheinwerfern angestrahlte Wasserfontäne. Auf der steinernen Umrandung des Brunnens hockte ein dünner, fast kahlköpfiger alter Mann mit einem verlorenen Gesichtsausdruck. Er holte ein Brötchen aus einer Papiertüte hervor und zerteilte es in kleine Brocken, die er ungelenk in das Wasser des Brunnens warf. Dabei stieß er so laute Pfiffe aus, dass Eva sie trotz der süßlichen Klaviermusik, die aus verborgenen Lautsprechern drang, deutlich hören konnte.

Eva betrachtete das Schauspiel und glaubte nicht, dass der Mann betrunken war. Bei ihrer Arbeit begegneten ihr immer wieder verwirrte Menschen, die noch weitaus ungewöhnlichere Dinge taten, als imaginäre Enten zu füttern.

Es dauerte keine Minute, bis sich zwei Männer in dunkelblauen Hosen und gleichfarbigen Pullovern näherten. An ihrer Brust prangten Namensschilder aus Metall. Der kleinere von den beiden, ein gedrungener Muskelprotz, redete mit einer bellenden Stimme auf den

Alten ein und wollte ihm die Tüte aus der Hand nehmen. Das Papier zerriss, und zwei weitere Brötchen kullerten über den Boden. Während sein Kollege sich nach den Brötchen bückte, konnte Eva sehen, wie der Bursche, dessen Brustkorb die Fasern des Pullovers zu sprengen drohte, dem alten Mann den Arm auf den Rücken drehte. Dann zerrte er ihn hoch und wollte ihn so zum Ausgang bugsieren. Dabei wimmerte der Alte und verzog vor Schmerzen das Gesicht.

»Was tun Sie denn da?« Eva stellte sich dem Wachmann in den Weg. »Lassen Sie ihn sofort los. Das ist ja entwürdigend!«

Der Muskelprotz hielt inne und musterte sie kurz. »Treten Sie zur Seite! Dieser Mann hat aus guten Gründen Hausverbot.«

Kunden wandten sich um, einige blieben stehen.

»Weil er Brötchenkrümel in den Teich wirft?«, erwiderte Eva. »Das ist kein Grund, ihm Schmerzen zuzufügen.«

Schnell wich der Ausdruck von Genervtheit aus den Augen des Wachmanns, an seine Stelle trat eine kaum noch im Zaum zu haltende Aggressivität. Eva spürte, dass der Kerl ihr am liebsten auch Schmerzen zufügen würde.

Zwei Worte kamen aus seinem Mund, heiser und rasselnd: *»Geh – weg!«*

Mit hundertvierundsechzig Zentimetern lag Eva nur um Haaresbreite über der Mindestgröße für Polizistinnen, und zusammen mit dem geringer werdenden Körpergewicht hätte sie selbst in Uniform keine allzu imposante Erscheinung abgegeben. Obwohl sie sich sehr wohl gegen einen Angreifer zur Wehr setzen konnte, löste sie bei Männern meist den Beschützerinstinkt aus.

Ein Umstand, den sie zur Deeskalation zu nutzen wusste. Bei dem Typen in der prall sitzenden Dienstkleidung blieb diese Wirkung allerdings aus. Er schubste sie mit der rechten Schulter zur Seite und zerrte den Mann weiter in Richtung Ausgang. Sein Kollege hielt die Brötchen in den Händen, warf Eva einen bedauernden Blick zu, unternahm aber nichts.

Eva zückte ihren Dienstausweis und holte den Muskelprotz mit ein paar schnellen Schritten ein.

Mittlerweile war die Anzahl der Gaffer auf zwei Dutzend Leute angewachsen.

»Sehen Sie das hier!«, blaffte Eva und hielt dem Wachmann ihren Ausweis direkt vors Gesicht. »Ich bin Polizeibeamtin, und wenn Sie den Mann nicht augenblicklich loslassen, bekommen Sie ein ernsthaftes Problem.«

Der Wachmann starrte auf den Ausweis, benötigte einige Sekunden, um zu verstehen, mit wem er es hier zu tun hatte, und sagte: »Brot quillt auf und verstopft die Pumpe.« Alle Aggressivität war aus seiner Stimme gewichen. Er entließ den alten Mann aus seinem Griff und wischte sich über Ärmel und Vorderseite seines Pullovers, als hätte er sich schmutzig gemacht.

»Halten Sie sich in Zukunft fern, Herr Pieper!«, rief er. Der Angesprochene drehte sich nicht um und machte mit der Hand eine wegwerfende Geste.

»Es gibt eine Menge Gesindel«, sagte der Wachmann. »Sie kennen das ja sicher zu gut in Ihrem Beruf.« Er hatte jetzt auf kollegial umgeschaltet und versuchte sogar ein Lächeln, das völlig danebenging.

Eva ignorierte die Bemerkung und überlegte, ob sie verlangen sollte, den Leiter der Security zu sprechen. Es gefiel ihr überhaupt nicht, solche Typen einfach gewähren zu lassen.

»Was geht hier vor?«, vernahm sie eine Stimme hinter ihrem Rücken. Eva wandte sich um und sah sich einem großen Mann mit Glatze gegenüber. Er trug ebenfalls die dunkelblaue Dienstkleidung der Security. *Falk Stucke* stand auf dem Namensschild an seiner Brust. Er strahlte eine natürliche Autorität aus. Ohne dabei einzuschüchtern. Eva musterte das bis auf zwei markante Falten auf der Stirn glatte, fast jungenhafte Gesicht.

»Ihr Kollege hat einen alten Mann mit absolut nicht zu rechtfertigender Gewalt behandelt«, sagte sie.

»Es war Pieper! Der Trottel war schon wieder hier«, maulte der Muskelprotz hinter ihr.

Stucke brachte ihn mit einem kurzen Blick zum Schweigen. Eva hatte keinen Zweifel mehr daran, wer hier das Sagen hatte.

»Ich nehme an, Sie sind Polizistin«, sagte Falk Stucke zu Eva.

»Woher wissen Sie das?«

Er deutete auf eine Überwachungskamera an der Wand. »Ich habe alles von der Zentrale aus mitverfolgt. Zwar reicht die Auflösung nicht aus, um Ihren Ausweis lesen zu können, allerdings gehe ich nicht davon aus, dass Sie dem Kollegen Potthoff ein Busticket gezeigt haben.«

Stucke blickte über Eva hinweg und wandte sich an die beiden Wachleute. »Ich denke, es gibt noch eine Menge zu tun. Und mit Ihnen, Potthoff, unterhalte ich mich später.«

Muskelmann Potthoff und sein Kollege, der bisher, abgesehen von überlauten Atemgeräuschen, keinen Ton von sich gegeben hatte, trollten sich. Eva hörte, wie Potthoff fluchte.

Falls Falk Stucke es auch mitbekommen hatte, ließ er es sich nicht anmerken.

»Es tut mir leid, was passiert ist«, sagte er, und es klang für Eva so, als meinte er es ernst.

»Wenn es nach mir ginge, wäre Potthoff seinen Job längst los«, fuhr er fort. »Männer mit dem Temperament eines überhitzten Dampfkessels können wir hier nicht gebrauchen.«

»Aber es geht nicht allein nach Ihnen«, bemerkte Eva.

Stucke senkte die Stimme. »Der Bursche arbeitet hier nur, weil sein Onkel in der Verwaltung von diesem Laden sitzt. Ich persönlich hätte nichts dagegen, wenn Sie sich schriftlich beschweren.« Er zwinkerte ihr mit dem rechten Auge zu. »Das Wort einer Polizeibeamtin hat sicher Gewicht.«

»Das werde ich tun«, erwiderte Eva. »Allerdings ganz privat.« Sie sah sich um und entdeckte nach kurzer Suche eine weitere Überwachungskamera an einem Stützpfeiler in zwanzig Meter Entfernung.

»Sie können also das ganze Einkaufszentrum überwachen, Herr Stucke?«

Er nickte. »Wir haben vierundvierzig Kameras auf dem Gelände einschließlich Parkhaus verteilt. Allerdings wollten einige Pächter der kleineren Geschäfte bei sich keine Kameras installiert haben. Ich kann das verstehen, wer möchte schon ständig bei der Arbeit beobachtet werden.«

Eva holte das Foto ihrer Freundin aus der Manteltasche und zeigte es dem Mann.

»Haben Sie diese Frau jemals gesehen? Sie hat hier regelmäßig eingekauft.«

Stucke nahm ihr das Foto aus der Hand und studierte es sehr genau, dann schüttelte er den Kopf. »Bedaure. Darf ich fragen, was mit ihr ist?«

Eva zögerte, und der Wachmann winkte ab. »Sie müssen es mir nicht verraten. Ich sollte mich eher für meine Neugierde entschuldigen. Sie ermitteln sicher in einem Fall und können daher nicht mit einem Wildfremden darüber reden.« Er wandte sich zum Gehen.

»Ist es möglich, dass einer Ihrer Kollegen die Frau vielleicht bei einem Diebstahl erwischt hat?«

»Dann wüsste ich davon, und es gäbe einen Vermerk.« Stucke drehte sich um und zog die Augenbrauen in die Höhe. »Sie suchen also nach einer Ladendiebin?«

»Nein.« Eva konnte es nicht ertragen, dass man ihre Freundin Diebin nannte. »Sie wurde ermordet.« Den Satz flüsterte sie fast, aber Stucke verstand ihn trotzdem.

»Verdammt«, knurrte er. »Wenn ich Ihnen noch irgendwie behilflich sein kann, sagen Sie es mir bitte.«

Eva wollte etwas erwidern, ein paar unverfängliche Worte des Dankes, aber da war plötzlich wieder dieser Druck, als hätte sich ein Gurt um ihre Brust gelegt, der immer enger gezogen wurde. Ihre Augen schienen in einen Tunnel zu starren, an dessen Ende ihr das Gesicht des Wachmannes entgegenblickte. Eva versuchte, bewusst ein- und auszuatmen. Manchmal half das, die aufkommende Panik im Zaum zu halten.

Nicht jetzt! Bitte! Nicht jetzt!

Sie spürte, dass sie es nicht schaffen würde, die wenigen Meter bis zum Ausgang zu bewältigen.

»Geht es Ihnen nicht gut?«

Die Worte des Mannes klangen, als würden sie von Watte gedämpft.

Ihr Herz klopfte in einem harten Bass, jeder Schlag erzeugte in ihrem Kopf ein stakkatohaftes Echo.

Hätte der Wachmann sie nicht festgehalten, wäre sie hart auf dem Boden gelandet. Unfähig, auch nur die Arme zu heben, um den Aufprall abzufangen.

Für den Moment nahm sie nur seinen ganz individuellen Geruch, den kürzlich gewaschenen Pullover, einen Hauch von Schweiß, altmodisches Rasierwasser, wahr.

»Ich bringe Sie in mein Büro«, sagte er direkt neben ihrem linken Ohr. »Es sind nur ein paar Schritte.«

Eva wollte sagen, dass es ihr schon besserginge – eine glatte Lüge –, konnte aber nur ein unbestimmtes Brummen von sich geben.

*

Sie saß auf einem Stuhl und trank kühles Wasser. Auf einem zweiten Stuhl lag der Wintermantel, den ihr der Wachmann ausgezogen hatte.

Langsam normalisierten sich die Abläufe in ihrem Körper. Zurück blieben Angst und die Scham, dass es dieses Mal einen Zeugen ihrer Schwäche gegeben hatte.

»Sind Sie sicher, dass ich keinen Arzt rufen soll?«, fragte der Mann, dessen Name ihr erst wieder einfiel, als erneut das Schild an seinem Pullover in ihr Blickfeld geriet.

»Nein, danke«, sagte sie.

»Es steht mir nicht zu, Ihnen Ratschläge zu geben, aber so einen Schwächeanfall sollte man nicht auf die leichte Schulter nehmen.« Die Stimme des Mannes hörte sich ernsthaft besorgt an und strahlte gleichzeitig eine beinahe meditative Ruhe aus, die ihr guttat.

»Ich hatte vor einiger Zeit eine Lungenentzündung«, log Eva. »Da kann es gelegentlich zu so was kommen.«

Sie erwartete, dass er nun bemerken würde, dass man sich mit *so was* besser noch schonen sollte, anstatt einem Mörder nachzujagen. Aber Falk Stucke schenkte ihr nur noch etwas Mineralwasser aus einer Flasche nach und schwieg.

Eva betrachtete die Monitore an der Wand. Sie zeigten verschiedene Orte auf dem Gelände des Einkaufscenters und wechselten dann in einem Rhythmus, den Eva noch nicht nachvollziehen konnte, zur nächsten Kameraeinstellung. In Krimis flackerten die Übertragungen auf den Monitoren zumeist und übermittelten nur ein verwackeltes schwarzweißes oder grünstichiges Bild. Aber in Stuckes Zentrale waren sie farbig und so gestochen scharf, dass Eva deutlich den resignierenden Blick einer älteren Frau beobachten konnte, als sich ihr Begleiter einem Regal mit Modellautos zuwandte. Eine Kamera zeigte eine junge Angestellte in einem blauen Kittel, die sich im Eingangsbereich mit einer Kolonne Einkaufswagen abmühte. Auf einem anderen Monitor schlenderte der Muskelmann Potthoff an einer Eisdiele vorbei, die selbst im Januar gut besucht war, und sah dabei überaus schlecht gelaunt aus. Offensichtlich gingen er und sein schweigsamer Kollege gerade getrennte Wege.

Eva zählte zehn Monitore, und ihr wurde klar, dass ihre Freundin Petra nur dann von Stucke oder einem anderen Diensthabenden bemerkt worden wäre, wenn sie sich auffällig benommen hätte. Aber offenbar hatte sie in den Ruhr-Alleen entweder nichts gestohlen oder war in ihrem Metier mittlerweile absolut routiniert gewesen.

Aber vielleicht war sie dennoch am vergangenen Dienstagvormittag hier gewesen und jemandem – ihrem Mörder? – begegnet. Eva klammerte sich schon jetzt an jeden Strohhalm.

»Das wird doch alles aufgezeichnet?«, fragte sie.

»Sicher«, stimmte Stucke zu. »Allerdings alle vierundzwanzig Stunden wieder gelöscht. Ist Vorschrift.«

Er bemerkte, dass sie eine andere Antwort erhofft hatte, und sagte: »Ich könnte von dem Foto des Opfers eine Farbkopie machen und sie allen Kollegen zeigen. Vielleicht fällt denen dazu etwas ein.«

Eva nickte zustimmend und übergab ihm das Foto von Petra mit noch immer zitternden Händen. Sie sah ihm dabei zu, wie er es einscannte und mehrmals ausdruckte. Als er ihr das Original zurückgab, hielt er inne und starrte zu der Wand mit den Monitoren. »Da«, sagte er laut. »Wie konnte ich das nur vergessen!« Er tippte mit dem Zeigefinger auf einen der Bildschirme in der unteren Reihe. »Sehen Sie sich den Kerl hier an.«

Eva erhaschte noch einen Blick auf die Rückenansicht eines Mannes mit Hut, der um eine Ecke bog. Dabei schien er es ziemlich eilig zu haben.

»Ein Ladendieb?«, fragte sie.

»Nein.« Er tippte auf die Tasten des Steuerungspults, aber der Hutträger mit dem grauen Mantel tauchte nicht mehr auf.

»Es gibt immer ein paar Spanner, die bei den Umkleidekabinen oder den Toiletten umherschleichen«, erklärte Stucke. »Einige Frauen sind auch schon verbal belästigt worden, ehe wir rechtzeitig vor Ort waren.«

»Und der Kerl von eben ist Ihnen also schon mal aufgefallen?«, fragte Eva und suchte noch immer die einzelnen Monitore nach dem Mann ab.

»So ist es«, stimmte Stucke zu. »Natürlich muss ein sexuell verklemmter Spanner kein Mörder sein, aber besser, man lässt keine Möglichkeit aus. Wenn Ihre Freundin oft hier war, könnte sie ihm natürlich begegnet sein.«

Sie verfolgten noch eine Weile den schnellen Wechsel der Bilder, aber Stucke konnte den Mann auch im Parkhaus nicht ausfindig machen.

»Leider war er immer so schnell wieder verschwunden, dass wir nie dazu gekommen sind, seine Personalien festzustellen«, erklärte der Wachmann und fügte nach kurzem Nachdenken hinzu: »Andererseits wäre es ziemlich idiotisch von ihm, wenn er tatsächlich etwas mit dem Mord zu tun hat und danach wieder hierher zurückkehrt.«

Eva fühlte sich, als hätte sie versucht, als Untrainierte an einem Marathonlauf teilzunehmen. Ihr Atem ging noch immer unregelmäßig, und sie musste sich anstrengen, um genügend Sauerstoff in ihre Lunge zu bekommen. Gleichzeitig bemühte sie sich, bei Stucke den Eindruck zu erwecken, sie sei schon wieder Ordnung. Als wäre das nichts als ein kleiner Schwächeanfall gewesen.

Sie holte eine Visitenkarte aus dem Portemonnaie, schrieb ihre private Handynummer hinzu und reichte sie dem Wachmann. Normalerweise hielt sie nichts davon, diese Nummer an Fremde weiterzugeben, aber hier ging es um die Ermordung ihrer besten Freundin. Nicht der kleinste Hinweis durfte ihr bei der Aufklärung entgehen.

»Zeigen Sie das Foto allen Kollegen. Wenn die sich an die Frau erinnern oder dieser Spanner wieder auftaucht, melden Sie sich bitte bei mir.«

»Darauf können Sie sich verlassen«, sagte Stucke.

Eva stand auf, und er half ihr in den Mantel. Eine höfliche, wenn auch etwas altmodische Geste, die ihr gefiel. Dabei kam ihr der Wachmann so nahe, dass sie sein Aftershave riechen konnte. Der Name des Rasierwassers wollte ihr nicht einfallen, aber erinnerte sie an ihren Vater. An jene Momente, in denen er ihr einen Gutenachtkuss gegeben hatte. Ganz behutsam auf die Stirn.

»Auf Wiedersehen«, sagte Eva. »Und vielen Dank für Ihre Hilfe.«

»Gern«, sagte Falk Stucke und öffnete ihr mit einem Lächeln die Tür.

Kapitel drei

Eva führte am nächsten Morgen drei wichtige Telefonate.

Hauptkommissar Dewald gestand ihr, dass die Ermittlungen keinen Schritt weitergekommen waren. Aber, so betonte er, man stände ja noch immer ganz am Anfang.

»Gab es in der Vergangenheit ähnliche Fälle?«, fragte Eva nach.

»Daran habe ich mich natürlich auch schon gemacht.« Sie hörte, dass er in Unterlagen blätterte. »Vor neunzehn Monaten sind in der Nähe von Soest das Ehepaar Mischke und dessen Tochter in ihrem Haus ermordet worden. Zunächst deutete alles auf eine ehemalige Geliebte des Mannes hin.«

»Aber sie war es nicht?«

Dewald blätterte erneut in seinen Unterlagen. »Die Verdächtige Jutta Skeri hatte für die Tatzeit ein Alibi. Ihr Bruder sagte aus, dass sie bei ihm gewesen sei. Wir konnten nichts Gegenteiliges beweisen.«

»Wurde der Mann auch kastriert?«

»Es gab Einstiche am ganzen Körper. Auch in den Genitalbereich. Aber so etwas wie bei Robert Wiese hat nicht stattgefunden.«

»Wie kam das Mädchen ums Leben?«, fragte Eva.

»Es wurde mit einem Kissen erstickt.«

Eva bat ihn um weitere Details, den Namen und die

Adresse der verdächtigten Frau. Sie musste jeder noch so kleinen Spur folgen. Das war sie Petra schuldig.

Dewald gab ihr nach kurzem Zögern Auskunft und stellte abschließend fest: »Sie wollen der Frau bestimmt einen Besuch abstatten, denn wenn sie es wirklich nicht war, besteht die Möglichkeit, dass Petra Wieses Familie einem Wiederholungstäter zum Opfer fiel. Ich verstehe das, aber Sie werden feststellen, dass ein Besuch bei Frau Skeri zu nichts führt.«

»Ich möchte es trotzdem versuchen«, sagte Eva.

»Verrennen Sie sich nicht, und vergessen Sie auf gar keinen Fall, wer die Ermittlungen leitet«, mahnte sie Dewald scharf.

Als sie aufgelegt hatte, musste Eva wieder an den Traum in der letzten Nacht denken. Dieser Traum, der sich seit Jahren wiederholte und trotz winziger Variationen stets darin gipfelte, dass sie aufrecht im Bett saß und mühsam darum kämpfte, in die Realität zurückzufinden und nicht zu weinen.

Das Klingeln des Telefons befreite sie von den Bildern und Geräuschen – Schreie, blinkende Warnlichter, quietschende Reifen und ein dumpfer Schlag – in ihrem Kopf.

Es war Petras Bruder. Eva hatte ihn nur wenige Male auf den Geburtstagen ihrer Freundin getroffen. Ein unscheinbarer, wortkarger Mann, der sich stets abseits hielt und errötete, wenn ihn eine Frau ansprach. Beinahe flüsternd teilte er Eva mit, dass er im Auftrag seiner Mutter anrief und ihr mitteilen sollte, dass die Beerdigung am nächsten Tag stattfand. Er nannte noch Ort und Zeitpunkt und beendete das Gespräch mit einem gemurmelten Abschiedsgruß.

Eva hatte bereits mehrmals erfolglos versucht, Petras

Mutter zu erreichen. Vermutlich wollte die Frau in ihrer Trauer von niemandem gestört werden.

In den letzten Tagen hatte Eva nicht eine Sekunde lang an die unausweichliche Beerdigung gedacht. Ihre Gedanken kreisten permanent darum, wie der Täter überführt werden konnte.

Ein Begräbnis, die Gewissheit, dass Petra und ihre Familie in metertiefen Löchern verschwanden, hatte etwas gnadenlos Endgültiges. So, als würden damit sogar die Ermittlungen der Polizei sinnlos werden. Eva war nicht bereit, das zu akzeptieren.

Sie griff zum Hörer, rief ihren Vorgesetzten an und bat darum, ihren Urlaub verlängern zu können.

Er gab ihr sofort sein Einverständnis, und nachdem sie das Gespräch beendet hatte, fragte sich Eva, ob in der Stimme ihres Chefs Erleichterung mitgeklungen hatte. Lag es daran, dass er annahm, die Ermordung der besten Freundin könnte ihre Dienstfähigkeit beeinträchtigen? Oder wusste er längst von ihrer Kurzatmigkeit und der daraus resultierenden Konzentrationsschwäche, die sie vor den Kollegen zu verbergen suchte?

*

Jutta Skeri wohnte nicht mehr in Soest. Sie war nach Hamm umgezogen. In ein renovierungsbedürftiges Hochhaus am Stadtrand.

Eva hatte ihren Besuch telefonisch angemeldet, und die Frau war nach kurzem Zögern bereit, sich mit ihr zu treffen.

Jutta Skeris rundes Gesicht war voll nervöser Erwartung. Sie setzte sich auf den Stuhl auf der anderen Seite des quadratischen Küchentisches und musterte Eva einige Sekunden mit offenem Mund.

»Sie erzählten, dass es zu Morden gekommen ist, die denen in Soest ähneln. Wie soll ich Ihnen da helfen?«, fragte sie mit einer Stimme, die nach zu vielen Zigaretten klang.

Das Alter der Frau ließ sich nicht leicht schätzen. Sie mochte Mitte vierzig, aber vielleicht auch etliche Jahre jünger sein. Eva konnte sehen, dass Jutta Skeri ihren Körper vernachlässigte. Sie war schlaff und dicklich. Zwischen T-Shirt und Hose standen ein paar Zentimeter weißes Fleisch heraus. Ihr langes braunes Haar war so dünn, dass die Kopfhaut durchschimmerte.

»Ich habe es bereits eine Million Mal gesagt.« Eva beobachtete, dass die Frau ihre Hände zu Fäusten ballte. »Aber ich sage es immer wieder: Ich habe mit den Morden nichts zu tun. Ich spreche nur mit Ihnen, weil ich hoffe, dass der wahre Mörder von Björn und seiner Familie endlich gefasst wird. Erst dann werden mich alle in Ruhe lassen.«

Hauptkommissar Dewald hatte auf Evas Bitte einen Auszug aus dem Abschlussbericht zu den Morden in Soest per Mail geschickt. Mit dem Vermerk, dass sie darüber unbedingt Stillschweigen bewahren musste.

»Im Haus der Familie Mischke fand man Haare von Ihnen«, sagte Eva.

»Ohne Wurzel! Abgeschnittene Haare also!«, fiel ihr Jutta Skeri ins Wort und beugte sich über die Tischkante.

»Am Tag zuvor waren Sie beim Friseur. Die Polizei vermutete, dass sich noch ein paar lose Haare in Ihrer Frisur oder auf der Kleidung befanden und so in das Haus der Familie kamen. Der Friseur hat die Haare jedenfalls nicht dort verteilt. Obwohl er kein Motiv für die Tat hatte, wurde er dennoch überprüft. Außerdem wurde in Ihrem Keller die Tatwaffe, ein Küchenmesser, mit dem Blut der Opfer gefunden. Wie ist das möglich?«

Die Frau berührte ihr Kinn mit den Fingerspitzen und sprach jetzt so hastig, als rechnete sie damit, jederzeit aus dem Raum gezerrt zu werden. »Ich wohnte in einem Haus mit zwölf Mietparteien. Mein Keller war nicht abgeschlossen und daher für jedermann zugänglich.«

»Aber Sie hatten ein Motiv.«

»Welches denn?«, schrie die Frau und senkte sofort wieder die Stimme. »Eifersucht? Weil Björn seiner Karriere zuliebe nichts mehr von mir wissen wollte? Weil seine beschissene Firma auf den Namen seiner Frau lief und sie ihn so unter Druck setzen konnte?«

»Es gibt Zeugen, die gesehen haben, wie Sie ihm wenige Tage vor dem Mord auf offener Straße eine ziemlich heftige Szene geliefert haben.«

Jutta Skeri schüttelte den Kopf, und die ausgeprägten Fleischfalten unter ihrem Kinn erzitterten. »Ich war außer mir! Seit Jahren versprach er mir, sich von seiner Frau zu trennen, und dann sagte er mir eines Abends, dass es vorbei ist. Weil die Gefühle für seine Frau neu entflammt sind. Genau diese Formulierung benutzte er. Wie aus einer schmalzigen Fernsehserie. Dabei hatte er mich noch fünf Minuten zuvor gefickt.« Sie schnaubte verächtlich, schwieg einen Moment und blickte zur Decke.

»Trotzdem hätte ich ihn nie umbringen können«, sagte sie dann. »Vielleicht in der ersten halben Stunde, aber dann nicht mehr.« Jutta Skeri beugte sich erneut weit nach vorn, und Eva konnte riechen, dass die Frau aus dem Mund intensiv nach Pfefferminz roch. »Mir vorzuwerfen, der kleinen Marie etwas angetan zu haben, ist furchtbar.« Jutta Skeri ließ sich ruckartig auf den Stuhl zurückfallen und legte die Stirn in Falten. »Was wollen

Sie überhaupt von mir? Ich bin definitiv unschuldig. Während der Tatzeit habe ich meinem Bruder beim Renovieren seiner neuen Wohnung geholfen.«

»Ich zweifele ja gar nicht an Ihrer Unschuld«, lenkte Eva ein. »Aber irgendjemand muss von Ihrem Verhältnis mit Björn Mischke gewusst haben. Darum geht es mir. Vermutlich hat er sogar den Streit beobachtet. Und er wusste, wo und wie Sie gewohnt haben.«

»Und er hat meine abgeschnittenen Haare beim Friseur mitgehen lassen«, unterbrach die Frau. »Jetzt werden Sie mich fragen, ob mir ein Verfolger aufgefallen ist. Jemand, der sich zeitgleich die Haare schneiden ließ. Damit hat mich damals schon die Polizei gelöchert. Aber ich kann mich nicht erinnern. Da war keiner, der mir nachschlich. Falls doch, dann war er verdammt geschickt.«

»Wie ich schon am Telefon sagte, hat es vor ein paar Tagen einen ähnlichen Fall gegeben«, erwiderte Eva und wartete gespannt auf die Reaktion ihres Gegenübers.

»Reden Sie weiter«, bat Jutta Skeri. »Ich war es jedenfalls auch dieses Mal nicht.« Die Frau atmete tief ein und fragte dann mit belegter Stimme: »War auch ein Kind unter den Opfern?«

»Ein Ehepaar und seine zwei Kinder. Ermordet in ihrem eigenen Haus. Es gibt weder Spuren noch ein Motiv.«

»Bei mir war es anders«, sagte Jutta Skeri. »Ich sollte der Polizei auf dem Tablett serviert werden. Wo sehen Sie da eine Gemeinsamkeit? Oder versucht wieder jemand, einer Unschuldigen alles in die Schuhe zu schieben?«

»Nein.«

»Dann weiß ich nicht, was Sie mit Ihrem Besuch bezwecken wollen«, sagte Jutta Skeri. »Finden Sie diesen Mörder. Er hat sich an dem Heiligsten vergriffen, was es gibt. An Kindern. Wissen Sie, was es heißt, auch nur in den Verdacht zu geraten, eine solche Tat begangen zu haben? Selbst wenn man freigesprochen wurde. Ich weiß es sehr genau! Was glauben Sie, warum ich Soest verlassen habe und in dieser Bude lebe. Ich bin auf offener Straße bespuckt und beschimpft worden. Der Bäcker verkaufte mir kein Brot mehr, und meinen Job war ich auch los.« Der Arm der Frau schoss vor wie eine angreifende Schlange. Ehe Eva reagieren konnte, wurde ihr Handgelenk umfasst.

»Wer immer es war, es darf nicht noch einmal geschehen.« In Jutta Skeris Augen standen mit einem Mal Tränen, und eine dünne Haarsträhne fiel auf ihre Wange. »Nie mehr!«

Die Frau griff zum ersten Mal nach der Tasse auf dem Tisch und trank einen Schluck Kaffee. Anschließend drehte sie die Tasse zwischen ihren langen Fingern mit den abgekauten Nägeln.

»Es wurde nichts gestohlen?«, fragte sie.

Eva schüttelte den Kopf. »Anscheinend nicht.«

»Aber warum tötet er dann eine ganze Familie?« Jutta Skeri gab sich selbst die Antwort. »Weil er verrückt ist. Verrückt und durch und durch böse. Er wird damit weitermachen.« Ihr Mund stand offen, die vollen Lippen glänzten. »Vielleicht waren es nicht seine ersten Morde. Vielleicht hat er damals auch Björn und seine Familie getötet.«

Jutta Skeri warf ihr einen vernichtenden Blick zu. »Fakt ist, dass Sie und Ihre Kollegen versagt haben. Der Mörder der Familie Mischke läuft immer noch frei herum.«

*

Falk Stucke war von seinem Vater nie geschlagen worden. Obwohl er sich das manchmal sogar gewünscht hatte, denn vielleicht hätte so seine Mutter weniger Prügel abbekommen. Aber sein Vater bestrafte ihn stattdessen mit Missachtung oder schnaufte nur verächtlich, wenn er sah, wie sein immer fetter werdender Sohn versuchte, sich in eine Hose hineinzuquetschen.

Der Mutter hingegen schenkte Vater gelegentlich teure Kleider, die natürlich nicht zum Sortiment seines Ladens gehörten. Allerdings waren sie dann ebenfalls zwei Nummern zu klein. Wenn die Mutter dann nicht hineinpasste, reagierte Falks Vater verärgert und verlangte von ihr, gefälligst abzunehmen.

Er schikanierte sie auch, indem er ihr Schmuck kaufte und später dann so gut versteckte, dass die Mutter ihn nicht finden konnte. Wenn er dann fragte, warum sie denn nicht seinen Schmuck trage, blieb ihr nichts anderes übrig, als einzugestehen, dass die Kette oder der Armreif verschwunden waren.

Wenn sich die Mutter ganz besonders bemühte, ihrem Mann alles recht zu machen, sich möglichst unauffällig und fügsam zu verhalten, konstruierte er eben Vorwände für seine Gewaltexzesse.

Falk wurde häufig Zeuge des widerwärtigen Verhaltens seines Vaters. Die Wohnung befand sich direkt über dem Laden, und es gab keine klare Trennung von Arbeit und Privatleben. Manchmal musste Falk seine Hausaufgaben im Warenlager machen, das nur durch einen Vorhang vom Verkaufsraum getrennt war. Er hörte die spitzen Bemerkungen und die offenen Beleidigungen seines Vaters gegenüber der Mutter, wenn keine Kunden anwesend waren. Fast noch schlimmer war der Tratsch der Frauen, die sich selbst als Freundinnen bezeichneten und scheinheilig eine neue Verletzung seiner Mutter bedauerten. Obwohl sie es nicht offen aussprachen, konnte er am Tonfall der Frauen hören, dass sie ihr kein Wort von dem angeblichen Ausrutscher auf der Treppe oder dem Sturz mit dem Fahrrad glaubten.

Als Inhaber eines gutgehenden Ladens inmitten der Fußgängerzone glaubte sein Vater am gesellschaftlichen Leben teilnehmen zu müssen. Er wollte damit mehr Kunden ins Geschäft ziehen, aber Falk kapierte früh, dass in Wirklichkeit notorische Wichtigtuerei der wahre Grund war. Regelmäßig traf sich sein Vater zu irgendwelchen Besprechungen mit anderen Einzelhändlern, organisierte Wohltätigkeitsveranstaltungen und rannte jeden zweiten Sonntag in die Kirche, um vor und während des Gottesdienstes nach allen Seiten zu grüßen. Er trat sogar den Sozialdemokraten, der stärksten politischen Kraft vor Ort, bei. Nicht aus Überzeugung – sein Kreuz machte er auf dem Wahlzettel ohnehin woanders –, sondern weil er sich davon einen Vorteil versprach.

Seine Rechnung ging auf, denn er eröffnete in den Nachbarstädten zwei weitere Läden, und eine Weile schien es so, als sei er zu beschäftigt, um auf seine Frau einzuprügeln. Aber dafür wurde Falks Mutter öffentlich gedemütigt, weil ihr Mann aus seinen Affären mit anderen Frauen keinen Hehl machte.

Ein einziges Mal wurde er deshalb von Falks Mutter zur Rede gestellt. Ihr war von einer Bekannten zugetragen worden, dass er ein Verhältnis mit gleich zwei Verkäuferinnen aus den Filialen hatte.

Falk war verwundert gewesen, dass sein Vater die weinerlich vorgetragenen Vorwürfe ohne jegliche Reaktion über sich ergehen ließ. Er saß in seinem Sessel vor dem Fernseher und sah sich die Tagesschau an. Als der Wetterbericht vorbei war, schaltete er das Gerät aus und wandte sich zu seiner Frau um. Sie verstummte, machte große Augen und versuchte trotzdem irgendwie Haltung zu bewahren.

»Das muss aufhören«, sagte sie mit nach vorn gestrecktem Kinn.

»Das wird es«, erwiderte Falks Vater. Er stand auf und boxte ihr mit voller Wucht in den Bauch. Sie knickte ein, röchelte und spuckte, während er ihr noch einen Tritt verpasste.

»Siehst du«, sagte er. »Jetzt hat es aufgehört. So einfach geht das.«

Falk war damals elf gewesen und hatte zunächst nur wie erstarrt zusehen können. Erst als der Vater seine Mutter an den Haaren ins Badezimmer zerrte, ihren Kopf in die Toilettenschüssel drückte und immer wieder die Wasserspülung betätigte, rief er laut: »Lass sie! Hör auf damit!«

»Wenn du nicht sofort die Klappe hältst, mache ich die Mama kaputt«, sagte sein Vater ganz ruhig, ohne sich zu ihm umzudrehen.

Am nächsten Tag, der Vater hielt sich in einer der Filialen auf, fragte Falk seine Mutter, ob sie nicht einfach gemeinsam abhauen könnten.

Er erinnerte sich noch genau an ihre Worte: »Wohin denn, Junge? Er würde mich finden.«

»Du musst noch einmal versuchen, ihn umzubringen«, drängte Falk.

Die Mutter schüttelte den Kopf und legte eine Hand auf seine Wange. »Was ich getan habe, war völliger Blödsinn. Wenn ich ins Gefängnis komme, was soll dann aus dir werden? Wer soll auf dich aufpassen?«

Für Falk hatte es damals nur einen einzigen Zufluchtsort gegeben: die Waltons. Er hatte die Familienserie schon als kleiner Junge geliebt. Das Haus der Waltons in den Blue Ridge Mountains erschien ihm wie das Paradies. Ein Ort, an dem es keine Gewalt gab und die Familie alle Probleme durch Zusammenhalt und Güte löste. Es existierte eine einzige VHS-Kassette, die sein Vater aufgenommen hatte und die sich Falk immer und immer wieder ansah. Bis die Bildqualität schlechter wurde und die Stimmen von Grandpa Walton, John-Boy und den anderen an einigen Stellen zu leiern begannen.

Viele Jahre später, Falk war schon vierundzwanzig und noch immer fett, stieß er dann seinen angetrunkenen Vater die steile Kellertreppe hinunter. Es war eine spontane Entscheidung gewesen, um zu verhindern, dass die Mutter nach zwei, drei weiteren Flaschen Bier wieder leiden musste.

Er bedauerte, dass er so spät gehandelt hatte. Außerdem war es ein Akt der Feigheit gewesen, denn er hatte gewartet, bis das Alter und der Suff den Vater schwächer werden ließen. Erstaunlich war jedoch die Erkenntnis, wie leicht es eigentlich war, ein Leben zu beenden. Danach hatte er sich sehr gut gefühlt.

Nach dem Tod ihres Mannes sollte seine Mutter nur zwei Jahre in Freiheit und Würde verbringen. Die Ärzte stellten bei ihr Lungenkrebs fest, obwohl sie in ihrem ganzen Leben, wie sie immer wieder betonte, nur viermal an einer Zigarette gezogen hatte. Falk hielt es für wahrscheinlich, dass die billigen Textilien, die seine Mutter im Laden sortieren musste, an der Erkrankung schuld waren. Das Zeug stank dermaßen nach irgendwelchen Chemikalien, dass man an heißen Sommertagen glaubte, ersticken zu müssen. Ein Geruch wie eine Mischung aus Nagellackentferner, Benzin und Mottenkugeln.

*

Falk hatte in der Zentrale des Sicherheitsdienstes das Deckenlicht ausgeschaltet. Er sah in den Spiegel über der kleinen Teeküche: Im Schein der Monitore wirkte sein markantes Gesicht blass und kränklich. In Wirklichkeit fühlte er sich so gut wie schon lange nicht mehr.

Er sah auf die Uhr und stellte fest, dass Rattenfresse und seine Frau heute ein wenig Verspätung hatten. Mehrmals in der Woche, immer gegen halb zwei tauchten sie auf, um in der Subway-Filiale etwas zu essen. Sie bestellte ein kleines Sandwich und er die XXL-Version.

Falk nannte den Burschen Rattenfresse wegen der übergroßen Schneidezähne und der spitzen Nase, die wie ein Fremdkörper aus dem schmalen Gesicht herausragte. Er hatte Rattenfresse schon aus der Nähe betrachtet. Ebenso wie seine Ehefrau – sie trug einen Ehering, bei Rattenfresse baumelte er an einer Kette um den Hals.

Das Paar kaufte nach dem Imbiss immer eine Großpackung Windeln. Falk hoffte nicht, dass sie währenddessen das Baby allein ließen.

Es waren nicht die üppig aufgetragene Schminke und die Sonnenbrille, welche die Frau selbst bei dem künstlichen Licht im Einkaufszentrum fast nie abnahm, die Falk aufmerksam gemacht hatten. So wie er potentielle Ladendiebe leicht identifizieren konnte, galt das auch für Gewalt in Partnerschaften. Auf einem der Monitore hatte er beobachtet, wie sie in einem Anfall von Albernheit gewagt hatte, Rattenfresse einen Hut – Modell Erich Honecker – aufzusetzen. Als Reaktion darauf hatte er ihr Handgelenk gepackt und so verdreht, dass sie den Mund zu einem für Falk stummen Schrei öffnete. Auch ohne Tonübertragung hatte er an der Reaktion anderer Kunden sehen können, dass ihr Schmerz nicht zu überhören gewesen war.

Da waren sie!

Rattenfresse und Frau kamen gerade an der Eisdiele vorbei, die während des ganzen Jahres geöffnet blieb. Sie hielten direkt auf die Subway-Filiale zu. Er hatte wieder diesen wiegenden Gang, als wäre er gerade von seinem Pferd gestiegen, und spuckte einen Kaugummi in einen der Blumenkübel. Sie, feingliedrig und stets ein wenig geistesabwesend, trug die gewohnte Sonnenbrille und einen violetten Schal. Falk argwöhnte, dass er nicht allein als Schutz vor der Kälte diente, sondern blaue Flecken, vielleicht sogar Würgemale, verbergen sollte.

Er spürte, wie ihm heiß wurde. Die Hitzewelle breitete sich von seinen Ohrläppchen über die Wangen aus, und er wusste, dass sein Gesicht jetzt voller roter, ungleichmäßiger Flecken war.

Falk ging zum Waschbecken und kühlte sich mit eiskaltem Wasser ab.

Kollege Mertens erschien fünf Minuten später, um ihn abzulösen. Falk hatte behauptet, er habe einen wichtigen Zahnarzttermin und müsste daher den Rest des Tages freinehmen.

Er brauchte sich nicht zu beeilen, um zu seinem Wagen zu gelangen. Er hatte den silbergrauen Mazda 626 Kombi in Sichtweite der Parkhauseinfahrt abgestellt. Ein Blick auf die Uhr zeigte ihm, dass Rattenfresse und Frau frühestens in einer Viertelstunde das Parkhaus verlassen würden. Dank der Überwachungskameras wusste Falk, dass der Kerl seinen dunkelgrünen Toyota Van immer auf Parkdeck 1 abstellte. Möglichst nahe am Treppenhaus. Rattenfresse war offensichtlich nicht gern zu Fuß unterwegs.

Da kamen sie.

Falk startete den Motor und wartete, bis ein weiteres

Fahrzeug aus dem Parkhaus fuhr, und nahm dann die Verfolgung auf. Das Paar im Van würde ihn nicht bemerken. Im Laufe der Zeit hatte er das Verfolgen und Beschatten von Personen perfektioniert. Selbst die Wahl seines Wagens war nicht willkürlich gewesen. Gab es ein unauffälligeres Auto als einen sechzehn Jahre alten Mazda Kombi in der Farbe von grauem Mörtel und einem Design, das man wohlwollend als zweckmäßig bezeichnen konnte? Ohne den geringsten Schnickschnack wie Aufkleber oder Alufelgen. Nie auf Hochglanz poliert, aber auch nicht so verschmutzt, dass jemand daran Anstoß nehmen könnte. Im Verkehrsstrom war der Wagen nahezu unsichtbar.

Der Van bog auf die Bundesstraße in Richtung Dortmund, und Falk verspürte Lust auf ein wenig Musik. Er entschied sich für eine CD mit Countrymusic und summte die sentimentalen Melodien leise mit. Ein Kontrollblick in den Innenspiegel zeigte, dass die hektischen Flecken aus seinem Gesicht verschwunden waren. Wie immer, wenn die Jagd begann, war er die Ruhe selbst.

Er folgte dem Toyota in Richtung Innenstadt und musste eine Ampel bei Gelb überfahren, um die Beute nicht aus den Augen zu verlieren.

Falk verabscheute Großstädte. Es wäre ihm lieber gewesen, Rattenfresse hätte nicht den Weg in die City gewählt. Aber was hatte er von so einem Mistkerl schon zu erwarten? Dass er wie Falk ein beschauliches Leben auf dem Land bevorzugte?

Nein, Typen wie Rattenfresse brauchten ein sogenanntes urbanes Umfeld. Wo sie in Kneipen mit Gleichgesinnten abhingen und über Sport, banale Filme und ihre *Weiber* herzogen. Nichts lag ihnen ferner, als ihre Frauen mit dem gebotenen Respekt zu benennen und zu behandeln.

Während Falk über das kranke Weltbild von Männern wie Rattenfresse sinnierte, bog der Van erneut ab.

Das Kreuzviertel.

Mehrstöckige Häuser aus der Gründerzeit reihten sich dicht an dicht aneinander. Parkende Autos auf beiden Seiten verengten die Straßen zu schmalen Fahrspuren.

Falk hielt Abstand und beobachtete, wie der Fahrer des Vans nach einer Parklücke suchte. Nachdem er sich eine Weile im Schritttempo bewegt hatte, lenkte Rattenfresse sein Fahrzeug in eine Einfahrt und wendete. Falk sah, dass der Toyota direkt auf ihn zukam. Es gab keine Möglichkeit auszuweichen. Rattenfresse hatte eine entschlossene Miene aufgesetzt, schürzte die Lippen und hoffte vermutlich, gefährlich zu wirken.

Platz da!, signalisierte er. Unterstützt von einer herrischen Geste.

Falk blickte kurz in das blasse Gesicht der Frau auf dem Beifahrersitz. Sie hatte die Sonnenbrille abgesetzt, und ihr Gesicht zeigte eine Mischung aus Furcht und Missbilligung. Sie wandte sich sogar kurz an ihren Mann. Vermutlich, um ihn um Mäßigung zu bitten. Der reagierte aber nur mit einem aggressiven Seitenblick und hielt weiterhin unvermindert auf Falks Mazda zu. Rattenfresse konnte nicht ahnen, dass er damit gerade sein Todesurteil unterschrieben hatte.

Falk Stucke verzog den Mund zu einem betont devoten Lächeln, hob begütigend die Hand und legte den Rückwärtsgang ein. Ihm war mittlerweile klargeworden, dass er mit Rattenfresse und dessen Familie nicht so wie geplant – heilend, therapierend – vorgehen konnte, sondern einen schnellen und endgültigen Schlag austeilen musste.

Falk fuhr über hundert Meter rückwärts, ohne seinen unterwürfigen Gesichtsausdruck zu verlieren, und sah, dass der Toyota endlich eine Lücke zwischen den parkenden Fahrzeugen fand. Er selbst setzte seinen Wagen vor eine Ausfahrt und registrierte, in welchem Haus Rattenfresse und Frau – sie bepackt mit den Einkäufen – verschwanden. Durch die großen Fenster der Vorderfront konnte er verfolgen, dass sie im zweiten Stock wohnten.

Jetzt benötigte er nur noch ein wenig Geduld und den Schutz der Dunkelheit. Alles zu seiner Zeit.

Die Jagd hatte ihn hungrig gemacht. Auf dem Heimweg kam er an seiner Lieblingsimbissbude vorbei. Die machten dort einen richtig guten Hamburger. Mit Speck, Zwiebeln und würziger Sauce. So ähnlich mussten die Hamburger in einem amerikanischen Diner schmecken, die Falk aus Filmen kannte. Da, wo Trucker einkehrten und kumpelhafte Frauen in Schürzen so viel schwarzen Kaffee nachschenkten, wie man wollte.

Wie immer hatte sich Falk an einen der Ecktische gesetzt. Mit dem Rücken zur Wand.

Da die Mittagszeit vorüber war, herrschte nur wenig Betrieb. Zwei junge Frauen warteten auf ihr Essen und studierten schweigend die Displays ihrer Handys. Ein dicklicher Mann schaufelte Unmengen Frittiertes in sich hinein und sah dabei wie ein Hauptanwärter auf den nächsten Herzinfarkt aus.

Falk hatte gerade seinen Burger und eine Cola light bestellt, als ein Paar den Imbiss betrat. Er hielt ihr höflich die Tür auf. Von draußen drang ein Schwall kalter Luft ins Innere, der den Geruch der Abgase vom nahen Lkw-Parkplatz mit sich trug, wo zwei Fahrer ihre Dieselmotoren im Stand laufen ließen.

Die Frau mochte Ende dreißig oder Anfang vierzig sein. Sie war schmächtig und wirkte verhärmt, in ihrem dunklen Haar schimmerte erstes Grau. Falk korrigierte die Einschätzung ihres Alters bei genauerer Betrachtung. Wahrscheinlich war sie gerade erst Mitte dreißig, das Leben zehrte einfach an ihr. Zu ihrem Nachteil hatte sie irgendwann den Versuch gestartet, dem entgegenzuwirken. Ihre Lippen waren überproportional groß und erinnerten Falk an prall aufgepumpte Fahrradschläuche.

Sie hat sich Kollagen spritzen lassen, stellte er fest.

Der Mann war trotz der Jahreszeit braun gebrannt, beinahe so groß wie Falk und trug einen sorgfältig getrimmten Bart. Die schwarze Lederjacke spannte ein wenig, und Falk vermutete, dass sie aus Eitelkeit entweder zu klein gekauft worden war oder der Bursche in der letzten Zeit ein wenig zugelegt hatte. Seine Fingernägel waren schmutzig.

Das Paar setzte sich nebeneinander an einen Vierertisch, und Falk konnte nur noch ihre Rücken betrachten.

Falk bekam sein Essen und konzentrierte sich auf den Hamburger, den man sonst nicht bewältigen konnte, ohne sich ausgiebig mit Sauce zu bekleckern.

Das Paar erregte erst wieder sein Interesse, als der Mann in einem leisen, aber bestimmten Tonfall auf die Frau einredete. Es ging um die Auswahl der Speisen. Er untersagte ihr, eine Currywurst zu bestellen. Sie sei dabei, wieder *auseinanderzugehen*, und er habe keine Lust zu sehen, wie das Geld für ihre Diät zum Fenster rausgeschmissen würde.

Falk fand nicht, dass die Frau – abgesehen von den Lippen – auch nur ein Gramm zu viel wog, aber sie gab nach kurzer Diskussion kleinlaut nach und bestellte einen Salat mit Thunfisch. Danach herrschte zwischen den beiden Funkstille. Nur seine Stiefel scharrten über den Boden und stießen in einem schnellen Rhythmus immer wieder gegen die Stuhlbeine.

Die Art, wie er sie abgefertigt hatte, war so durchdrungen von Autorität und Ungerechtigkeit, dass Falk dem Mann am liebsten ins Gesicht geschlagen hätte.

Die Frau zog ihre Strickjacke aus und stand auf, um sie ordentlich über die Lehne zu hängen. Dabei verrutschte der rechte Ärmel ihres Pullovers und gab den Blick auf zwei kreisrunde Verletzungen von der Größe einer 10-Cent-Münze frei.

Die Frau zupfte an ihrem Ärmel und versicherte sich mit einem hektischen Blick, dass der Mann am Nachbartisch die Wunden nicht bemerkt hatte.

Falk beugte sich über seinen Teller und dachte: *Ich werde dir helfen, Kleines!*

Kapitel vier

Lisa fühlte sich in manchen Momenten ihres Lebens wie tot. Es waren die Kinder, die sie noch funktionieren ließen. Sascha, ihr Ältester, verbrachte die meiste Zeit bei seinem leiblichen Vater. Der hatte, wie er bei jeder Gelegenheit betonte, zu Gott gefunden und war Mitglied in irgendeiner christlichen Gemeinschaft mit einem langen Namen, den Lisa sich einfach nicht merken konnte. Zu Weihnachten schickte er immer religiöse Bücher mit vielen Bildern, in denen vor Glück strahlende Menschen zusammen bei Tisch saßen oder Hand in Hand durch paradiesische Landschaften wandelten.

Ihr Mann Michael entsorgte die Bücher immer umgehend im Altpapier. Ihm war es nur recht, dass ihr Sohn aus erster Ehe nur sporadisch bei ihnen auftauchte. Die fünfjährige Mia und die zehnjährige Tanja behandelte er hingegen nicht schlecht, überschüttete sie mit Geschenken, gegen die Lisa schon längst nicht mehr zu protestieren wagte, und holte sie fast immer vom Kindergarten oder der Schule ab. Nach außen erschien er wie ein überaus fürsorglicher Familienvater. Wenn ihn jemand fragte, warum sich seine Frau so selten blicken ließ, winkte er lachend ab und sagte, Lisa sei eben völlig vernarrt in ihre Töpferei und fühle sich auf dem Hof pudelwohl.

Aber Lisa töpferte nur noch selten. Meistens zitterten

ihre Hände so stark, dass sie dazu einfach nicht in der Lage war.

Als sie sich damals kennengelernt hatten, ein halbes Jahr nach ihrer Trennung von Saschas Vater, gab Michael sich sehr verständnisvoll. Sie wohnte damals in einem winzigen Apartment, und er rief sie von seiner Arbeitsstelle, einer Autoreparaturwerkstatt, mehrmals am Tage an. Anfangs glaubte sie noch, dass er sich einfach nach ihr sehnte. Michael wollte immer ganz genau wissen, was sie den Tag über gemacht hatte und mit wem sie zusammen gewesen war.

Er überraschte sie schließlich damit, dass er einen ehemaligen Bauernhof in der Nähe ihres Heimatortes kaufte und sie bat, dort mit ihm und ihrem Jungen zusammenzuleben. In naher Zukunft wollte er auch seinen Job aufgeben und auf dem Hof eine kleine Werkstatt einrichten. Es gäbe genügend Kunden, die sofort zu ihm wechseln würden.

Lisa stimmte nach kurzem Überlegen zu. In der Stadt und dem viel zu engen Apartment hielt sie nichts.

Michael entwickelte bald einen chronischen Kontrollzwang. Lisa erwischte ihn dabei, wie er die Anrufliste ihres Handys durchforstete. Als sie ihn deshalb zur Rede stellte, brachte ihn das in Rage.

Während ihrer Schwangerschaft mit der ersten gemeinsamen Tochter war er dann wieder wie ausgewechselt, freute sich riesig und besuchte mit Lisa sogar auf eigenen Wunsch einen Geburtsvorbereitungskurs. Nach Tanjas Geburt verschlechterte sich Michaels Verhalten allerdings wieder. Er wirkte gestresst und reagierte beim geringsten Anlass mit Wutausbrüchen.

Als sie Monate nach der Geburt mit Bekannten ausgehen wollte, rastete er aus und verbot es ihr. Lisa ging trotzdem, und nach ihrer Rückkehr am späten Abend schlug er sie zum ersten Mal ins Gesicht.

Manchmal fragte sie sich noch, warum sie damals nicht mit den Kindern gegangen war. Warum sie trotz aller Scham nicht um Hilfe gebeten hatte.

Weil er gedroht hatte, sie umzubringen. Und sie glaubte ihm.

Sie erinnerte sich genau an jenen Abend, an dem er ihr diese Drohung ins Gesicht gebrüllt hatte.

Manchmal gab es eine gute oder besser halbwegs erträgliche Zeit. Es konnten ein oder zwei Tage, vielleicht auch nur ein paar Stunden sein. Wenn Michael an den Autos bastelte und dabei alles glattlief.

Gestern war er wegen einer Nichtigkeit ausgerastet, hatte Lisa geschlagen und ihr eine glühende Zigarette auf den Arm gedrückt.

Am heutigen Morgen zeigte er sich zwar nicht reumütig, versprach ihr aber, dass seine Schwester die kleine Mia vom Kindergarten und Tanja von der Schule abholen würde, damit sie zusammen ausgehen konnten. In einen Imbiss nahe der Autobahn. Wo sie sich dann nur einen Salat bestellen durfte.

Aber Lisa dachte immer, dass sie die Familie erhalten musste. Denn als Vater verhielt sich Michael nach seinen Möglichkeiten vorbildlich. Er hatte den Mädchen noch nie ein Haar gekrümmt.

Lisa saß auf dem Beifahrersitz des Kombis und musterte ihren Mann von der Seite. In ein paar Minuten würden sie den ehemaligen Bauernhof erreichen.

Ihre Töchter waren bei Michaels Schwester. Sie waren also allein.

Lisa fragte sich, ob Michael es ihr noch übelnahm, dass sie ihm in dem Imbiss kurz widersprochen hatte.

Wenn er ihr Schmerzen zufügte, dann wählte er nur Stellen, an denen es niemandem auffallen konnte. Solange sie ihren Körper bedeckte.

»Ich muss noch eine Lichtmaschine für den Astra besorgen«, sagte er und drückte die filterlose Zigarette im Aschenbecher des Kombis aus. »Kann ein bisschen dauern.«

»Kein Problem«, erwiderte Lisa und versuchte, nicht erleichtert zu klingen.

*

Falk Stucke hatte in seinem Mazda darauf gewartet, dass der Bärtige und seine Frau endlich aus dem Imbiss kamen und in ihr Auto stiegen.

Er verfolgte den alten Ford Kombi und war überaus zufrieden, als ihn der Weg in östliche Richtung führte. Vorbei an Unna, vorbei an dem kleinen Ort Hemmerde, in dem er selbst sich ein Heim nach seinen Vorstellungen geschaffen hatte.

Als der Ford dann noch von der Bundesstraße in eine Seitenstraße abbog, musste er zwar auf genügend Abstand achten, um nicht doch noch aufzufallen, jubelte aber hinter dem Lenkrad, weil das Paar aller Wahrscheinlichkeit nach irgendwo hier wohnte. Die Straße schlängelte sich durch Felder und vorbei an kleinen Wäldchen.

Hinter der nächsten Kurve war der Ford plötzlich nicht mehr zu sehen. Falk verlangsamte sein Tempo und entdeckte ihn schließlich in der Einfahrt zu einem kleinen Gehöft.

Kfz-Reparaturen Michael Thom las er auf einem großen Schild. *Wir reparieren fast alles.*

Darunter grinste ihn eine Karikatur des bärtigen Mannes an. Sie trug einen blauen Overall und eine Schirmmütze auf dem Kopf. Die rechte Hand hielt einen übergroßen Schraubenschlüssel in die Höhe, die linke ruhte auf einem Autoreifen.

Falk fuhr weiter und stellte fest, dass der nächste Nachbar keine hundert Meter weit entfernt wohnte. Das kleine Haus machte einen verwahrlosten Eindruck. In der oberen Etage stand ein Fenster offen.

Falk hielt an und setzte rückwärts in die Einfahrt, als wollte er wenden. Im Rückspiegel betrachtete er das Gebäude genauer. Von der bretterverkleideten Vorderfront blätterte graue Farbe in langen Streifen ab. Die Fenster der unteren Etage waren mit vergilbten Zeitungen zugeklebt. Vor der Haustür lagen die Scherben mehrerer Dachpfannen, die ein Sturm vom Dach geholt haben musste. Sein Mazda stand nun schon seit einer Minute vor dem Haus, und noch immer hatte sich kein neugieriges Gesicht gezeigt. Falk ließ den Motor laufen, stieg aus und ging zur Tür. Das handgeschriebene Namensschild neben der Klingel war verblichen. Er drückte auf den Knopf. Nichts. Noch nicht einmal ein Läuten.

Hier wohnte niemand mehr.

Er stellte sich auf die Zehenspitzen, konnte aber durch die verwilderte Hecke Thoms Hof nur undeutlich erkennen. Aber aus der oberen Etage des alten Hauses würde er einen hervorragenden Blick haben.

Er ging um das Gebäude herum und entdeckte eine Hintertür. Sie war verriegelt, aber das simple und völlig verrostete Schloss würde er mit Leichtigkeit öffnen können.

Falk wollte hier seinen Beobachtungsposten beziehen.

Wenn Michael Thom über kein allzu florierendes Geschäft verfügte, und danach hatte es nicht ausgesehen, würde er schon sehr bald die Konsequenzen seines Verhaltens zu spüren bekommen. Es gab noch ein paar Dinge zu klären, aber Falk war sich bereits sicher, dass er den Richtigen erwischt hatte.

*

Die Beerdigung war trostlos. Ein eiskalter Wind fegte über den Friedhof, und den zwei Dutzend Anwesenden war anzumerken, dass sie die Zeremonie so schnell wie möglich hinter sich bringen wollten.

Eva Flessner stand neben Petras Mutter. Die alte Frau war die Einzige, die Tränen vergoss. Dabei wurde sie von heftigen Krämpfen geschüttelt und musste von Eva gestützt werden.

Eva fühlte sich nur elend und stand kurz davor, sich zu übergeben, als die vier Särge nacheinander in die Gräber hinabgesenkt wurden. Die Särge, auch der von Sebastian, waren von einheitlicher Größe und völlig schmucklos.

Der Pfarrer hatte sich bei seiner Rede in der schlecht geheizten Trauerhalle zwar bemüht, aber Eva hatte nach wenigen Sätzen erkannt, dass er eigentlich nichts über Petras Familie wusste. Als er Robert Wiese mit den üblichen Floskeln – liebender Ehemann, fürsorglicher Vater – bedachte, wäre Eva am liebsten aufgestanden und hätte allen zugerufen, dass ein Arschloch, das seine Frau schlägt, gar nicht früh genug verrecken kann. Aber sie schwieg und fragte sich, ob irgendjemand auch nur die leiseste Ahnung hatte, wie Robert wirklich gewesen war. Sie hatte es ja auch nicht gewusst.

Roberts Eltern wirkten wie erstarrt, und seine Mitarbeiter – drei Frauen und ein junger Mann, die sie flüchtig auf einer von Roberts Geburtstagspartys kennengelernt hatte – machten nicht den Eindruck, als ob sie ihren Boss vermissen würden.

Petras Bruder stand wie üblich etwas abseits und lehnte an einem Baumstamm.

Eva ertappte sich dabei, wie sie jeden der Trauergäste musterte. Vor einiger Zeit hatte sie in dem Buch eines bekannten Kriminalisten gelesen, dass es Mörder gab, denen es eine ungeheure Befriedigung, nahezu sexuelle Erregung verschaffte, wenn sie der Beerdigung ihrer Opfer beiwohnen konnten.

Sie erkannte eine alte Schulfreundin wieder, die ihr zaghaft zuwinkte. Die anderen Männer und Frauen waren Eva völlig unbekannt. Vermutlich waren es Geschäftspartner und Bekannte von Robert Wiese.

Nach der Beerdigung verlief sich die Gruppe der Trauernden schnell.

Ein junger Mann mit einem kleinen Schaufelbagger machte sich bereit, die Gräber aufzufüllen. Zwei weitere Arbeiter mit Schaufeln kamen jetzt hinzu.

Auf ein Zusammensein mit Kaffee und Kuchen hatte man verzichtet. Eva war das nur recht. Sie hasste diese peinlichen Gesellschaften, bei denen sich die Gespräche zumeist nur auf ein *Weißt du noch?* beschränkten.

Sie hielt noch immer Petras Mutter, die jetzt nur noch leise schluchzte, am Arm fest.

»Ich kann Sie nach Hause fahren«, sagte Eva zu der alten Frau, die sich durch den Tod ihrer Tochter und der Enkel von einer neurotischen Nervensäge, wie sie von Petra immer bezeichnet worden war, in ein hilfloses Bündel Mensch verwandelt hatte.

»Jochen fährt mich«, erwiderte die Frau. »Er hat mich auch hergebracht.«

Petras Bruder tauchte neben ihr auf, und Eva musste feststellen, dass sie seinen Vornamen völlig vergessen hatte. Selbst bei seinem Anruf hatte er sich nur mit *Ich bin Petras Bruder* vorgestellt.

Er hielt den Blick noch immer gesenkt, als er fragte: »Wie weit seid ihr?«

»Genau!« Petras Mutter hielt abrupt an. Ihre Augen schwammen noch immer in Tränen. »Wann findet ihr den Mörder endlich?«

»Ich habe mit dem Fall nichts zu tun«, entgegnete Eva. Es fühlte sich falsch an, das Abschlachten ihrer besten Freundin und ihrer Familie als *Fall* zu bezeichnen. »Die Dortmunder Mordkommission ist dafür zuständig. Ich bin sicher, dass sie den Mörder bald finden.«

»Nein!«, sagte die alte Frau, und ihre Stimme klang wieder so wie früher, wenn sie Petra und Eva wegen irgendeiner Kleinigkeit zur Ordnung rief. Eva hatte sich damals vor ihr gefürchtet und es vermieden, Petras Elternhaus zu betreten.

»Nein, Eva! Nein!« Die Frau schüttelte den Kopf und stupste mit einem knochigen Zeigefinger gegen Evas Brust. »Denen in Dortmund ist es doch völlig egal, ob sie das Schwein kriegen oder nicht. Du bist Polizistin. Du musst dich kümmern. Versprich mir das!«

»Mutter, das kann sie nicht«, flüsterte Petras Bruder. Sein Gesicht war blass.

Seine Mutter ignorierte den Einwand. »Versprich es mir, Eva. Bitte! Denk doch nur an die Kleinen!«

Eva Flessner bewegte die trockenen Lippen. Sie versuchte, so viel Speichel zu sammeln, dass sie sprechen konnte, denn irgendetwas musste gesagt werden.

»Ich werde alles tun, um den Mörder zu finden.«

Dabei wusste sie, dass es ihr womöglich nicht gelingen würde.

Sie begleitete die beiden bis zum Parkplatz und wartete, bis Petras Bruder seinen BMW gestartet hatte und losfuhr.

Eva kehrte auf Umwegen zu den vier frischen Gräbern zurück und verbarg sich hinter einer Hecke.

Die Männer hatten ihre Arbeit bereits beendet. Eva konnte das Tuckern des Schaufelbaggers noch in einiger Entfernung hören, dann wurde der Motor ausgeschaltet.

Auf jedem Grabhügel lag ein rundes Bukett mit lachsfarbenen Rosen, die Eva in dem trüben Licht an etwas aus den Auslagen eines Fischgeschäfts erinnerten.

Vielleicht trat der Mörder erst jetzt, wo alle Trauergäste verschwunden waren, an die letzte Ruhestätte seiner Opfer.

Sie wartete fast eine Stunde, konnte in der Kälte, die aus dem Boden kroch, ihre Füße nicht mehr spüren und ging schließlich.

Du bist keine Kriminalistin, sagte sie zu sich. *Mit deinem angelesenen Halbwissen kommst du nicht weit. Du machst dich nur lächerlich.*

Selbst wenn jemand Verdächtiges aufgetaucht wäre, hätte sie ihn nur schwer stellen können. Ohne Dienstwaffe. Denn die hatte sie zu Hause gelassen. Wer geht schon mit einer Pistole zu einer Beerdigung?

*

In ihrer Wohnung nahm sie ein Glas aus dem Küchenschrank und suchte dann hinter Essig und Sonnenblumenöl nach der einzigen Flasche Alkohol, die sie besaß.

Der irische Whisky stand dort seit drei Jahren. Die Flasche war noch verschlossen. Jan hatte sie zum Geburtstag geschenkt bekommen. Eine Woche bevor er bei einem Unfall ums Leben kam.

Sie schüttete ein Glas halb voll und setzte sich an den Küchentisch.

Mit einem Mal wurde ihr bewusst, dass sie hier seit ihrem Einzug nichts verändert, nichts hinzugefügt hatte. Kein Bild hing an der Wand, auf der Fensterbank wuchsen keine Kräuter in kleinen Tontöpfen, es existierte noch nicht einmal eine Lieblingstasse.

Es ist so, als wäre ich nur auf der Durchreise.

Der Whisky brannte zuerst in ihrer Kehle, dann floss er wie ein warmer Strom durch die Adern. Wie ein Beruhigungsmittel, das alle Wahrnehmung, alle Trauer dämpfte.

Kapitel fünf

Von nun an war Falk Jäger und Wohltäter zugleich. Eine solche Aufgabe erforderte Zeit und höchste Konzentration. Jetzt, Mitte Januar, war es kein Problem, noch mal einen langen Urlaub zu nehmen. Er würde anbieten, für die gesamten Sommermonate, wo es immer zu Engpässen in der Personalplanung kam, vollständig zur Verfügung zu stehen.

Eigentlich war Falk gerade unkonzentriert, beschäftigt mit all den Details, die es zu bedenken gab, als er in der Zentrale des Shopping-Centers saß. Eher zufällig fiel ihm der Hutträger in der Damenabteilung eines Modegeschäfts auf. Es war eindeutig der Kerl, den er schon mehrmals dabei gesehen hatte, wie er Frauen belauerte, die Unterwäsche aussuchten.

Jetzt stand er halb verborgen hinter einem Ständer mit Büstenhaltern und beobachtete zwei Teennager, die sich kichernd Negligés vor die schmalen Oberkörper hielten.

Falk vergrößerte das Bild so weit wie möglich und glaubte erkennen zu können, wie der Mann sich die Lippen leckte. Die Mädchen schienen von der Anwesenheit des Spanners überhaupt nichts mitzubekommen.

Falk informierte seine Leute über Funk, sprang auf, steckte den Elektroschocker ein, den er im Dienst offiziell gar nicht bei sich führen durfte, und verließ die Überwachungszentrale.

Während er zu dem Unterwäscheladen rannte, dachte er an die Polizistin. Ihr Auftreten hatte ihn beeindruckt. Dass sie trotz einer noch nicht ganz überwundenen Krankheit ihre Arbeit tat, vergrößerte seinen Respekt vor ihr.

In jungen Jahren hatte Falk sich selbst nichts sehnlicher gewünscht, als Polizist zu werden. In seinen Augen bedeutete der Beruf Macht und öffentliches Ansehen. Ein Polizeibeamter war autorisiert, schlechte Menschen außer Gefecht zu setzen. Falk hatte damals auf eine Bewerbung verzichtet, er war einfach viel zu fett und unsportlich gewesen. Wachmann in einem Einkaufszentrum, wenn auch in leitender Position, erschien ihm als mäßiger Ersatz. Aber wenn er der Polizei einen Ladendieb übergab, versuchte er sich immer sehr professionell zu geben, ahmte nach, was er für die typische Sprache eines erfahrenen Polizisten hielt, und liebte es, mit ihnen über ihre Arbeit zu reden. Die, wie er lächelnd betonte, doch gewisse Gemeinsamkeiten mit seinem Job aufwies.

Als ihm Eva Flessner das Foto der Frau gezeigt hatte, hatte er es aufregend gefunden, in die Ermittlungen eingebunden zu werden. Und natürlich wollte Falk wissen, ob es Fortschritte gab, und erfahren, wie man seine Taten einschätzte.

Die Polizistin konnte ihm den Zugang zu diesen Informationen verschaffen.

*

Der Spanner hatte sich in der Zwischenzeit kaum vom Fleck bewegt. Noch immer begaffte er die beiden Mädchen, die in der Abteilung für Damenunterwäsche ihren Spaß hatten.

Der Kerl mit dem Hut hatte eine Hand in der Hosentasche, und Falk war davon überzeugt, dass er dort nicht nach Kleingeld suchte.

»Guten Morgen«, sagte Falk, als er sich bis auf wenige Schritte genähert hatte. »Kennen Sie die beiden Mädchen?«

Der Spanner drehte sich erschrocken um, erkannte an der Dienstkleidung, mit wem er es zu tun hatte, und setzte zu einem Sprint an. Vor lauter Aufregung vergaß er die Aktentasche, die er auf dem Boden abgestellt hatte. Mit dem speckig glänzenden Leder und den goldenen Verschlüssen schien sie aus einer längst vergangenen Epoche zu stammen, als in den Ämtern noch an Schreibmaschinen gearbeitet wurde und die Telefone Wählscheiben hatten. Dazu passte auch die Kleidung des Mannes. Der graue Hut und der gleichfarbige Regenmantel, der jetzt bei der Flucht hinter ihm wie eine Fahne im Wind wehte.

Weit kam er nicht. Er rannte direkt auf Potthoff zu, der die kurzen, muskulösen Arme wie ein Torwart beim Elfmeter ausbreitete. Der Spanner wollte ausweichen, aber schon versperrte ihm ein weiterer Wachmann den Weg.

Falk Stucke hob die Aktentasche auf und ging auf den Mann zu. Potthoff hatte ihn am Arm gepackt. Normalerweise würde er keine Gelegenheit auslassen, einem Verdächtigen Schmerzen zuzufügen, aber seit der Auseinandersetzung mit der Polizistin und Falks anschließender Standpauke hielt er sich zurück. Zumindest, wenn sein Vorgesetzter in der Nähe war.

Die beiden Teenager schlichen in einiger Entfernung vorbei und sahen verängstigt herüber. Falk nickte ihnen freundlich zu. »Alles in Ordnung, Mädchen. Lasst euch den Tag nicht verderben.«

»Ich habe nichts getan«, sagte der Spanner und war völlig außer Atem.

»Den Satz kennen wir zur Genüge«, schnauzte ihn Potthoff an.

»Ich frage Sie noch einmal«, begann Falk. »Sind Sie mit den beiden Mädchen bekannt? Oder warum wurden die von Ihnen so eindringlich beobachtet?«

Falk nahm ihm den Hut vom Kopf. Der Mann war kleiner als Falk, seine Wangen glühten vor Aufregung oder Scham, und in seinem linken Mundwinkel klebte ein Spuckebläschen.

»Welche Mädchen?«, gab er zurück. »Ich suche hier ein Geschenk für meine Freundin.«

Potthoff kicherte. »So einer wie du kriegt doch keine Freundin ab.« Beifallheischend sah er zu seinem Chef auf.

Falk ignorierte ihn und ging ein wenig in die Knie, bis er direkt auf Augenhöhe mit dem Spanner war. Dessen Nase war breit und mit schwarzen Mitessern gesprenkelt. Obgleich der Mann noch relativ jung zu sein schien, vielleicht Mitte zwanzig, wies das dünne dunkelblonde Haar tiefe Geheimratsecken auf.

»Wir haben Sie schon ein paarmal dabei beobachtet, wie Sie Kundinnen begaffen.« Seine Stimme senkte sich bedrohlich. »Ich will jetzt Ihren Namen und Ihre Adresse.«

»Warum?«, fragte der Mann und wirkte sichtlich eingeschüchtert.

»Um Ihnen zunächst einmal ein Hausverbot auszusprechen.«

»Aber ich habe wirklich nur etwas für meine Freundin gesucht«, sagte der Mann mit gekünstelt kleinlauter Stimme und fügte dann hinzu, als würde ihm das die nötige Glaubwürdigkeit verleihen: »Sie heißt Janine und hat morgen Geburtstag.«

Potthoff kicherte erneut, und dieses Mal stimmte der andere Kollege mit ein. Falk blieb ernst und stieß seinen Kopf abrupt nach vorn, so dass ihn nur noch wenige Zentimeter von der Nasenspitze des Mannes trennten.

»Da Sie sich nicht kooperativ zeigen, werde ich einen Blick in Ihre Aktentasche werfen müssen.« Falk hatte dazu keinerlei Berechtigung, aber er rechnete nicht damit, dass der junge Mann das wusste.

»Warten Sie!«, rief der Spanner. Doch Falk tat so, als hätte er nichts gehört, und öffnete die Tasche. Darin befanden sich eine Plastikdose, die dem Geruch zufolge Leberwurstbrote enthielt, und eine kleine Digitalkamera. Falk nahm die Kamera heraus – das Modell wurde seit Jahren nicht mehr gebaut – und musterte sie von allen Seiten.

»Was werden wir darauf finden?«, fragte er. »Bilder von Ihrer Freundin Janine, von Mama und Papa und der Katze? Oder vielleicht doch eher Schnappschüsse von jungen Mädchen und wildfremden Frauen beim Kauf von Strumpfhosen?«

»Ich sage Ihnen meinen Namen.« Der Mann streckte die Hand nach der Kamera aus, aber Falk verbarg sie hinter seinem Rücken.

»Ich will deinen Ausweis sehen!« Bewusst verzichtete Falk darauf, ihn weiterhin zu siezen.

»In Ordnung.« Der Mann holte aus der Innentasche seines Mantels eine Brieftasche hervor und fummelte mit zitternden Händen einen Ausweis heraus.

Falk studierte den Perso kurz. Er musste sich keine Notizen machen, sein Gedächtnis funktionierte hervorragend.

»Fein, Holger Schmitt, wohnhaft in Bochum«, sagte er dann und boxte dem Mann vor die Brust. Nicht mit aller Kraft, das hätte den schmächtigen Burschen von den Beinen geholt, aber fest genug, um ihn ins Wanken zu bringen. »Wir wissen jetzt, wer du bist und wo du wohnst. Wenn ich dich hier noch einmal sehe, wird es sehr unangenehm für dich werden. Haben wir uns verstanden?«

Holger Schmitt nickte eifrig, und als er erneut nach der Kamera greifen wollte, bekam er sie von Falk zurück.

»Jetzt verpiss dich!«, bellte Potthoff, und der Mann machte sich davon.

*

Beschwingt kehrte Falk in die Zentrale zurück. Holger Schmitt würde eine böse Überraschung erleben, wenn er versuchen würde, seine Kamera einzuschalten, denn die Speicherkarte lag jetzt auf Falks Schreibtisch. Er steckte sie in ein Lesegerät und schaute sich den Inhalt auf einem separaten Monitor an.

Vierhundertachtundneunzig Fotos wurden angezeigt. Schmitt war bei der Auswahl seiner Motive nicht allzu wählerisch. Hauptsache, es handelte sich um Frauen und Mädchen, die Unterwäsche betrachteten. Eine Serie von elf Bildern zeigte eine dunkelhaarige Mittvierzigerin fast nackt in einer Umkleidekabine. Die Aufnahmen waren teilweise verwackelt. Schmitt musste sich in der Nachbarkabine aufgehalten haben und hatte die Kamera einfach über die Trennwand gehalten. Falk fragte sich, wie ihm das gelungen war. Nach zwanzig weiteren immer gleichen Schnappschüssen von Frauen beim Betrachten von Strumpfhosen, Slips und Büstenhaltern schaltete Falk die Kamera aus. Für ihn war es unverständlich, dass jemand diese Aufnahmen erregend fand. Holger Schmitt war in seinen Augen nur ein armseliger, verklemmter Spinner. Aber er lieferte einen guten Grund, sich mit der Polizistin Eva Flessner in Verbindung zu setzen.

Ihre Visitenkarte hatte Falk mit einem Klebestreifen am Sockel der Schreibtischlampe befestigt.

Sie meldete sich bereits nach dem zweiten Freizeichen.

»Hallo, Frau Flessner! Hier ist Falk Stucke, der Leiter der Sicherheit vom Einkaufszentrum Ruhr-Alleen.«

Sie wusste sofort, wer er war.

»Dieser Kerl mit dem Hut, der hier die Frauen belauert ... Er ist erneut aufgefallen, und ich habe seine Personalien aufgenommen.«

Die Polizistin zeigte sich überaus interessiert.

»Der Kerl hatte eine Kamera dabei. Ich habe ihm die Speicherkarte abgenommen.«

Eva Flessner fragte, ob er sich den Inhalt bereits angesehen hätte.

»Nein, natürlich nicht. Das ist Sache der Polizei. Aber es wäre doch nicht völlig ausgeschlossen, dass er auch Fotos von der Ermordeten gemacht hat. Wie soll ich Ihnen die Speicherkarte zukommen lassen?«

Die Polizistin bot an, die Karte am nächsten Tag abzuholen.

»Da habe ich bereits Urlaub«, erwiderte Falk Stucke. »Und ich würde so ein möglicherweise wichtiges Beweismittel nur ungern an einen Kollegen übergeben. Soll ich bei Ihrer Dienststelle vorbeikommen?«

Sie sagte, dass auch sie gerade Urlaub genommen habe. Darüber war er erstaunt, denn schließlich ermittelte die Polizistin doch in einem überaus wichtigen Fall. Aber Falk fragte nicht nach, sondern sagte nur: »Gibt es einen anderen Weg?«

Er spürte, dass Eva Flessner nachdachte. Dann machte sie ihm einen Vorschlag, der ihn breit grinsen ließ.

*

Manchmal verläuft alles geradezu perfekt. Falk konnte nach Beendigung seiner Schicht den direkten Weg nach Hause wählen, um dann einige Kilometer hinter seinem Dorf Hemmerde in den schmalen Asphaltweg abzubiegen, der am Hof von Michael Thom vorbeiführte.

Da es bereits stockdunkel war, riskierte er, langsamer als beim ersten Mal an dem ehemaligen Bauernhof vorbeizufahren. Der Ford Kombi parkte direkt vor dem Wohngebäude. Das bodentiefe Fenster neben der Eingangstür war erleuchtet, und Falk konnte hinter der Gardine die Umrisse einer Person ausmachen. Den Proportionen zufolge musste es sich um ein Kind handeln.

Falk entdeckte einige Hundert Meter vom Haus entfernt eine Möglichkeit, seinen Wagen auf einem unbefestigten Waldweg abzustellen. Der Mazda rumpelte über die Unebenheiten des gefrorenen Bodens – die Temperaturen waren weiter gefallen – und wurde schließlich vom querliegenden Stamm einer Fichte gestoppt.

Falk stieg aus und vergewisserte sich, dass der Wagen von der Straße aus nicht mehr zu sehen war. Aus dem Kofferraum holte er ein paar Jagdstiefel und tauschte sie gegen seine Schuhe aus. Die Stiefel waren zwei Nummern zu groß, aber er hatte sie mit Zeitungspapier ausgestopft, so dass seine Füße den notwendigen Halt fanden. Falsche oder keine Spuren zu hinterlassen besaß allerhöchste Priorität. Er würde, wenn es vollbracht war, sogar einen anderen Satz Reifen auf den Mazda aufziehen lassen.

Eine dunkle Winterjacke und eine gefütterte Mütze,

die er sich über die Ohren ziehen konnte, vervollständigten seine Tarnung. Keines seiner Kleidungsstücke hatte er in den Ruhr-Alleen erstanden.

Selbst wenn ihn jemand bemerken sollte, was in dieser abgelegenen Gegend und aufgrund der Kälte sehr unwahrscheinlich war, würde man ihn für einen Jäger halten, der sein Revier erkundete. Was er in diesem Moment ja auch war. Wenn seine Beute auch nicht aus Füchsen oder Rehen bestand.

Michael Thom würde für seine Taten bitter bezahlen müssen.

Falk kniff die Augen zusammen und versuchte das Dunkel des Winterabends zu durchdringen.

Er benutzte den Waldstreifen als Deckung, musste die letzten hundert Meter über einen kahlen Acker laufen, bis er sich zwischen den alten Obstbäumen am Gehöft verbergen konnte.

Jetzt hieß es, eine Weile ganz still zu bleiben, um sicherzugehen, dass die Thoms keinen Hund besaßen, der anschlagen konnte.

Er zog sich noch weiter in den Schutz der Baumstämme zurück, als die Außenlampe über der Eingangstür eingeschaltet wurde. Sie warf ihr helles Licht über den Vorhof bis hin zur Straße. Ein Mädchen trat ins Freie. In der Hand hielt sie einen Eimer. Ihr Atem stieg im Lampenschein wie Nebel zum Himmel empor. Sie war zierlich. *Ganz die Mutter*, dachte Falk und war froh darüber, dass es hier auch ein Kind, vielleicht sogar mehrere gab. Das machte seine Aufgabe leichter und zugleich auch noch wertvoller.

Das Alter des Mädchens mit dem langen Haar war schwer zu schätzen. Sie konnte sieben, acht oder vielleicht auch schon zehn Jahre alt sein. Sie fröstelte und beeilte sich, zu den Mülltonnen zu gelangen, die etwas abseits unter einem Dach aus Wellblech aufgereiht standen. Sie schüttete den Inhalt des Eimers in eine der Tonnen, und Falk konnte hören, dass es sich um Konservendosen handelte.

Doch statt sofort wieder in die Wärme des Hauses zurückzukehren, hielt das Mädchen inne und blickte sich um. Zuerst glaubte Falk, dass sie seine Anwesenheit gespürt hatte; Kinder reagierten mit ihren noch nicht bis zur Schmerzgrenze überlasteten Sinnen weitaus sensibler als die meisten Erwachsenen.

Doch das Mädchen konzentrierte sich auf das Wohnhaus mit seinen Fenstern. Als sie sicher war, von dort aus nicht beobachtet zu werden, verschwand sie hinter den Mülltonnen, kehrte nach wenigen Augenblicken wieder zurück und lief mit dem leeren Eimer in Richtung Haustür.

Falk machte sich in Gedanken einen Vermerk, dass er ihrem Verhalten auf den Grund gehen musste. Nicht jetzt, schließlich konnte er in der Erkundungsphase nicht einfach über das Grundstück spazieren und im Müll herumkramen.

Er blickte auf die Armbanduhr. Gleich halb neun.

Er sah die Silhouette des Mädchens hinter den Gardinen auftauchen, dann verließ sie das Zimmer – *die Küche?* – neben der Haustür und machte das Licht aus. Kurz darauf entdeckte er sie in der oberen Etage wieder. Neonlicht. Halbtransparente Scheibe. Vermutlich ein Badezimmer. Zeit, ins Bett zu gehen. Morgen war Schule angesagt.

Falk fragte sich, wo die Eltern steckten. Es blieb ihm nichts anderes übrig, als sich zur Rückseite des Gebäudes zu begeben.

Es war so still, dass er das Bellen eines Hundes nicht überhört hätte. Der Rasen war von einer Eisschicht überzogen und knirschte leise unter seinen Stiefeln. Der Garten hinter dem Haus war vernachlässigt worden. Zwei Obstbäume reckten viel zu dünne Äste gen Himmel und hätten längst beschnitten werden müssen. An der Kinderschaukel war ein Seil gerissen, und der Sitz, ein einfaches Brett, baumelte im aufkommenden Wind hin und her.

Falk konnte durch ein großes Fenster im Erdgeschoss in einen schwachbeleuchteten Raum blicken. Michael Thom saß dort in einem Sessel und trank Bier. Vor ihm flimmerte ein riesiger Flachbildfernseher. Er war allein.

Falk hielt sein Fernglas vor die Augen, und Thoms Gesicht sprang ihm entgegen. Das Fernsehprogramm schien dem Mann nicht besonders zuzusagen, denn er verzog mürrisch den Mund, ehe er einen weiteren Schluck aus der Flasche nahm. In dem Aschenbecher auf der Sessellehne qualmte eine Zigarette.

»Hast dich wohl gehenlassen«, murmelte Falk Stucke und begutachtete Thoms Bauch, der sich über dem Bund einer Jogginghose wölbte. »Ausgerechnet du musst deiner Frau vorschreiben, was sie zu essen hat.«

Falk zog sich in den Schutz der immergrünen Hecke zurück und wollte sich mit dem Rest des Grundstücks vertraut machen. Außer dem Wohngebäude gab es noch eine Scheune mit zwei großen Toren und einen flachen, länglichen Schuppen, der einst Hühnern als Stall gedient haben mochte.

Eines der Scheunentore war nur angelehnt. Falk schlüpfte hinein, schaltete seine Taschenlampe ein und schirmte einen Teil des Lichtkegels mit der Hand ab.

Thom hatte sich hier eine geräumige Werkstatt mit

Hebebühne und einigen dieser modernen Diagnosegeräte, die Falk schon mal im Einsatz erlebt hatte, wenn er seinen Mazda zur Inspektion gebracht hatte, eingerichtet. Altreifen stapelten sich neben einem Ölfass, und es lag ein Geruch in der Luft, als wäre vor kurzer Zeit ein Schweißgerät benutzt worden.

Ein Opel Astra, der seine besten Tage bereits hinter sich hatte, stand mit geöffneter Motorhaube neben der Hebebühne. Wahrscheinlich der Wagen eines Kunden.

Kundschaft konnte sich für Falks Plan zu einem Problem entwickeln. Er musste einen Weg finden, um sie für einige Zeit fernzuhalten.

Erleichtert stellte er fest, dass die Nummernschilder abgeschraubt waren. Vielleicht hatte Thom den Wagen gekauft und richtete ihn gerade zum Weiterverkauf her.

Als Falk die Scheune wieder verließ, vernahm er Thoms laute Stimme durch ein offenstehendes Fenster. Im Haus schlug eine Tür, dann folgte ein kurzer Aufschrei. Eindeutig von einer Frau. In der oberen Etage, direkt neben dem Badezimmer, wurde das Licht eingeschaltet.

Falk konnte kurz die Silhouette des Mädchens sehen, als es an einer Fensterscheibe vorbeihuschte. Bestimmt schlich das Kind in den Flur, um voller Angst zu lauschen, was gerade mit seiner Mutter geschah. Falk wusste genau, was das Mädchen in diesem Moment durchmachte. Er hatte es früher oft selbst erlebt. Gefangen in der eigenen Hilflosigkeit.

Das hört auf!

Er würde dem Kind die Kraft verleihen, über den Vater zu richten.

Kapitel sechs

Gegen zehn Uhr am Vormittag war das Café am Markt fast bis auf den letzten Platz besetzt. Vor dem Frühstücksbüfett bildete sich eine lange Schlange. Eva Flessner konnte gebratenen Speck riechen, und ihr wurde gleich ein wenig flau im Magen. Sie hatte sich einen Pfefferminztee bestellt.

Falk Stucke war auf die Minute pünktlich, entdeckte sie und näherte sich ihrem Tisch mit einem Lächeln. Unter dem Wintermantel trug er ein schwarzes Hemd mit grauer Krawatte. Nicht gerade die passende Bekleidung für Temperaturen um den Gefrierpunkt. Eva gewann den Eindruck, dass Stucke sich für sie besonders in Schale geworfen hatte.

Nach der Begrüßung und dem Bestellen einer Tasse Kaffee übergab er ihr gleich die Speicherkarte aus der Kamera des Spanners. Sie konnte dabei sein Rasierwasser riechen. Die Karte befand sich in einer kleinen Plastikschachtel, in der sich laut Aufkleber zuvor Büroklammern befunden hatten.

»Wenn sich darauf etwas von Bedeutung befindet, werden Sie es mir dann verraten?«, fragte Falk Stucke. »Hier ist meine Handynummer.« Er reichte ihr einen handgeschriebenen Zettel. Visitenkarten hatte er noch nie benötigt.

»Das werde ich«, erwiderte Eva. »Es wäre natürlich

ein ungeheurer Zufall, wenn sich die Morde so einfach aufklären lassen würden.«

»Morde!« Der Wachmann blickte sie erstaunt an. »Dann geht es nicht nur allein um die Ermordung der jungen Frau auf dem Foto?«

»Nein«, sagte Eva nach kurzem Zögern. »Eine ganze Familie wurde getötet. Ihr Ehemann und die beiden Kinder. Sie waren erst acht und dreizehn.«

»Entsetzlich.« Falk Stuckes Gesicht verhärtete sich für einen Augenblick und wurde dann wieder weich. »Da Sie sich für die Speicherkarte interessieren, nehme ich an, dass es bisher noch keine Verdächtigen gibt.« Er schüttelte den Kopf. »Warum tut jemand so etwas? Wer tötet Kinder?«

Eva beobachtete, wie der Mann, der so selbstbewusst und stark wirkte, das Gesicht zum Fenster wandte und ins Leere starrte.

»Haben Sie auch Kinder?«, fragte Eva leise.

»Leider nein.« Er streckte in einer hilflosen Geste die Arme aus. »Bisher hat es dazu noch keine Gelegenheit gegeben.«

Normalerweise hätte sie jetzt von ihm eine entsprechende Gegenfrage erwartet, aber als die ausblieb, wechselte Eva das Thema. »Es ist schon ein Zufall, dass wir beide in Unna wohnen.«

»Ich wohne in Hemmerde«, erwiderte Falk Stucke. »Das ist eine ganz andere Welt.«

Obwohl Hemmerde lediglich ein paar Kilometer entfernt war, kannte Eva das Dorf nur flüchtig. Vor zwei Jahren hatte sie dort einen Einsatz gehabt. Sachbeschädigung durch Betrunkene. Nichts Wildes. Zumeist regelten die Leute in solchen kleinen Orten die Angelegenheiten unter sich, ehe sie die Polizei riefen.

»Halten die Kollegen Sie eigentlich auch während Ihres Urlaubs auf dem Laufenden?«, fragte Stucke. »Kann man dann überhaupt abschalten?«

»Ich bin für den Fall gar nicht zuständig. Das ist Sache der Dortmunder Mordkommission.«

»Oh!«, sagte Stucke nur, und Eva war erstaunt, dass er nicht weiter nachfragte. Seine zurückhaltende Art machte ihn sympathisch.

Er leerte die Kaffeetasse, winkte der Kellnerin und fragte Eva: »Darf ich Ihnen auch noch etwas bestellen?«

»Nein danke. Ich habe bereits zu Hause ausgiebig gefrühstückt.« Das war gelogen, denn schon allein beim Gedanken an Essen wurde ihr übel.

Falk Stucke bestellte einen zweiten Kaffee, legte seine großen Hände übereinander und blickte sie einfach nur freundlich an. Normalerweise hätte sie eine solche Situation als ein wenig peinlich empfunden. Einem Fremden schweigend gegenüberzusitzen. Aber Falk Stucke strahlte eine innere Ruhe aus, die ihr das Gefühl gab, einfach mal nichts sagen zu müssen. Für den Moment vergaß Eva sogar ihr viel zu häufig unruhig schlagendes Herz.

»Darf ich Sie fragen, warum Sie in die Ruhr-Alleen gekommen sind und mir das Foto der Ermordeten gezeigt haben?«, fragte der Mann. »Obwohl Sie für den Fall nicht zuständig sind.«

»Ich kannte die Familie, die getötet wurde.« In ihrer Stimme war nur ein kaum wahrnehmbares Zittern, und sie strengte sich an, nicht wieder die Bilder der Toten aus der Erinnerung emporsteigen zu lassen. »Die Mutter … Petra … war meine beste Freundin.«

Falk Stucke hob die rechte Hand, und Eva rechnete damit, wünschte sich in dieser Sekunde sogar, dass er sie damit berührte. Aber er zog die Hand wieder zurück, als würde er diese Geste letztlich doch für unangemessen halten.

»Ich weiß nicht, was ich sagen soll. Es gibt keine Worte für so etwas Grauenvolles.« Er wirkte sichtlich betroffen. »Ich hoffe, dass sich auf der Speicherkarte etwas Brauchbares befindet.«

Sie nickte und versuchte ein zaghaftes Lächeln. »Ich danke Ihnen jedenfalls für Ihre Bemühungen.«

Ein junger Mann betrat das Café, sah sich suchend um und wandte Eva dabei den Rücken zu. Aber sie erkannte ihn trotzdem: an den langen rotblonden Haaren und der Art, wie er die Arme in die Hüften stemmte. Ein nahezu quadratisches, knapp 1,80 m großes Bündel trainierter Muskelmasse. Strotzend vor Testosteron und umgeben von der Aura einer entsicherten Handgranate kurz vor der Detonation.

Er drehte sich um und sah die Polizistin. Sein eckiges Gesicht verfinsterte sich schlagartig. Zuerst wollte er direkt auf Eva zukommen, aber Falk Stuckes Anwesenheit schien ihn davon abzuhalten. Stattdessen wählte er einen Tisch in unmittelbarer Nähe und positionierte sich so, dass er sie weiterhin direkt anstarren konnte. Der Tisch war bereits von einem älteren Paar besetzt gewesen, das jetzt versuchte, möglichst viel Distanz zu dem Mann zu halten.

Falk Stucke musste das winzige Zucken, das kaum merkliche Anspannen von Evas Gesichtsmuskeln bemerkt haben.

»Ist Ihnen nicht gut?«, fragte er und beugte sich halb über den Tisch.

»Es ist nur dieser Mann, der gerade hereingekommen …«

Stucke wandte sich nicht um, sondern fragte ruhig: »Was ist mit ihm?«

»Vor etwa zwei Wochen wurden wir zu einem Einsatz gerufen. Verdacht auf häusliche Gewalt. Der Verdacht fand seine Bestätigung. Dieser Mann verprügelt seine Frau.« Eva sah noch immer an Stucke vorbei. »Die Sache war eindeutig. Die Frau sagte, dass er sie bedrohe. Wir sprachen einen Wohnungsverweis aus. Der Mann durfte die Wohnung daraufhin für zehn Tage nicht mehr betreten.«

»Die zehn Tage sind ja nun vorbei«, stellte Falk fest. »Haben Sie noch etwas von der Angelegenheit gehört?«

»Es laufen mehrere Verfahren gegen ihn. Aber solche Dinge dauern leider sehr lange.«

Erst jetzt drehte sich Falk Stucke zu dem Mann um. Der hatte die Hände zu Fäusten geballt und machte an Evas Begleiter gerichtet eine Geste mit dem Kopf, die eindeutig besagte: *Komm doch her, wenn du Ärger suchst!*

»Sie fühlen sich jetzt auch von ihm bedroht«, stellte Stucke fest.

»Nein«, sagte Eva. »Ich habe gelernt, mit solchen Situationen umzugehen.«

»Fotze!«, rief ihr der Kerl zu. Nicht allzu laut, aber laut genug, dass mehrere Gäste in der Nähe nervös auf ihren Stühlen umherrutschten. Für das ältere Paar am Tisch des Schlägers war es nun das endgültige Signal, das Weite zu suchen. Sie gingen eilig zum Tresen, um dort ihre Rechnung zu bezahlen und nicht auf die Bedienung warten zu müssen.

»Entschuldigen Sie mich kurz.« Falk Stucke stand auf.

»Was haben Sie vor?«, fragte Eva alarmiert.

»Ich möchte nur etwas klarstellen.«

Ehe sie reagieren konnte, hatte Stucke die kurze Distanz zu dem Mann hinter sich gebracht. Der Typ sah aus, als säße er auf einer Sprungfeder, die ihn geradewegs in Falk Stuckes Gesicht katapultieren würde.

Stucke machte mit der rechten Hand eine begütigende Geste und beugte sich dann zu ihm hinab. Sein Mund war jetzt direkt neben dem linken Ohr des Schlägers.

Eva konnte nur sehen, dass Stucke die Lippen bewegte. Der Mann riss die Augen auf, und ganz kurz sah es so aus, als würde er vor Wut überkochen. Aber dann sackte er in sich zusammen, wie ein prall gefüllter Gummiball, aus dem man den Stöpsel gezogen hatte.

Falk Stucke klopfte ihm auf die Schulter, eine Geste, die überhaupt nichts Begütigendes mehr hatte, und der Mann stützte seine Hände auf die Stuhllehnen und erhob sich mühsam.

Mit einem kurzen Seitenblick auf Eva ging er zum Ausgang.

Stucke kehrte zurück.

»Was haben Sie ihm gesagt?«, fragte sie irritiert.

»Ich habe ihm nur klargemacht, dass man sich so gegenüber einer Frau nicht verhalten darf.«

»Sie haben ihm gedroht.«

»Ich habe ihm nur einen Vorschlag unterbreitet.« Stucke markierte nicht das Alphatier, wie sie es in ähnlichen Situationen bei anderen Männern, sogar Kollegen, miterlebt hatte, er lächelte sie einfach nur voll geradezu kindlicher Unschuld an.

»Das war nicht nötig«, sagte Eva. »Ich komme auch allein klar.«

»Davon bin ich überzeugt.« Er seufzte. »Ich bin in solchen Dingen ein wenig … ich weiß nicht, ob das der richtige Ausdruck ist, altmodisch. Ich kann es nicht ertragen, wenn meine Mitmenschen belästigt werden. Wenn Sie sich durch mein Verhalten in irgendeiner Form verletzt fühlen, bitte ich um Entschuldigung. Nichts lag mir ferner, Frau Flessner.«

»Schon gut«, lenkte Eva ein. »Die Situation hätte auch eskalieren können. Leute wie er denken nicht über mögliche Konsequenzen nach, wenn sie ausrasten.«

»In Ordnung! Beim nächsten Mal werde ich Sie erst fragen, ehe ich etwas unternehme.«

Beim nächsten Mal?

Eva stellte fest, dass sie gegen ein erneutes Treffen nichts einzuwenden hatte.

Später bot Falk Stucke ihr an, sie bis zur Haustür zu begleiten. Es wäre schließlich möglich, dass sich der Kerl noch in der Nähe herumtrieb.

Eva stimmte nach gespieltem Protest zu.

*

Falk war mit dem Verlauf des Treffens sehr zufrieden. Eigentlich hatte er von der Polizistin nur einen Einblick in den Stand der Ermittlungen erwartet. Umso überraschter war er, dass Eva Flessner eigenständig ermittelte. Weil Petra Wiese ihre Freundin gewesen war.

Ein Zufall, der Falk nicht im Geringsten beunruhigte. Er wäre nur froh gewesen, wenn diese Petra nicht alles vermasselt hätte. Dann wäre Eva nicht so allein, denn für ihn strahlte diese Frau ein intensives Gefühl der Einsamkeit, des Verlorenseins aus. Eigentlich gehörte es nicht zu seinen Aufgaben, einer Frau in ihrer Situation zu helfen, aber er musste sich eingestehen, dass er sich zu Eva Flessner hingezogen fühlte. Nicht in sexueller Hinsicht. Daran verschwendete er nicht einen Gedanken.

Aber da er nun wusste, wo sie wohnte – unweit des Stadtzentrums –, würde er sie im Auge behalten. Aus Sympathie, Interesse und Selbstschutz.

Im Café hatte er dem widerlichen Kerl eine Rasierklinge gezeigt. Unsichtbar für alle anderen Anwesenden steckte sie zwischen Zeige- und Mittelfinger der rechten Hand. Innerhalb eines Augenzwinkerns konnte er sie aus seiner Hosentasche hervorzaubern und ebenso schnell wieder verschwinden lassen. Wie ein Revolverschütze, der blitzschnell seine Waffe aus dem Holster zog. Er hatte lange dafür geübt.

Menschen hatten Angst vor scharfen Klingen, viele fürchteten sie bei direkter Konfrontation mehr als eine Schusswaffe. Wenn man ihnen dann sagte, was man mit der Klinge zu tun gedachte, kuschten sie meist.

Einen Schnitt durch den Augapfel zu erleiden war eine ebenso plastische wie entsetzliche Vorstellung. Und jeder wusste, dass dabei ein irreparabler Schaden entstand.

Leider musste es Falk bei einer verbalen Drohung belassen. Auf unbestimmte Zeit war der Mistkerl in Sicherheit. Die Polizistin hatte gesehen, wie er ihn mit wenigen Worten ruhiggestellt hatte. Daher wäre es unklug, wenn der Schläger einen Schaden erleiden würde, gegen den ein ausgelaufenes Auge wie eine Lappalie wirkte.

Michael Thom hingegen hatte nur noch eine Schonfrist von sehr wenigen Tagen, denn der Korrektheit halber musste zuvor die Rattenfresse bestraft werden.

Ein Freitagabend konnte dafür die passende Zeit sein.

*

Falk kehrte am frühen Nachmittag ins Dortmunder Kreuzviertel zurück. In der Hoffnung, um diese Uhrzeit einen Parkplatz in der Nähe von Rattenfresse zu finden. Nicht direkt vor dem Haus, aber in Sichtweite. So, dass er den Eingang im Auge behalten konnte.

Den grünen Toyota hatte Falk auch in den umliegenden Straßen nicht entdecken können. Also war Rattenfresse noch unterwegs. Allein, wie es schien, denn in der Wohnung im zweiten Stock wurde bei einbrechender Dämmerung das Licht eingeschaltet. Einmal konnte Falk sogar die Frau an einem Fenster sehen. Das Bündel auf dem Arm mochte ein Kind sein. Er benutzte nicht das Fernglas. Zu groß war das Risiko, dass ihn jemand dabei beobachten konnte. Ein Mann, der die Fassade eines Hauses mit einem Fernglas bespitzelt, erregt zwangsläufig Aufsehen.

Falk Stucke und sein graues Auto hingegen verhielten sich wie ein Chamäleon, wurden eins mit ihrer Umgebung.

Gegen neunzehn Uhr fuhr der Van an ihm vorbei. Falk sah die Bremslichter aufleuchten, als Rattenfresse sein Fahrzeug ein paar Wagenlängen vor ihm in eine Parklücke bugsierte. Er rangierte eine ganze Weile, mit dem Ergebnis, dass der Toyota noch immer ziemlich schräg stand und mit dem Heck auf die Fahrbahn ragte.

Typisch, dachte Falk. *Dem ist es scheißegal, ob da noch die Feuerwehr durchkommt.*

Der Mann mit der auffälligen Nase spazierte über die Straße und schloss die Haustür auf.

Jetzt konnte sich Falk nur darauf verlassen, dass er ihn richtig eingeschätzt hatte.

Eine gute Stunde später ging das Licht im Treppenhaus an, und Falk sah, wie Rattenfresse die Stufen heruntersprintete. Er ließ das Seitenfenster herab und ärgerte sich darüber, dass es dabei leise quietschte.

Aber Rattenfresse, der jetzt vor der Haustür seine Jacke zuknöpfte, hatte davon nichts mitbekommen. Der Mann hustete mehrmals und rotzte dann auf den Bürgersteig, ehe er weiterging.

Nicht gut in Form, stellte Falk fest.

Er wartete, bis Rattenfresse genügend Vorsprung hatte, und nahm dann die Verfolgung auf. Er trug eine schwarze Wollmütze, die seine Glatze verbarg, und lederne Handschuhe, die sich wie eine zweite Haut um seine Hände schmiegten.

Rattenfresse, kein Freund langer Fußmärsche, kehrte nach einigen Minuten in eine Kneipe ein. Im Kreuzviertel gab es Clubs, Cafés, Läden mit einem alternativen Chic, wo man Tee mit frischer Pfefferminze und hausgebackenen Mohnkuchen bekam und dazu Backgammon spielte. Aber eben auch Kneipen, in denen man sich bei Bedarf einfach nur volllaufen lassen konnte. Genau einen solchen Ort steuerte Rattenfresse an. Falk hörte laute Männerstimmen, das Klirren von Gläsern und pumpende Musik, als der Kerl die Tür öffnete.

Das kann dauern.

Falk kehrte zu seinem Wagen zurück. Im Innern des Kombis war es höchstens zwei, drei Grad wärmer als draußen. Aber Falk Stucke war darauf vorbereitet. Er trug Thermounterwäsche und in den Schuhen Einlagen aus Schafswolle.

Nicht bewegen, kein Radio einschalten, nur warten.

Wenn er hier fertig war, würde er sich eine Folge seiner Lieblingsserie »Die Waltons« ansehen. Wenn Falk als Kind abends in seinem Bett lag, aus der Küche oder dem Wohnzimmer die lauter werdende Stimme seines Vaters einen Wutanfall ankündigte, zog er die Decke über die Ohren und hielt Zwiesprache mit Großvater Samuel

Walton. Ein Opa von der Art, wie man sich ihn wünschte. In seiner Phantasie saß Grandpa Walton in seinem Schaukelstuhl und hörte sich Falks Probleme an. Nickte verständnisvoll, gab hin und wieder einen aufmunternden Kommentar von sich und schloss ihn irgendwann in seine Arme. Falk glaubte sogar spüren zu können, wie ihn der Schnurrbart des alten Mannes kitzelte. Später fand dann das gemeinsame Abendessen an dem großen Tisch in der Küche statt, und Falk bildete sich ein, dabei zu sein. Die Eltern sahen lächelnd zu, wie sich die Kinder mit der einfachen, aber sättigenden Mahlzeit die Bäuche vollschlugen, und erhoben nur dann die Stimme, wenn es allzu turbulent zuging.

Die Waltons begleiteten ihn sein Leben lang, und er war überglücklich gewesen, als er endlich alle Staffeln auf DVD besaß. Die Serie war auch der Grund dafür, den alten Bauerhof am Ortsrand von Hemmerde zu kaufen. Es gab nur eine Scheune, und auch das Wohngebäude war kleiner als das von Michael Thom und seiner Familie. Aber er hatte sich ein Heim geschaffen, das ihn ein klein wenig an die Farm der Waltons erinnerte. Manchmal setzte er sich abends in den Schaukelstuhl auf der Veranda und stellte sich vor, wie es wäre, wenn er eine eigene Familie hätte. Mit Söhnen wie John-Boy oder Jason, Töchtern wie Olivia und Mary-Ellen.

Aber das war pures Wunschdenken. Für so etwas hatte er keine Zeit. Außerdem würde er schon sehr bald wieder ein verständnisvoller Vater und zärtlicher Ehemann auf Zeit sein.

*

Zwei Stunden später lief Falk wieder zur Kneipe zurück und behielt den Eingang im Auge. Es wäre ungünstig, wenn es darin im Suff zu Verbrüderungen gekommen war und Rattenfresse mit einem oder mehreren Saufkumpanen auf die Straße torkelte.

Rattenfresse kam noch vor elf. Allein. Aber er torkelte. Hielt sich am Türrahmen fest und brüllte noch irgendetwas in die Kneipe hinein, bevor er sich mit unsicheren Schritten auf den Heimweg machte.

Ein Zustand, in dem es ihm in der Vergangenheit bestimmt öfter in den Sinn gekommen war, sich noch einmal um seine Frau zu *kümmern*.

Die Bedingungen waren günstig. Der Mann war betrunken, die fortgeschrittene Uhrzeit und die Kälte hielten die Menschen von den Straßen fern.

Ein einzelner Wagen näherte sich, und Falk wartete, bis er vorüber war. Erst dann trat er aus dem Hauseingang, in dessen Dunkelheit er sich verborgen hatte.

Rattenfresse hatte in der Zwischenzeit gerade mal zehn Meter zurückgelegt.

Es musste hier und schnell geschehen. Weit genug von der Wohnung des Mannes entfernt.

Ein letzter Kontrollblick nach allen Seiten. Falk hatte ihn schnell eingeholt.

Mit einer Rasierklinge konnte man Eindruck schinden, aber für mehr war sie kaum zu gebrauchen. Zu groß war die Gefahr, sich bei ihrem Einsatz selbst zu verletzen.

Falk Stucke bevorzugte ein Jagdmesser mit dem, wie er fand, überaus passenden Namen Master Hunter. Er hatte es in Gelsenkirchen in einem Fachgeschäft erstanden. Der Verkäufer hatte es als Spezialklinge zum Aufbrechen von Großwild bezeichnet.

So groß ist der Kerl hier ja nun nicht, überlegte Falk und schmunzelte.

Er bewegte sich auf den weichen Gummisohlen nahezu lautlos und federnd. Das Opfer bemerkte Falk erst, als er bereits direkt hinter ihm war.

Rattenfresse stieß ein undeutliches »Was is'?« aus. Der Alkohol machte es ihm unmöglich, Sprachzentrum und Bewegungsabläufe zu koordinieren. Ehe er sich umdrehen konnte, packte Falk sein Haar, riss den Kopf zurück, bis er in den Himmel starrte, und schnitt ihm die Kehle durch. Das Anheben des Kopfes bewirkte nicht, dass die Halsschlagadern leichter zugänglich waren. Im Gegenteil, denn durch die Bewegung wurden die Adern nach innen verlagert, wo sie teilweise durch die Luftröhre geschützt waren. Aber die Klinge des Master Hunters durchtrennte alles unter dem stoppelbärtigen Kinn des Mannes, als bestände er aus streichzarter Butter.

Blut schoss aus der halbmondförmigen Wunde. Falk trat zurück, um nicht von dem warmen Strahl getroffen zu werden.

Rattenfresse hatte mittlerweile die rechte Hand an die Kehle gehoben und versuchte, den Blutstrom zu stoppen. Seine Augen waren hervorgequollen und fanden erst jetzt Falk. Die andere Hand suchte Halt, landete auf einer Mülltonne – für Papier und Pappe – und hinterließ auf dem Deckel einen blutigen Abdruck.

Falk ging in normalem Tempo weiter, wandte sich noch einmal kurz um und sah, wie Rattenfresse auf dem Bürgersteig zusammensackte. Erst fiel er auf die Knie, reckte dabei den rechten Arm in einer absurd theatralisch wirkenden Geste gen Himmel. Zum Abschluss kippte er zur Seite, und sein Schädel schlug so hart auf, dass Falk es aus der Distanz hören konnte.

Bei diesen Temperaturen konnte man schnell erfrieren. Aber das spielte für den Mann keine Rolle mehr.

Falk sagte sich, dass die Frau, die in wenigen Hundert Metern Entfernung auf ihren wie üblich stark alkoholisierten und daher noch unberechenbarer agierenden Mann wartete, in dieser und den folgenden Nächten sicher war. Außerdem hatte Falk auch ein Kind von einem Kerl befreit, der es nicht würdig war, als Vater bezeichnet zu werden.

Falk fand es nur bedauerlich, dass er ihnen nicht seine Güte und Liebe beweisen konnte. Rattenfresse und seine Familie wohnten inmitten der Stadt. Da, wo es einfach zu viele Zeugen gab. Aber dafür würde Familie Thom umso mehr daran teilhaben können.

Falk konnte es kaum noch abwarten.

Bald kommt ein richtiger Vati zu euch!

Kapitel sieben

Am frühen Samstagmorgen bezog Falk seinen Beobachtungsposten. Den Mazda stellte er in dem nahen Waldweg ab. Für den Fall, dass wider Erwarten doch jemand den Wagen bemerkte, lag auf dem Armaturenbrett deutlich sichtbar ein Buch mit dem Titel *Sperber, Specht & Wiedehopf – Vögel in Nordrhein-Westfalen*. Man würde annehmen, ein Hobbyornithologe ginge seiner Leidenschaft nach.

Nach kurzem Grübeln beschloss er, vom nächsten Tag an die wenigen Kilometer von seinem Haus zu Fuß zurückzulegen. Möglicherweise fiel es einem Jäger oder Wanderer doch auf, wenn der Mazda hier jeden Tag stand. Außerdem war Bewegung immer gut.

Zunächst hatte er das leerstehende Haus näher in Augenschein genommen. Ein Teil der Möbel stand noch immer darin: Eine Vitrine mit gesprungener Glasscheibe, ein Tisch mit Stühlen, ein abgewetztes Sofa, auf dem er Rattenkot entdeckte. Regenwasser war durch das offene Fenster im oberen Stockwerk eingedrungen und hatte den Fußboden aufquellen lassen. In der ehemaligen Küche fand Falk in einem Schrank außer verstaubten Einmachgläsern auch eine Schwarzweißfotografie. Sie zeigte einen etwa zehnjährigen Jungen in kurzen Hosen am Lenkrad eines Traktors. Mehr Hinweise auf die ehemaligen Bewohner gab es nicht.

Falk wählte ein Fenster mit bester Sicht auf Michael Thoms Anwesen, holte sich einen Stuhl von unten und machte sich bereit, alles über den Tagesablauf seiner neuen Familie zu erfahren.

Eine ganze Weile geschah nichts. Erst um kurz nach neun kam die Frau aus dem Haus und fuhr mit dem Ford vom Hof. Eine gute halbe Stunde später kehrte sie zurück. Sie stieg aus und rief etwas. Falk konnte die Worte zwar nicht verstehen, aber ein leichter Wind trug den Klang ihrer hellen Stimme zu ihm.

Zwei Mädchen liefen aus dem Haus. Beide mit langen dunklen Haaren. Die Ältere kannte Falk bereits. Die kleinere Schwester war vermutlich noch im Kindergartenalter.

Falk richtete das Fernglas auf das Gesicht der Mutter. Sie wirkte gestresst und bewegte sich hektisch. Das größere Mädchen trug eine Einkaufstasche ins Haus, ihre Schwester folgte ihr mit einer Tüte, die vermutlich Brötchen enthielt. Sie wäre auf der Türschwelle beinahe gestolpert. »Hoppla!«, erschrak Falk. »Immer schön langsam, Süße.«

Die Frau schleppte eine Kiste Mineralwasser ins Haus, und Falk fragte sich, wo ihr Mann steckte. Warum half er ihr nicht?

Michael Thom erschien nur zwei Minuten später auf der Bildfläche. Er trieb seine Frau vor sich her, stieß ihr gegen die Brust und verlor dabei fast seine zu weite Jogginghose. Sie rutschte ihm bis auf die Knie und gab den Blick auf seinen nackten haarigen Hintern frei.

Die Frau rannte zum Auto und setzte so hektisch zurück, dass sie beinahe einen der Metallpfosten gerammt hätte. Sie flankierten die Einfahrt und hatten wohl einst ein Tor in den Angeln gehalten.

Thom zog seine Hose hoch und hielt sie bei der Rückkehr ins Haus am Bund fest.

»Ich hasse dich«, murmelte Falk.

Dieses Mal dauerte es eine Stunde, bis der Ford wieder auf den Hof rollte. Die Frau eilte mit etwas, was in Papier gewickelt war, zur Tür.

Erst gegen Mittag, als der Raureif auf dem Fensterbrett vor Falk endlich getaut war, holte das kleine Mädchen ein pinkfarbenes Kinderfahrrad mit Stützrädern aus der Werkstatt. Sie stieg auf und schaffte es, ein paar Meter geradeaus zu fahren, dann schlug sie den Lenker ein, und das Fahrrad kippte trotz der Stützräder zur Seite. Sie schien sich nicht weh getan zu haben, rappelte sich wieder auf, hatte allerdings große Schwierigkeiten, das Fahrrad vom Boden hochzubekommen.

Endlich kam ihr die große Schwester zu Hilfe. Es rührte Falk, wie sie von nun an geduldig neben der Kleinen herlief, mehrmals einen Zusammenstoß mit einem Baumstamm oder den Mülltonnen verhinderte und die Mädchen schließlich Hand in Hand ins Haus gingen.

Viel mehr passierte auch am folgenden Sonntag nicht. Am Montag verließ die Frau mit den Kindern um halb acht das Haus. Vermutlich, um sie in Schule und Kindergarten abzuliefern. Nach ihrer Rückkehr verschwand Michael Thom mit dem Kombi. Es war nun klar, dass die Familie nur diesen einen Wagen besaß. Entweder überstieg ein zweites Fahrzeug die finanziellen Möglichkeiten der Familie. Oder er wollte seiner Frau nicht zu viel Freiheit zugestehen und hielt sie lieber auf dem einsamen Hof fest.

Gegen zwei hielt ein kleiner Geländewagen mit einer auffälligen goldenen Lackierung in der Einfahrt. Das ältere Mädchen sprang heraus und winkte dem Wagen bei der Abfahrt hinterher.

Das ist nicht gut, dachte Falk.

Er rannte zur Vorderfront des alten Hauses und konnte, als der Geländewagen vorbeirauschte, einen kurzen Blick auf die Insassen erhaschen: eine Frau am Steuer, zwei Kinder auf der Rückbank.

Eine Minute später klingelte Falks Handy. Es war die Polizistin.

»Leider wurde auf der Speicherkarte, die Sie mir gegeben haben, kein Foto meiner Freundin gefunden«, sagte Eva Flessner. »Die Kollegen von der Kripo haben den Spanner trotzdem überprüft. Ohne Erfolg.«

»Das tut mir sehr leid«, erwiderte Falk. Die Frau hörte sich an, als würde ihr das Atmen schwerfallen. Beinahe hätte er sie gebeten, sich von einem Arzt untersuchen zu lassen. Ihr Schwächeanfall in den Ruhr-Alleen hatte ihn beunruhigt.

Sie redeten noch ein wenig, und er hatte das Gefühl, dass die Polizistin darauf wartete, dass er die Initiative ergriff und sie nach einem zweiten Treffen fragte.

Doch Falk sagte: »Wenn ich Ihnen irgendwie helfen kann oder Sie nur reden wollen, dann rufen Sie mich bitte sofort an. Versprechen Sie mir das?«

»Ja, das werde ich«, antwortete Eva Flessner, und Falk hörte am Klang ihrer Stimme, dass er genau das Richtige gesagt hatte.

*

Am Nachmittag, als das Tageslicht bereits schwächer wurde, kam Thom zurück. Ihn begleitete ein Mann in einem weißen VW Golf. Der Mann parkte das Auto vor dem rechten Tor der Scheune. Die beiden Männer standen noch eine Weile zusammen, umrundeten den Golf und traten ein paarmal gegen die Reifen. Danach schraubten sie die Nummernschilder ab, und Thom fuhr mit dem Mann in seinem Kombi vom Hof.

Falk schätzte, dass der Fremde ein Kumpel oder Geschäftspartner – *nicht gut!* – war, hoffte aber, dass es sich einfach nur um den Verkäufer eines Wagens handelte.

Im weiteren Verlauf der Woche verschwand Thom immer wieder, brachte allerdings keine weiteren Fahrzeuge auf den Hof.

Die Kinder wurden morgens weggebracht und zumeist von der Mutter wieder abgeholt. Die große Tochter zwischen halb eins und halb zwei, die Kleine zwischen zwei und fünf Uhr. Den goldenen Geländewagen sah er zwar täglich an seinem Versteck vorbeifahren, aber er hielt nicht mehr bei den Thoms.

Nur einmal, am Mittwoch, erschien Kundschaft auf dem Hof. Der mindestens zwanzig Jahre alte Mercedes eines Mannes wurde in die Werkstatt gefahren. Der Kunde wartete, sah Thom vermutlich bei der Arbeit zu und war nach einer Stunde wieder verschwunden.

Bis zum Freitag war Falk über den Alltag der Familie im Bilde: keine Besuche, abgesehen von einem Kunden und dem Mann, der den Golf abgeliefert hatte.

Ein Samstag war ein guter Tag, um endlich zu beginnen. Es gab so viel zu tun. So viele Frauen und Kinder warteten noch darauf, von ihren Ehemännern und Vätern befreit zu werden. In Zukunft musste er schneller und effektiver werden.

*

Am nächsten Morgen duschte Falk sehr gründlich und verzichtete nach der anschließenden Rasur auf sein Rasierwasser. Gerüche setzten sich schnell an einem Ort fest und konnten verräterisch sein. Besonders, wenn sie so markant dufteten wie Old Spice.

Dann verwandelte er sich in Arno. Diesen Namen trug die Perücke, die er für rund fünfzig Euro bei einem Internetanbieter erstanden hatte. Dunkelbraun, im Nacken reichte sie bis zum Hemdkragen, vorn hing ihm eine kecke Haarsträhne in die Stirn. Bevorzugte Falk normalerweise schwarze Kleidung, wählte er nun eine braune Kordhose, einen grünen Strickpullover und altmodische Winterschuhe. Wie immer, wenn es darum ging, Rückschlüsse auf seine wahre Identität zu vertuschen, waren sie zwei Nummern zu groß. Trotz seiner 1,88 m hatte er nur Schuhgröße 43.

Er setzte sich eine Hornbrille mit Plangläsern ohne jegliche dioptrische Wirkung auf – man konnte sie in fast jedem Fachgeschäft als modisches Accessoire bekommen. Den Abschluss bildete eine Winterjacke mit einer Menge verschließbarer Taschen.

Falk betrachtete sich im Spiegel und war davon überzeugt, dass ihn so noch nicht einmal seine verstorbene Mutter hätte erkennen können. Eine letzte Kontrolle seiner Taschen: Elektroschocker, Pfefferspray, Kabelbinder und der gute Master Hunter. Er hoffte, dass er zumindest das Messer heute nicht benötigen würde.

*

Die aufgehende Sonne zeigte sich als bleiche Scheibe am Himmel und hatte nicht genügend Kraft, um die tiefhängenden Nebelwände über den Feldern zu vertreiben.

Falk lenkte seinen Mazda durch die Straßen, immer mit dem Gedanken, dass hinter der nächsten Kurve Glatteis lauern konnte.

Wettergegerbte dunkle Scheunen säumten den Horizont. Nur eine halbe Stunde Fahrt vom östlichen Rand des Ruhrgebiets entfernt glaubte man sich irgendwo im Nirgendwo zu befinden.

Falk sah das Schild mit Thoms Karikatur und nahm den Fuß vom Gas. Der Ford Kombi stand vor dem Wohnhaus, ein Scheunentor stand offen. Aus dem Innern drang grauer Qualm. Vermutlich ließ Thom den Motor eines der beiden Autos in seiner Werkstatt Probe laufen.

Falk fuhr weiter und ließ den Wagen wieder in den Waldweg rollen. Er stieg aus, öffnete die Motorhaube und lockerte die Kabel an allen vier Zündkerzen.

Ein Rascheln schreckte ihn auf. Zuerst konnte er nicht erkennen, woher es gekommen war, doch als er den Kopf hob, sah er Dutzende großer schwarzer Vögel. Sie hockten reglos in den kahlen Ästen der Buchen und schienen ihn mit ihren Knopfaugen zu beobachten.

Falk klatschte zweimal in die Hände. Zwei Vögel erhoben sich in die Luft, drehten träge einen Halbkreis und ließen sich auf einem anderen Baum nieder. Einer von ihnen stieß ein heiseres Krächzen aus. Das Echo hallte zwischen den Stämmen wider.

Falk machte sich auf den Weg. Die letzten hundert Meter bis Thoms Hof rannte er. Es konnte nicht schaden, wenn er den Eindruck erweckte, seine Kondition sei nicht die beste. Michael Thom sollte ihn von der ersten Sekunde an unterschätzen.

Er stoppte seinen Lauf erst, als er den Hof erreicht hatte, und ging dann auf die Scheune zu. Dabei atmete er angestrengt und hustete einige Male laut.

Thom trat aus seiner Werkstatt. In der rechten Hand hielt er einen Schraubenzieher.

»Puh!«, machte Falk und stieß Luft aus. »Man ist das Laufen einfach nicht mehr gewohnt.«

Michael Thom trug weder Overall noch Schirmmütze wie auf dem Werbeschild, sondern ausgewaschene Jeans und einen alten Strickpullover, über den er eine olivfarbene Jacke im Military-Look gezogen hatte.

»Kann ich Ihnen helfen?«, fragte er, und Falk konnte in den Augen des Mannes lesen, dass er ihn für einen Trottel hielt.

Gut so!

»Mein Wagen ist ein Stück weiter die Straße rauf einfach stehen geblieben. Alle Kontrollleuchten haben geblinkt, und dann ging gar nichts mehr. Mist! Hab mir glatt einen Krampf beim Laufen geholt.« Falk bückte sich ächzend und knetete seinen rechten Unterschenkel. »Zum Glück ist mir vorhin Ihr Schild aufgefallen.« Er setzte ein treuherziges Lächeln auf. »Können Sie mir vielleicht helfen?«

»Ich kann es versuchen.« Thom erinnerte ihn mit dem vollen dunklen Haar, dem Oberlippenbart und der sonnengebräunten Haut an einen amerikanischen Schauspieler, dessen Name ihm entfallen war. »Was für einen Wagen fahren Sie denn?«

»Mazda 626, 98er Baujahr«, sagte Falk. »Bisher war er immer zuverlässig.«

»Ich suche nur etwas Werkzeug zusammen. Überbrückungskabel und Abschleppseil liegen immer in meinem Kombi parat.«

Falk hörte ihn in der Werkstatt eine Weile klappern und sah zum Wohnhaus hinüber. Dort regte sich nichts.

Thom kehrte mit einem Einkaufsbeutel aus Leinen zurück, in dem Werkzeug klirrend aneinanderschlug. »Fahren wir.«

Vor der Motorhaube des Fords lag das pinkfarbene Kinderfahrrad mit den Stützrädern auf dem Boden.

Thom hob das Fahrrad auf und lehnte es gegen die Hauswand. »Die Kinder gehen mit den Sachen um, als würden sie kein Geld kosten.«

»Ich kenne das. Ich habe einen fünfzehnjährigen Sohn«, log Falk und stieg in den Kombi.

Der Mann ließ sich neben ihm in den Fahrersitz fallen. »Zwei Mädchen, fünf und zehn Jahre alt.«

»Sie Glückspilz«, erwiderte Falk und zeigte ein strahlendes Lächeln.

Thom warf ihm einen kurzen Seitenblick zu, schien etwas erwidern zu wollen, startete dann aber den Motor.

»Was für ein Segen, dass Sie hier eine Autowerkstatt führen.« Falk lehnte sich mit einem erleichterten Seufzer zurück. »Läuft das Geschäft gut? Zu Ihnen kommen sicher die ganzen Landwirte.«

»Nee.« Thom fuhr den Wagen auf die Straße. »Die sind so stur wie ihre Ochsen. Da bleibt man immer ein Zugezogener. Ich mache hauptsächlich in Gebrauchtwagen und inseriere die.«

»Wie den Opel in der Scheune.«

Thom nickte »Da steht auch noch ein Golf. Wollte mich nächste Woche um mehr Nachschub kümmern.«

»Vielleicht ist ja auch was für mich dabei. Falls es meiner nicht mehr tun sollte.« Falk streckte mit gespielter Aufregung seinen Arm aus. »Da kommt gleich ein Waldweg. Bis dahin habe ich es noch geschafft.«

Thom lenkte den Ford lässig mit einer Hand in den Weg und bremste. Sie stiegen aus. Die Vögel waren immer noch da, und einer von ihnen hatte aufs Dach des Mazdas geschissen. Ein riesiger grauweißer Fleck.

Der Mann ging mit seinem Werkzeugbeutel zur geöffneten Motorhaube und musterte das Innenleben des Wagens mit Kennermiene.

»Versuchen Sie mal zu starten«, sagte er.

Falk tat so, als hätte er ihn nicht gehört, und gesellte sich zu ihm.

»Sie müssen den Motor starten«, wiederholte Thom.

»Es könnten die Kerzen sein«, sagte Falk. »Ich glaube, die hätten schon längst ersetzt werden müssen.«

Der Mechaniker beugte sich noch weiter vor und streckte die Hand nach den Zündkabeln aus.

Jetzt musste es sehr schnell gehen.

»Das Kabel hier ist locker«, stellte Thom fest.

Falk Stucke hielt nichts von Kampfsport, lieber achtete er darauf, fit zu bleiben und sich gesund zu ernähren. Man musste sich nur mit den Schwachstellen des menschlichen Körpers beschäftigen, um gezielt zuschlagen zu können. Ein einfacher Schlag auf den Hinterkopf, der in Krimis jeden sofort außer Gefecht setzte, brachte in der Realität nicht immer den erwünschten Effekt.

Falk traf den Mann unmittelbar neben dem großen Kopfwendemuskel an der Seite des Halses. Genau dort traten die Hauptnerven des Halsnervengeflechtes an die Oberfläche. Nur noch geschützt von einer dünnen Schicht Haut. Der menschliche Körper besaß noch zwei weitere – als Erb-Punkte bezeichnete – hochempfindliche Stellen, aber Falk hatte mit diesem Punkt bereits gute Erfahrungen gemacht.

Michael Thom schlug wie eine Gliederpuppe, deren Fäden man durchtrennt hatte, mit dem Oberkörper auf dem Motorblock auf.

Falk überprüfte den Puls des Mannes. Ein Schlag auf einen der Erb-Punkte musste wohldosiert sein. Im schlimmsten Fall konnte er zum sofortigen Exitus führen, und das wäre nicht in Falks Interesse gewesen.

Er fesselte Hände und Füße des Mannes mit Kabelbindern und verschloss den Mund mit Klebeband. Thoms Nase schien nicht verstopft zu sein, also drohte er auch nicht zu ersticken.

Aus einer kleinen Wunde auf der Stirn blutete der Mann ein wenig. Er musste mit dem Kopf gegen ein scharfkantiges Motorteil geprallt sein.

Falk hob den Gefesselten auf, öffnete den Kofferraum und wuchtete Thom auf die Ladefläche des Mazdas. Wenn man die Beine des Mannes anwinkelte, war da genug Platz. Bei der Kontrolle der Taschen entdeckte er nur ein altes Handy, dessen Tastatur kaum noch lesbar war. Falk ließ die Laderaumabdeckung einrasten und schloss die Heckklappe.

Mit einem Mal wusste er, an wen ihn Thom erinnerte. An den Schauspieler Tom Selleck.

Ich habe Magnum k.o. geschlagen! Er grinste und nahm Brille und Arno-Perücke ab, weil man seinen Wagen in Hemmerde kannte und sich jemand über einen fremden Mann am Steuer wundern könnte.

Thoms Ford musste ein Stück zur Seite rangiert werden, dann konnte Falk mit dem Mazda rückwärts aus dem Waldweg setzen.

Als er an Thoms Hof vorbeikam, entdeckte er das kleine Mädchen auf dem pinkfarbenen Fahrrad. Es trat eifrig in die Pedale und kam schon besser als sonst von der Stelle.

Sie ist fünf. Ein niedliches Alter.

*

Bei unproblematischer Witterung schaffte er die Strecke mit dem Auto von Thoms Werkstatt bis zu seinem Hof in ungefähr zehn Minuten.

Aus dem Laderaum kam ein Geräusch, und Falk dachte schon, der Mann käme bereits wieder zu Bewusstsein, aber tatsächlich schlug nur sein Körper in den Kurven gegen die Seitenwände.

Mit den vorgeschriebenen 30 km/h rollte sein Wagen durch das Dorf. Falk hob grüßend die Hand, als ihm ein älterer Mann zuwinkte, der gerade aus dem kleinen Supermarkt kam.

Thom hatte unrecht, wenn er behauptete, die Leute auf dem Land seien abweisend. Daran war der Kerl selbst schuld. Falk hatte sich seit dem Kauf des maroden Hofs am Dorfrand bestens integriert. Er war Mitglied im Schützenverein, freundlich zu seinen Nachbarn und stets hilfsbereit. Manchmal ging er sogar zum Kartenspielen in die Kneipe. Auf den Dorffesten hatte es auch schon Annäherungsversuche von ledigen – und auch verheirateten – Frauen gegeben. Es war ihm mit Mühe gelungen, seine Abscheu gegenüber solchen Avancen zu verbergen und ihnen gleichzeitig auszuweichen.

Falk galt nicht als Sonderling, auch wenn er bisweilen gutmütigen Spott erntete, weil er nie mehr als zwei Bier trank.

Seine Abneigung gegen Fleisch wie Haxen oder Hühnerkeulen, die noch als Bestandteil eines Tieres zu identifizieren waren, war bisher auch noch niemandem aufgefallen. Schließlich gab es Bratwürste.

Er fuhr durch die Einfahrt zu seinem Hof und stieg aus, um das Tor zu verschließen. Da das Grundstück von einer Backsteinmauer umgeben war, konnte er von einem zufällig Vorbeikommenden nicht beobachtet werden. Den Wagen parkte er rückwärts vor dem Scheunentor.

Seine Scheune war zwar kleiner als Thoms, aber dafür verfügte sie über einen geräumigen Kornboden. Früher wurde dort das geerntete Getreide gelagert. Man konnte ihn nur über eine alte Holztreppe erreichen. Dort war es auch im Winter trocken. In den letzten Tagen hatte Falk dort aufgeräumt und geputzt, Matratzen und einen kuscheligen Teppich hineingelegt, einen Ölradiator und ein paar Möbel aufgestellt. Hinter einem Vorhang befand sich ein Chemieklo. Und es gab natürlich Bücher und Spielsachen. Ein Kind würde es hier einige Zeit aushalten können.

Eine massive Stahltür war bereits vom Vorbesitzer eingebaut worden. Er hatte aus unerfindlichen Gründen auch das einzige Fenster zugemauert.

Robert Wiese war von Falk in einer Kiste untergebracht worden, die er eigens für diesen Zweck gebaut hatte. Ausbruchsicher und schalldicht. Sie würde auch bei Michael Thom ihren Zweck erfüllen.

Bisher hatte sie in der Scheune gestanden. Abgedeckt mit einer Plastikplane. Neben dem Hochdruckreiniger.

Falk wollte sich dieses Mal mehr Zeit für seine neue Familie nehmen und behutsamer vorgehen. Daher hatte er die Kiste zerlegt und in einem Nebenraum der Scheune, der früher als Schweinestall gedient hatte, wieder aufgebaut. Dort konnte sie unmöglich entdeckt werden. Zwar kamen ohnehin fast nie Besucher auf den Hof, aber Falk wollte dieses Mal absolute Perfektion und Sicherheit.

Thom war noch immer bewusstlos, aber Falk wartete einen Moment ab, um zu sehen, ob der Mann nicht nur so tat. Erst als ihn kein Blinzeln oder Muskelzucken misstrauisch werden ließ, trug er ihn in den ehemaligen Schweinestall.

In der Kiste entfernte er den Knebel, schnitt mit dem Master Hunter die Kabelbinder durch und kettete Thoms linken Arm an der Innenseite der Kiste an.

Dabei stellte er erneut fest, dass die Ähnlichkeit seines Gefangenen mit Tom Selleck alias Magnum wirklich verblüffend war. Fehlte nur das Hawaiihemd.

Falk zog ihm noch die Schuhe aus und schaltete den kleinen Lüfter an, der dafür sorgte, dass der Gefangene nicht erstickte.

Die Tür zwischen Stall und Scheune bestand zwar nicht aus Metall, aber zumindest aus massivem Holz und wurde zusätzlich mit Riegel und Vorhängeschloss gesichert.

Falk sah sich noch einmal auf dem ehemaligen Kornboden um und war zufrieden.

Er spürte, wie ihn trotz der immensen und nicht risikofreien Aufgabe eine innere Ruhe erfüllte. Der Anfang war gemacht. Er dachte, dass nun der richtige Zeitpunkt war, um sich über die Ermittlungen der Polizei auf den neuesten Stand zu bringen.

*

Eva Flessner hatte eine furchtbare und kurze Nacht hinter sich gebracht. Gegen vier in der Frühe, das war vor sechs Stunden gewesen, war sie aus ihren Alpträumen erwacht.

Seitdem hatte sie das Schlafzimmer nur verlassen, um auf die Toilette zu gehen und sich einen Kräutertee aufzugießen. Sie saß aufgerichtet im Bett, zwei Kissen im Rücken, und dachte darüber nach, wie lange es wohl noch dauern würde, bis ihre Trauer nachließ und endlich zu etwas wurde, was sie nicht jede Minute des Tages begleitete. Sie dachte an den Tag vor drei Jahren zurück, als ihre Träume von einem glücklichen Leben mit einem Mal zerstört wurden. Sie hatte vor dem Fernseher gesessen und sich irgendeine Komödie mit Ben Stiller angesehen. In einer der Werbeunterbrechungen klingelte es an der Tür. Sie dachte noch, dass Jan früher als erwartet von seinen Eltern in Recklinghausen zurückgekommen war, aber vor der Tür standen ein Kollege und eine Kollegin. In ihren Gesichtern las Eva sofort, dass etwas passiert sein musste. Die Polizistin kannte sie seit ihrer Ausbildung. Sie öffnete den Mund, bekam aber keinen Ton heraus und nahm Eva schluchzend in die Arme.

Jan war bei einem Verkehrsunfall ums Leben gekommen.

Die Details erfuhr Eva später, und in ihrem Kopf entstand ein grauenhaft realer Film von seinen letzten Minuten. Auf der Autobahn waren bei Glatteis mehrere Pkw miteinander kollidiert. Ihr Verlobter hatte noch rechtzeitig ausweichen können, informierte die Kollegen und machte sich daran, die Unfallstelle zu sichern. Es gab nur ein paar Leichtverletzte, aber die Menschen rannten planlos umher. Jan schaffte es, alle hinter der Leitplanke in Sicherheit zu bringen. Er selbst hatte gerade eine Warnleuchte auf dem Standstreifen aufgestellt, als ihn ein mit zwanzig Tonnen Fleisch beladener Lkw überrollte. Laut Aussage der Notärzte war Jan nicht sofort tot gewesen. Auf dem Sarg hatte ein gerahmtes Bild gestanden, das ihn in seiner Polizeiuniform zeigte.

Eva hatte kurz nach der Beerdigung wieder ihren Dienst angetreten und war so schnell wie möglich aus der gemeinsamen Wohnung ausgezogen. In ihr jetziges Apartment, das Petras Mann vermittelt hatte.

Ihr Handy läutete. Der Anruf kam von Falk Stucke.

Wenn ich Ihnen irgendwie helfen kann oder Sie nur reden wollen, dann rufen Sie mich bitte sofort an.

Das waren seine Worte gewesen. Eva versuchte herauszufinden, was ihr an dem Mann so gefiel, dass sie tatsächlich in Erwägung zog, sein Angebot anzunehmen. Vielleicht war es seine Art, mit ihr umzugehen. Höflich, unaufdringlich und ohne die gockelhaften Allüren, die manche Männer im Beisein einer Frau an den Tag legten. Außerdem konnte er zuhören. Genau wie Jan. Eine Fähigkeit, die vielen Menschen in ihrer Umgebung fehlte.

Sie hatte nach einem Vorwand gesucht, ihn anzurufen. *Nur reden wollen* erschien ihr peinlich. Wie ein Eingeständnis von Schwäche. Jetzt hatte er die Initiative ergriffen.

Sie merkte, dass sie ganz aufgeregt war, atmete tief durch und nahm den Anruf an.

*

»Hallo, Frau Flessner! Schön, Ihre Stimme zu hören. Ich hoffe, ich störe Sie nicht.«

Ihre ersten Worte kamen sehr schnell. So, als wäre sie nervös. Das erinnerte ihn ein wenig an das Verhalten seiner Mutter, wenn sie ahnte, dass ihr Mann kurz davor stand, ihr Schmerzen zuzufügen.

»Mir geht der Tod Ihrer Freundin und der ganzen Familie einfach nicht aus dem Kopf. Wenn das bei mir schon so ist, frage ich mich, wie furchtbar Sie sich fühlen müssen.«

Die Polizistin bedankte sich für seine Anteilnahme und gab zu, dass sie sich schrecklich fühlte. Das berührte ihn ein wenig, und er wurde erneut wütend auf Petra Wiese. Nur weil sie erkannt hatte, wie gut er es mit ihr meinte, musste Eva Flessner unter den unausweichlichen Konsequenzen – dem Tod aller Familienmitglieder – leiden.

Er fragte die Polizistin nach dem Stand der Ermittlungen.

Sie erwähnte erneut den Spanner und dass auch alle bisher überprüften Verdächtigen, wenn man sie überhaupt so bezeichnen konnte, nicht als Täter in Frage kämen. Die weiteren Untersuchungen würden sich auf den Hochdruckreiniger konzentrieren, mit dem man Robert Wiese die schweren, aber nicht tödlichen Verletzungen zugefügt hatte. Die Experten hatten anhand der Rückstände an der Leiche den Hersteller des Reinigungsmittels ermittelt.

»Das ist doch ein Fortschritt«, sagte Falk und überlegte, dass er sein Gerät samt Zubehör besser schnell loswerden sollte.

Kein Risiko!

Eva sagte noch, dass sie am morgigen Tag wieder ihren Dienst antreten würde.

»An einem Sonntag?«, fragte Falk, obwohl er längst darüber nachdachte, wie er den verdammt schweren Hochdruckreiniger in sein Auto bekommen konnte. Er musste das Ding wohl zerlegen.

»Die Polizei muss nun mal an jedem Tag arbeiten«, erwiderte Eva und lachte. Es klang unecht.

Es geht dir gar nicht gut. Du brauchst jemanden, der dir zuhört.

»Vielleicht können wir uns in der nächsten Zeit noch einmal treffen«, sagte er und glaubte ihre Freude durch das Telefon spüren zu können, obwohl sie noch kein Wort gesagt hatte. »Ich habe im Moment noch ein paar Dinge zu regeln, aber danach werde ich mich bei Ihnen melden.«

Sie stimmte geradezu enthusiastisch zu, nahm sich aber augenblicklich wieder zurück, als sei es ihr peinlich.

»Bis bald ... Eva.«

Er empfand Mitleid und Sympathie für die Frau. Er hatte Hochachtung vor Menschen wie ihr. Sie hatten etwas gemeinsam. Sie waren ständig im Einsatz, um die Schwachen zu schützen.

Aber aktuell gab es Wichtigeres als Eva Flessner.

Kapitel acht

Björn Mischke war Falk damals vor neunzehn Monaten in den Ruhr-Alleen aufgrund seiner unglaublichen Großzügigkeit gegenüber seinen wechselnden Begleiterinnen aufgefallen. Eine davon war jung genug, um seine Tochter zu sein. Aber die kaum verdeckt ausgetauschten Zärtlichkeiten bis hin zum vulgären Begrabschen in Winkeln, in denen Mischke sich unbeobachtet fühlte, zeigten Falk, dass es sich um Liebschaften handelte. Das Verhalten erinnerte ihn an seinen Vater, und der Instinkt sagte ihm, dass der Kerl genau wie sein Vater verheiratet war. Er sollte sich nicht irren. Eines Abends folgte Falk dem Mann. Bis zu der Wohnung der Gespielin in Witten und dann weiter bis Soest.

Bei Björn Mischke und dessen Familie war Falk aber noch zu unerfahren gewesen und von den Reaktionen der betrogenen Ehefrau überrascht worden. Nachdem dort alles aus dem Ruder gelaufen war, geriet er in Panik, fand aber einen Weg, die Geliebte des Ehemannes schuldig erscheinen zu lassen: ein zeitgleicher Besuch bei ihrem Friseur, um in einem unbeobachteten Moment ein paar ihrer abgeschnittenen Haare mitgehen zu lassen, und das Deponieren einer Tatwaffe in ihrem Keller. Leider war sie nicht verurteilt worden. Schließlich hatte sie Schuld auf sich geladen, indem sie sich mit einem verheirateten Mann und Vater eingelassen hatte.

Bei der Familie Wiese war er dann schon viel weitergekommen. Er glaubte das Vertrauen, wenn nicht sogar die Zuneigung, der Mutter und ihrer Kinder gewonnen zu haben. Doch dann drehte die Frau einfach durch und musste alles wieder zerstören. Letztlich ein Zeichen, dass sie es nicht wert war, befreit zu werden. Ein solch undankbares und törichtes Verhalten machte ihn rasend. Aber er wollte alles dafür tun, dass sich so etwas nicht wiederholte.

*

Falk hielt direkt vor Thoms Werkstatt, öffnete das rechte Tor und fand neben dem Golf, der etliche frische Spachtelstellen aufwies, genügend Platz für seinen Mazda. Als er das Tor mit mehr Lärm, als dazu nötig gewesen wäre, verschloss, kam die Frau aus dem Haus. Sie trug einen für die Jahreszeit unpassenden Mantel aus hauchdünnem Stoff und hatte sich eine Wollmütze über ihre Haare gezogen.

»Mein Mann ist nicht da. Aber er kommt sicher jeden Moment zurück«, rief sie Falk von weitem zu. Sie hatte also gar nicht bemerkt, dass Falk mit ihm verschwunden war.

Er wartete mit den Händen in den Taschen, bis sie vor ihm stand. Jetzt, aus unmittelbarer Nähe, schätzte er sie jünger ein. Vielleicht gerade mal Anfang dreißig.

»Das macht nichts«, erwiderte Falk. »Michael hat gesagt, dass ich hier warten soll. Ich habe Probleme mit meinem Wagen. Er will ihn sich gleich vornehmen.«

»Ach so.« Sie wirkte unschlüssig, wie sie sich verhalten sollte.

Er holte die rechte Hand aus der Tasche und streckte sie ihr mit einem freundlichen Lächeln entgegen.

»Ich bin Arno Kaddik. Ein ganz guter Fliesenleger und glücklicher Vater von vier Kindern. Alles Töchter, Frau Thom. Anna, Paula, Julia und Franziska. Drei sind in dem Alter, wo man die frechen Jungs mit der Schüppe abwehren muss.«

Sie ergriff seine Hand und schüttelte lachend den Kopf. »Herrje, das steht uns sicher auch noch bevor. Aber unsere beiden Mädchen sind erst fünf und zehn.«

Falk konnte eine frische Druckstelle an ihrem Hals sehen.

»Sind Sie ein Freund meines Mannes?«

»Er wurde mir von einem Bekannten empfohlen.«

Seine Antwort schien sie zu erleichtern. Die Freunde eines Mannes wie Michael Thom mochten möglicherweise ähnlich gestrickt sein wie er selbst.

»Möchten Sie einen Kaffee?«, fragte sie. »Hier draußen ist es doch viel zu kalt.«

Darauf hatte Falk gewartet, obwohl er ihr irgendwann erklären musste, dass man nicht gutgläubig einen fremden Mann ins Haus lässt. Schon gar nicht in so einer Einöde.

Die Küche lag gleich rechts neben dem Eingang. Alles war penibel sauber. Noch nicht einmal ein paar Krümel waren vom Frühstück übrig geblieben. Auf dem Küchentisch stand nur eine Henkeltasse mit dem Werbeaufdruck einer Baumarktkette. In der Ecke brummte eine altersschwache Geschirrspülmaschine. Die Sauberkeit konnte nicht verdecken, dass die gesamte Einrichtung schon ziemlich abgenutzt war. Einen nahezu identischen Hängeschrank mit aufgeklebtem Holzimitat hatte seine Mutter schon vor dreißig Jahren besessen.

Falk lauschte. Von irgendwoher kam eine aufdringliche Melodie, dann hörte er Stimmen, die klangen, als hätte jemand Helium eingeatmet. Er verstand. Die Mädchen schauten eine Kindersendung im Fernsehen.

Die Frau holte eine Tasse aus dem Schrank, musterte sie kurz und stellte sie eilig wieder zurück, weil sie einen deutlich sichtbaren Sprung aufwies. Sie entschied sich für ein Exemplar in den Vereinsfarben von Borussia Dortmund.

»Milch und Zucker?«, fragte sie und blickte ihn an.

Er richtete einen Revolver auf sie und sagte ruhig: »Bitte schreien Sie nicht. Es wird Ihnen nichts geschehen. Ich bin hier, um Ihnen zu helfen.«

Die Tasse glitt aus ihrer Hand und zerbrach auf dem Boden in mehrere schwarz-gelbe Scherben. Aber sie schrie nicht. Machte nur riesige Augen und sah dabei aus wie ein erschrockenes Kind.

Bei der Lautstärke des Fernsehers hatten ihre Töchter vom Aufprall der Tasse nichts mitbekommen.

»Was wollen Sie?«, fragte sie mit gepresster Stimme und konnte den Blick nicht von der Waffe nehmen.

»Verraten Sie mir erst Ihren Namen?«

»Was wollen Sie?«, wiederholte sie und versuchte energischer zu klingen, aber das sich stetig steigernde Zittern ihres gesamten Körpers verriet ihre Angst.

»Erst den Namen. Bitte!« Er senkte den Lauf ein wenig. Eine Kugel hätte sie jetzt in den Oberschenkel getroffen.

»Lisa«, hauchte sie heiser. Die Stimme versagte ihr.

»Gut, Lisa.« Mit der freien Hand rückte er einen Stuhl vom Tisch ab. »Setz dich.«

Ganz vorsichtig und langsam, als hätte sich ihre Küche plötzlich in eine Gefahrenzone mit diversen Sprengfallen verwandelt, tastete Lisa sich zum Stuhl vor.

»Bitte nehmen Sie sich, was Sie brauchen. In der linken Schublade liegen ungefähr hundert Euro. Das ist mein Haushaltsgeld. Mehr habe ich nicht.«

»Das ist nicht viel«, erwiderte Falk. »Vermutlich weißt du nicht, wo Michael sein Geld aufbewahrt.«

Sie missverstand ihn und glaubte, er wolle sie nur auf die Probe stellen. »Ich weiß es wirklich nicht.«

»Das ist kein feiner Zug von ihm. Aber ich bin wirklich nicht an Geld interessiert.« Obwohl er weiterhin lächelte und sich bemühte, ihr trotz der zu diesem Zeitpunkt noch notwendigen Waffe keine Angst zu machen, zitterte Lisa jetzt noch stärker. Sie legte eine Hand vor den Mund und begann leise zu schluchzen.

Falk verstand augenblicklich, was sie so in Panik versetzte.

»Nein, nein«, sagte er. »Ich werde weder dich noch die Mädchen anfassen. Ehrenwort!«

Sie sah zu ihm auf. »Nimm die Mütze ab. Es ist warm hier. Und dann gib mir deinen Mantel.«

Sie warf die Mütze einfach auf den Boden und wäre beim Ausziehen des Mantels beinahe gestolpert. Darunter trug sie nur ein kurzärmeliges T-Shirt. Sie verschränkte die Arme vor ihrem Busen. Falk stellte fest, dass zu den fast verheilten Brandwunden zwei weitere hinzugekommen waren. Die Frau hatte eine glänzende Salbe aufgetragen. Er durchsuchte ihre Kleidung und fand einen Schlüsselbund und ein Handy.

»Hat deine ältere Tochter ein Handy?«

Lisa schüttelte den Kopf so heftig, dass ihr gleich mehrere Haarsträhnen ins Gesicht fielen. »Dafür ist sie noch zu jung.«

»Eine vernünftige Einstellung«, lobte Falk und holte ein paar Handschellen aus einer der vielen Jackentaschen hervor.

Die Frau wich zurück und prallte so heftig gegen die Lehne, dass sie beinahe mit dem Stuhl umgefallen wäre.

»Das wird hoffentlich nur von kurzer Dauer sein«, sagte Falk und legte die Handschellen vor ihr auf den Tisch.

Sie starrte die Dinger an und gab ein Geräusch von sich, als müsste sie sich gleich übergeben.

»Das linke Handgelenk«, verlangte Falk. »Du sollst dir das linke Handgelenk fesseln.«

Sie würgte stärker und erbrach sich auf Tischkante und Fußboden. Eine klebrige Flüssigkeit, die in erster Linie aus Kaffee zu bestehen schien.

»Das macht nichts«, versuchte Falk zu trösten. »Eine ganz normale Reaktion in einer noch ungewohnten Situation.« Er hob die Stimme etwas an. »Das linke Handgelenk, Lisa. Jetzt!«

Sie griff nach den Handschellen und vermied es dabei, mit ihrem Erbrochenen in Berührung zu kommen. Beim dritten Versuch rastete der Verschluss ein.

Falk schnellte vor und griff nach ihrem Arm. Sie duckte sich in Erwartung eines Schlages und stieß einen spitzen Schrei aus.

»Schon vorbei«, sagte Falk und ging wieder auf Distanz zu ihr. Blitzschnell hatte er die andere Handschelle an ein Rohr des klobigen Heizungskörpers an der Wand gekettet. Das Rohr sah massiv genug aus, um allen Befreiungsversuchen der Frau zu widerstehen.

Neben der Spüle stand eine Rolle mit Küchentüchern. Falk riss mehrere Tücher ab und entfernte das Erbrochene vom Tisch. Anschließend warf er sie in den Abfalleimer.

»Gleich gehen wir zu den Kindern.«

»Warum?«, fragte sie nur.

»Weil sie von nun an einen neuen Vati bekommen.«

Er steckte die Hand mit dem Revolver in die Manteltasche. »Wenn du nichts falsch machst, wird endlich Glück in dein Heim einziehen.«

Lisas Blick gab Falk das Gefühl, dass sie ihn jetzt nicht nur fürchtete, sondern auch für völlig verrückt hielt. Er hasste es, wenn er so angesehen wurde. Petra Wiese hatte das auch getan. Anfangs.

Falk konnte sehen, wie es in Lisas Kopf arbeitete. Wie sie nach einem Ausweg und irgendeinem Gegenstand suchte, mit dem sie den Eindringling verletzen, vielleicht sogar töten konnte. Aber außer einer Kaffeetasse befand sich nichts in ihrer Reichweite. Eine Tasse ließ sich nur als Wurfgeschoss verwenden. Selbst wenn sie traf, würde die Wirkung nur gering sein.

Es war, als könnte er ihre Gedanken lesen.

»Nun gut.« Falk ging vor ihr auf die Knie, damit sie nicht mehr zu ihm aufsehen musste. Er fand das entwürdigend. »Ich weiß, Lisa, dass dich dein Mann misshandelt.« Er deutete mit der freien Hand auf die Verletzungen an ihrem Arm.

»Das ist beim Kochen passiert«, erwiderte sie schnell. »Heißes Fett.« Vermutlich benutzte sie diese Ausrede nicht zum ersten Mal.

»Sieht für mich eher nach Zigarettenglut aus«, erwiderte Falk. »Ich weiß, dass dein Mann raucht.«

»Wo ist Michael?« Ihr musste der Gedanke gekommen sein, dass Falk alias Arno Kaddik nicht einfach in ihr Haus geschneit wäre, wenn er damit rechnen musste, dass ihr Mann jederzeit zurückkommen konnte.

»In Gewahrsam«, antworte Falk. »Damit er dich nicht mehr anrühren kann.«

*

In Gewahrsam!

Der Mann kniete vor Lisa und hatte dabei ein Lächeln im Gesicht.

Die Mädchen saßen noch immer ahnungslos vor dem Fernseher und lachten jetzt gemeinsam laut auf.

Sie schloss kurz die Augen und öffnete sie wieder. Er wartete noch immer auf eine Reaktion von ihr.

Seine rechte Hand steckte in seiner Jackentasche und umklammerte dort vermutlich den Revolver. Er trug noch immer seine Handschuhe, die so eng waren, dass sie ihn da draußen nicht wärmen konnten. Es waren Handschuhe für Kriminelle, die keine Fingerabdrücke hinterlassen wollten. Ein ganz schlechtes Zeichen!

Sie suchte in seinem Gesicht nach offensichtlichen Anzeichen fortschreitenden Wahnsinns, aber er sah ganz normal, beinahe nett aus. Nur was er sagte, zeigte, dass in seinem Verstand etwas völlig durcheinandergeraten war.

Wenn du nichts falsch machst, wird endlich Glück in dein Heim einziehen.

Hatte er diesen Satz wirklich gesagt? Er faselte von Glück, bedrohte sie aber mit einer Waffe und fesselte sie an die Heizung.

Lisa konnte seinen Schweiß riechen. Michael roch nach schweren Arbeiten noch intensiver. Ein wenig wie vergorene Milch.

Schwitzte dieser Mann, weil er Michael *in Gewahrsam* genommen hatte? Ihr Mann hätte das sicherlich nicht ohne Gegenwehr über sich ergehen lassen.

Es waren lediglich Gedanken über das Schicksal ihres Gatten. Keine Sorgen. Die machte sie sich um das Wohlergehen ihrer Mädchen. Wenigstens war ihr Sohn Sascha in Sicherheit. Er würde frühestens in einer Woche von seinem Vater zurückgebracht werden.

Wenn sie die Gelegenheit dazu hätte, würde sie diesen Arno auf der Stelle umbringen. Mit einem Brotmesser, einer Gabel oder den eigenen Händen. Aber das Besteck befand sich außer Reichweite, und auch ohne die Handschellen wäre sie an ihrer geringen Körperkraft gescheitert. Das wusste sie aus Erfahrung. Sie glaubte dem Mann, dass es ihm nicht um Geld ging, denn jeder noch so dämliche Dieb konnte sehen, dass es hier nichts zu holen gab. Außer in der Werkstatt. Aber dieser … Arno Kaddik machte nicht den Eindruck, als interessiere er sich für Kompressoren oder Schweißbrenner. Für Lisa gab es nur eine Möglichkeit: Dieser Typ war ein Sexualverbrecher. Ein Vergewaltiger, der zuvor bizarre Dinge von sich gab, um in Stimmung zu kommen.

Die Mädchen waren in Gefahr! Sie glaubte, den Verstand zu verlieren. Gedanken schossen ihr wie kurz aufflackernde Blitze durch den Kopf. Gedanken, die zu nichts führten. Dabei musste sie doch alles tun, um die Kinder zu retten. Dann fiel ihr das einzige Wort ein, dass die Situation vielleicht entschärfen konnte: »Danke!«

Er lächelte strahlend. »Wir und die Kinder werden hier sehr glückliche Stunden verbringen.«

»Sie dürfen ihnen nichts tun!«, entfuhr es ihr.

Er schaltete sein Lächeln ab, die Stirn legte sich unter den braunen Haarsträhnen in tiefe Falten.

Jetzt schlägt er mich! Er wird über mich herfallen! Und dann tut er den Mädchen etwas an!

Er streckte ihr eine Hand entgegen und fuchtelte ihr mit einem von Leder umhüllten Finger vor dem Gesicht herum. »Lisa! Hör auf, so zu reden! Ich verbiete es dir!«

Er schlug so heftig mit der Faust auf den Tisch, dass die Tasse einen Satz machte und umkippte. Der Kaffee bildete ein hellbraunes Rinnsal auf der Tischplatte.

Die Mädchen im Wohnzimmer reagierten nicht. Entweder hatten sie das Geräusch überhört, oder sie hielten es für eine der üblichen Streitigkeiten zwischen ihr und Michael. Sie hatten gelernt, sich dann besser zurückzuziehen.

»Noch einmal!« Der Finger stoppte vor ihrer Nase. »Ich bin der neue Vati«, sagte er beschwörend. »Die Kleinen werden das nicht sofort verstehen, aber du wirst mich ihnen jetzt als einen sehr guten Freund vorstellen. Willst du das tun, Lisa?«

Sie nickte und blickte dann fragend auf die Handschellen.

»Die werde ich dir natürlich abnehmen. Vorausgesetzt, du versprichst mir, brav zu sein. Sag es!«

Sie fuhr sich mit der Zunge über die aufgeblähten Lippen, mit denen sie sich immer so lächerlich vorkam. »Ich verspreche es.«

Er kettete sie von dem Heizungsrohr los. »Wir gehen jetzt besser zu ihnen.« Er deutete zur Tür. »Nach dir, meine Lisa.«

Sie spürte kurz eine Berührung an der Schulter und erschauderte.

»Hat jedes der Mädchen ein eigenes Zimmer?«, hörte sie seine Stimme hinter ihrem Rücken.

Sie nickte.

»Ich möchte, dass wir sie auf ihre Zimmer bringen. Und dort sollen sie bleiben. Außerdem brauche ich alle Schlüssel für das Haus und die Werkstatt.«

Der Mann hatte noch immer die Hand in der Tasche, und sie ahnte, dass er einfach durch das Jackenfutter schießen würde, wenn sie nicht *brav* wäre.

*

Falk hielt sich direkt hinter ihr. Ihm war bewusst, dass er Lisa trotz ihres Versprechens nicht trauen konnte. Das Fiasko von Soest durfte sich auf keinen Fall wiederholen. Daher war es anfangs nicht zu vermeiden, dass es nun für alle ein wenig ungemütlich wurde.

Die Mädchen quetschten sich gemeinsam in den großen Sessel, in dem Falk vor einigen Tagen ihren Vater gesehen hatte. Auf dem Bildschirm lief ein Zeichentrickfilm mit sprechenden Fischen in einer schrillbunten Unterwasserwelt.

Das ältere Mädchen blickte ihrer Mutter und Falk neugierig entgegen. Die jüngere Schwester war von der turbulenten Handlung des Films viel zu sehr gefangen, um noch etwas von der Außenwelt mitzubekommen.

Die Mutter griff nach der Fernbedienung und schaltete den Ton auf stumm.

Falk nahm jede Einzelheit des Zimmers in sich auf. Das Sofa mit der karierten Decke, den Tisch, auf dem eine Schale mit Mandarinen stand, das Familienfoto an der Wand und das Regal mit einer umfangreichen DVD-Sammlung.

Kein Telefon, kein Computer.

Das kleine Mädchen zog einen Schmollmund und rief entrüstet: »Mama!« Erst dann nahm es Falks Gegenwart wahr. »Wer bist du?«

»Ich bin Arno. Und wie heißt du?« Er blieb im Türrahmen stehen. Dem einzigen Fluchtweg.

»Mia«, sagte das Mädchen nach einer kurzen Pause.

»Arno ist ein alter Freund«, erklärte Lisa mit zitternder Stimme. »Er ist auf Besuch und wollte euch kennenlernen.«

»Meine Schwester heißt Tanja«, sagte die Kleine. Damit war das Thema für sie beendet. Sie sah zum Fernseher und wartete ungeduldig darauf, dass ihre Mutter den Ton wieder einschaltete.

Das ältere Mädchen musterte Falk schweigend. Sie war im Gegensatz zu ihrer etwas pummeligen Schwester sehr zart. Er bemerkte ihre schmalen Handgelenke und die langen, dünnen Finger, die ein Buch hielten, und ihm kam der Gedanke, dass sie ihrer Schwester nur Gesellschaft leistete und in Wirklichkeit dabei las. Was sich da auf dem Bildschirm tat, war für Zehnjährige auch viel zu albern.

»Ihr geht jetzt bitte auf eure Zimmer«, sagte Lisa.

Mia deutete mit offenem Mund auf den Fernseher und sah dabei so entsetzt aus, als hätte man ihr mitgeteilt, dass sie ein Jahr Stubenarrest habe und es ebenso lange keine Süßigkeiten mehr geben würde. Sie schien sich noch nicht entschieden zu haben, ob sie mit Weinen oder einem Wutanfall reagieren sollte.

»Aber das ist doch Mias Lieblingsserie«, kam ihr die große Schwester zu Hilfe.

»Ich will euch etwas verraten«, begann Falk. »Ich besitze einen kleinen Elektroladen, und dort repariere ich auch Fernseher. Ich schenke euch beiden welche, und dann habt ihr eigene Fernseher auf eurem Zimmer. Würde euch das gefallen?«

»Toll!«, rief Mia und hatte für den Moment sogar ihre Lieblingsserie vergessen.

»Es sind keine neuen, aber sie funktionieren noch ganz prima. Allerdings muss ich mir kurz eure Zimmer ansehen, damit ich weiß, wie ich sie am besten anschließen kann.«

Die Kleine hüpfte aus dem Sessel, rannte auf ihn zu und packte seine linke Hand. »Los!« Der Handschuh schien sie nicht zu irritieren.

»Aber wir dürfen doch gar nicht viel fernsehen«, sagte die zehnjährige Tanja. »Nur eine Stunde am Tag.«

»Wir erhöhen um eine halbe Stunde«, erwiderte die Mutter. »Ihr seid ja jetzt auch schon etwas älter.«

Tanja sah ihre Mutter erstaunt an. »Weiß Papa das?«

»Ich habe mit ihm darüber gesprochen«, sagte Falk, während Mia an seiner Hand zerrte. »Natürlich dürft ihr nicht alles gucken.«

»Das durften wir sowieso nie.« Sie sagte das nicht in einem vorwurfsvollen Ton, es hörte sich resigniert an, als hätte sie sich schon mit weitaus schlimmeren Dingen abfinden müssen.

*

Die Zimmer der Mädchen im oberen Stockwerk hätten unterschiedlicher nicht sein können. In Mias Zimmer waren alle Wände pink gestrichen. In der Farbe ihres kleinen Fahrrads. Es gab jede Menge Spielzeug, in erster Linie Puppen, Puppenhäuser und Plastikponys mit bunten Mähnen und fast menschlichen Gesichtszügen.

Falk tat so, als klopfte er die Wand am Fenster ab.

Tanjas Zimmer war etwas kleiner, mit hellblauen und weißen Wänden und vollen Bücherregalen. Auf dem Tisch lag ein aufgeschlagenes Schreibheft. Tanja klappte es eilig zu.

Kein Computer, kein Telefon. Nur ein kleines Radio und ein sehr hübsches Himmelbett mit weißem Baldachin. Tanja hatte nicht die Möglichkeit, eine Freundin anzurufen, um ihr mitzuteilen, dass ihnen ein fremder Mann Fernseher schenken will.

»So! Das wird schon klappen«, sagte er.

»Wann kriegen wir die Fernseher?«, fragte die kleine Mia und wippte ungeduldig auf den Zehenspitzen.

»Heute noch. Wenn ihr wollt, könnt ihr so lange unten weiterschauen.«

Die Mutter warf ihm einen verwunderten Blick zu, sagte aber nichts. Er wusste jetzt genau, wie er vorgehen wollte. Es gab eine winzige Planänderung. Die Kinder sollten zunächst wieder zurück ins Wohnzimmer.

Mia rannte auf Socken in den Flur und die Treppe hinunter. Das war in Ordnung.

Die zehnjährige Schwester hingegen fragte: »Müssen nicht noch Kabel und so verlegt werden?«

»Ich bohre ein Loch und verlege sie an der Außenwand.« Falk achtete darauf, dass die Mutter ihrer Tochter nicht durch einen Blick oder ein Hochziehen der Augenbrauen signalisierte, dass hier etwas nicht stimmte. Aber Lisa hatte eine neutrale Miene aufgesetzt.

»Komm, Tanja. Gehen wir nach unten«, sagte sie nur.

Im Wohnzimmer lief der Fernseher noch. Der Trickfilm mit den Fischen schien vorüber zu sein, denn die Stimmen hörten sich jetzt einigermaßen normal an. Eine Männerstimme rief: »Hinfort, ihr bösen Geister!«

Falk beobachtete, wie sich Tanja zu ihrer Schwester gesellte. Er schob Lisa in Richtung Küche.

Im Kühlschrank fand er eine Flasche Orangenlimonade und stellte sie auf den Küchentisch.

»Wo ist Michael?«, fragte Lisa.

Falk nahm wortlos drei Gläser aus dem Schrank und reihte sie vor ihr auf. Mit nur einer Hand war das alles etwas schwierig zu bewältigen, und er sehnte die Zeit herbei, wenn es nicht mehr nötig sein würde, den Revolver festzuhalten.

Kinder waren immer sehr direkt. Er hatte eigentlich erwartet, dass sie ihn fragen würden, warum er im Haus Handschuhe trug und die rechte Hand nicht aus der Jackentasche nahm. Sie hatten es nicht getan, obwohl ihn das ältere Mädchen ein wenig verwundert gemustert hatte.

»Schütte die Limo in die Gläser«, verlangte Falk von Lisa.

Ihr Gesicht zeigte eine Mischung aus Angst, Verwirrung und Abscheu, aber sie befolgte seine Anweisung. Beim letzten Glas zitterte sie so stark, dass eine Menge von der gelblichen Flüssigkeit danebenging.

Falk holte ein winziges braunes Fläschchen ohne Etikett hervor, schraubte den Plastikverschluss ab und gab in die ersten beiden Gläser drei Tropfen und in das letzte nur zwei.

»Zwei Tropfen für Mia und drei für dich und Tanja.«

Lisa starrte ihn fassungslos an. »Sie wollen uns vergiften!«

»Nein, das ist nur ein Betäubungsmittel. Ich möchte, dass du den Mädchen jetzt die Gläser bringst. Achte darauf, dass Mia das mit den zwei Tropfen bekommt.« Falk tippte das Glas mit der Fingerspitze an.

Sie schüttelte den Kopf und presste ihre Kollagenlippen dabei so fest aufeinander, dass es so aussah, als würden sie jeden Moment platzen wie zwei zu prall gefüllte Luftballons.

»Schhh, Lisa! Schhh!« Falk hob begütigend die Hand. »Es wird keinen Schaden anrichten. Ich kenne mich mit der Dosierung aus.«

Sie stand vom Stuhl auf und wich langsam Schritt für Schritt zurück. »Ich werde meinen Kindern kein Gift geben!« Sie wurde von der Wand hinter ihrem Rücken gestoppt. »Warum hauen Sie nicht einfach ab und lassen uns zufrieden? Es sind Kinder! Kleine Mädchen!«

Falk deutete auf die Gläser.

»Das mache ich nicht! Selbst wenn du mich abknallst!« Sie trat einen Schritt nach vorn, reckte ihr Kinn und stand genau in ihrem Erbrochenen, das sich gerade mit der vom Tisch tropfenden Limonade vermischte.

Falk sah mit roten Flecken im Gesicht auf sie hinunter, die Sehnen an seinem Hals standen wie Schiffstaue hervor. Mit einer schnellen Bewegung nahm er die Hand aus der Tasche und richtete den Revolverlauf auf ihre Stirn.

Sie blickte ihn an.

»Wenn nicht alles so gemacht wird, wie es richtig ist, erschieße ich die Kinder. Vor deinen Augen!« Falk brachte beim Sprechen die Zähne nicht auseinander. Er verengte die Augen zu schmalen Schlitzen und sagte betont langsam: »Mach … es … richtig!«

Lisa bewegte sich nicht von der Stelle und starrte auf seine glänzenden Zähne, auf die roten Flecken, die so plötzlich aufgetaucht waren, als wären sie eine heftige allergische Reaktion.

»Ich kann das meinen Kindern nicht antun«, begann Lisa, und Falk dachte schon, dass sie Vernunft angenommen hatte, aber dann sagte sie: »Ich werde sie nicht vergiften.«

»Es ist kein Gift, du dummes Stück!«, zischte Falk und ging rückwärts zur Tür. »Du bringst sie um, nicht ich. Und es geschieht jetzt.«

*

Lisa formte die Finger zu Krallen und fragte sich, ob sie die Distanz zu dem Mann mit der Waffe überwinden konnte, ehe er den Abzug betätigte.

Zwei Meter!

Vielleicht war der Kerl zu langsam, oder die Kugel traf etwas nicht allzu Bedeutendes in ihrem Körper.

Sie wollte ihm zwei Fingernägel in eines seiner Augen stoßen. Das hatte sie an den ganz schlimmen Tagen Michael antun wollen, sich aber nie getraut.

Ihr war noch immer nicht ganz klar, was dieser Mann, der sich Arno nannte, von ihr und den Kindern wollte. Michael war nicht wichtig. Wenn da noch ein winzig kleines Flämmchen ihrer einst so brennenden Liebe zu ihm übrig geblieben war, fühlte sie davon im Moment nichts mehr. Nur Mia und Tanja zählten. Sie hätte ihr Leben für die beiden gegeben. Voller Angst, aber ohne zu zögern, jede Kugel für Tanja und Mia abzufangen. Doch wenn er sie erschoss, was geschah dann mit den Mädchen? Einen oder mehrere Schüsse konnten sie unmöglich überhören. Sie würden in die Küche laufen und sehen, was geschehen war. Auf jeden Fall müsste er sie dann töten.

»Warten Sie«, sagte Lisa. »Ich bringe den Kindern die Gläser.«

Er sah sie prüfend an. »Dabei musst du aber etwas fröhlicher aussehen. Und hör bitte auf, mich zu siezen.«

Sie wollte nach den Gläsern greifen, wusste aber in ihrer Verwirrung nicht mehr, welches von ihnen nur zwei Tropfen enthielt.

Der Mann bemerkte ihr Zögern. »Das ganz links ist für Mia.«

Er trat zur Seite, um sie in den Flur zu lassen. Noch einmal dachte sie daran, ihm eines der Gläser mit aller Kraft ins Gesicht zu rammen, bewegte sich aber zögernd weiter, als ob der Boden, auf dem sie ging, dünnes Eis wäre.

Der Mann war hinter ihr. Sie hörte ihn atmen. Wurde er geil? War das, was er hier anstellte, sein ganz persönlicher Fetisch?

»Limonade«, hörte sie sich sagen.

»Mjam, mjam«, machte Mia. Das tat sie bei allem, was süß schmeckte. Mia streckte beide Arme aus. Das Glas sah riesig in ihren Händchen aus.

»Bitte, mein Schatz.« Lisa gab das zweite Glas ihrer älteren Tochter.

Im Fernsehen lief eine moderne Märchenverfilmung. Eine Wiederholung. Sie hatte den Film schon mal gemeinsam mit den Mädchen gesehen. Irgendetwas mit einer Müllerstochter.

Mia trank das Glas sofort zur Hälfte aus, ohne den Bildschirm aus den Augen zu lassen.

Tanja nahm nun auch einen großen Schluck, stutzte und betrachtete die Flüssigkeit in ihrem Glas.

»Das ist die Sorte ohne Zucker. Mit Süßstoff«, sagte der Mann. »Ich finde auch, dass es mit Zucker leckerer schmeckt.«

»Stimmt«, erwiderte Tanja. »Die solltest du nicht mehr kaufen, Mami.«

»Ich habe mich vergriffen«, sagte Lisa und kämpfte mit den Tränen. Aber die Mädchen bemerkten es nicht, denn die Müllerstocher befand sich gerade in großer Not. Ein fieses Männchen mit Hut und Umhang wollte ihr das Erstgeborene wegnehmen.

Tanja nahm den nächsten Schluck, Mias Glas war fast leer.

Der Mann zog am Saum ihres T-Shirts. »Komm.«

In der Küche setzte sie ihr eigenes Glas an die Lippen.

»Was passiert jetzt?«, fragte sie, bevor sie trank.

»Du wirst nur müde und schläfst ein. Wenn du aufwachst, ist das Schlimmste überstanden. Versprochen!«

Die Limonade hatte einen leicht bitteren Beigeschmack.

Kapitel neun

Tanja erschien noch einmal auf wackeligen Beinen in der Küche. Sie lehnte im Türrahmen und murmelte: »Mir ist ganz schwindlig ... und Mia ist eingeschlafen. Dabei ist der Film ... noch gar nicht ... zu Ende.«

Falk sprang auf, stützte das Mädchen und setzte es behutsam auf einen Stuhl.

»Ihr habt euch doch wohl nicht einen üblen Virus eingefangen?«

Lisa blickte schläfrig zu ihnen herüber. Ihre Augenlider flatterten und schlossen sich. Das Mittel wirkte bei ihr mindestens so schnell wie bei ihrer Tochter. Lisas Oberkörper sank auf die Tischplatte. Ihre Tochter hob noch einmal den Kopf, schien noch etwas sagen zu wollen und sackte dann mit einem Seufzer zusammen. Wenn Falk sie nicht aufgefangen hätte, wäre das Mädchen vom Stuhl gefallen.

Er eilte ins Wohnzimmer, um nach der Jüngsten zu sehen. Mia lag in dem Fernsehsessel, und aus ihrem offenen Mund drang ein leises Schnarchen. Falk dachte, dass sie sehr niedlich aussah.

Er ging noch einmal ins obere Stockwerk. Dort hatte er bisher nur die Zimmer der Schwestern gesehen, aber es gab noch zwei weitere Räume: das Elternschlafzimmer mit einem riesigen Bett, über das eine Tagesdecke mit schwarzweißem Zebramuster gebreitet war. Ein großer quadratischer Spiegel, der aus vier Teilen bestand, nahm fast die gesamte Fläche einer Wand ein.

Falk wollte sich nicht ausmalen, was der Kerl der armen Lisa hier alles angetan hatte. Aber dennoch ging von diesem Raum eine besondere Faszination aus. Er war fast versucht, sich einen Handschuh auszuziehen, um die Decke unter seinen nackten Fingern spüren zu können. Stattdessen setzte er sich auf das Bettende. Ein Gluckern kam aus der Matratze, und das Bettzeug hob und senkte sich unter Falks Gewicht.

Ein Wasserbett!

Er wippte ein wenig auf und ab, und das leise Gluckern wurde zu einem Schmatzen, das für Falk sehr nach Sex klang. Oder was er sich darunter vorstellte, denn seine Erfahrungen in diesem Bereich waren eher rudimentär. Nur ein einziges Mal hätte er beinahe mit einer Frau geschlafen. Vor über dreizehn Jahren, und nur der Alkohol hatte ihn in eine solche Situation gebracht. Er war volltrunken und völlig passiv gewesen. Die ältere Frau, deren Namen er nicht einmal kannte, hatte an seinem Penis rumgemacht, aber ihre Bemühungen wollten einfach nicht zu einer Erektion führen. Danach hatte sich Falk nie wieder betrunken, und Sex war kein Thema mehr gewesen.

Er fragte sich, ob er Lisa anziehend fand, verdrängte den Gedanken aber sofort. Wenn er als Jugendlicher mit seinem Vater oder einem der wenigen Freunde Karten gespielt hatte, achtete er nach Beendigung der Partien stets darauf, dass Könige und Buben im Stapel niemals auf oder unter einer Dame lagen. Sie mussten immer durch andere Karten voneinander getrennt werden. Manchmal ließ es sich nicht verhindern, dass der Vater die Karten im Schrank mit den anderen Gesellschaftsspielen wie *Monopoly* oder *Mensch ärgere dich nicht* verstaute. Falk kam erst dann zur Ruhe, wenn es ihm in einem unbeobachteten Moment gelungen war, für die notwendige Distanz zwischen Königen, Damen und Buben zu sorgen. Im Fernsehen konnte er keine Liebesszenen ertragen. Schon allein ein zu inniger Kuss auf dem Bildschirm ließ ihn nach einem Grund suchen, den Raum zu verlassen. Heute konnte er über diese Marotten schmunzeln.

Das vierte Zimmer war winzig, kaum größer als eine Abstellkammer. Darin befand sich eine Töpferscheibe, die aussah, als wäre sie schon lange nicht mehr benutzt worden. Auch die tönernen Vasen, Schalen und Figuren waren mit Staub bedeckt.

Falk überprüfte noch das Bad. Es war renovierungsbedürftig, wies an den Wänden ein paar feuchte Stellen auf, die irgendwann schimmeln würden, machte aber einen sauberen Eindruck. Lisa gab ihr Bestes bei der Führung des Haushalts.

Er überprüfte den Inhalt des Spiegelschranks und der kleinen Kommode. Hautcremes, Zahnpasta, ein paar harmlose Medikamente. Genau das, was man erwartete. Keine Rasierklingen, denn Thom benutzte einen Elektrorasierer, um seinen Bart zu stutzen.

Er dachte kurz an seine Mutter und ihren ebenso törichten wie hilflosen Versuch, ihren Mann mit seinen eigenen Bartstoppeln umzubringen.

Das Nagelset mit Schere und diversen Feilen ließ Falk unangetastet.

Falk kehrte in das Erdgeschoss zurück und entdeckte dort Michael Thoms Refugium: eine Mischung aus Büro und Wellness-Bereich für große Jungen. Es gab einen Schreibtisch und ein Regal mit Aktenordnern und einigen Fachbüchern über Autotechnik, aber auch einen weiteren großen Flachbildfernseher und einen Flipperautomaten. Auf dem Kopfteil mit der Punkteanzeige prangte der halbzerstörte Schädel Arnold Schwarzeneggers in seiner Rolle als Terminator.

Auf dem Schreibtisch standen ein Laptop und ein Festnetztelefon. Den Inhalt des Computers hätte Falk sich noch gern angesehen, aber dazu blieb später noch Zeit. Ein Blick auf die Uhr zeigte ihm, dass er eine Viertelstunde mit der Inspektion des Hauses verbracht hatte.

Blieb noch der Keller. Vom Flur führte hinter einer Tür eine steile Treppe in den Untergrund. Falk betätigte den uralten Drehschalter, und eine Neonleuchte sprang nach kurzem Flackern an. Es roch modrig, und die Luft war eiskalt. Spinnweben hingen zwischen kahlen Holzbalken.

Er stieg vorsichtig die ausgetretenen Stufen hinab und musste sich im Gang bücken, denn die Decke war höchstens 1,80 m hoch. Die Wände bestanden aus feucht schimmernden Backsteinen. Als er den Putz zwischen zwei Steinen berührte, fühlte der sich ganz weich an. Das Gebäude verrottete in seinen Eingeweiden.

Es gab nur zwei Kellerräume, die bis auf ein paar aufgeweichte Pappkartons ohne Inhalt völlig leer waren.

Falk hatte mit dem Gedanken gespielt, Lisa in seiner Abwesenheit hier unterzubringen, aber das konnte er ihr unmöglich antun. Nach seinen Erfahrungen würde sie mindestens vier Stunden tief und fest schlafen. Das galt auch für ihre Töchter. Mehr Zeit brauchte er nicht, um die Mädchen von hier fortzubringen.

Er kehrte in die Küche zurück und trug Lisa nach oben. Nicht in das Schlafzimmer, das sie mit diesem widerlichen Michael teilen musste, sondern in Tanjas Zimmer, wo er sie unter den strahlend weißen Baldachin legte und die linke Hand an einen der Bettpfosten fesselte.

Vor der Haustür erwartete ihn eine Kälte, die nichts mit der nach Verfall und vor langer Zeit krepierten Nagetieren stinkenden Kühle im Keller gemein hatte. Einen Moment lang genoss er es, nichts anderes zu hören als den auffrischenden Wind, der rauschend durch Büsche und Bäume fuhr.

Er fuhr Thoms Ford aus dem Waldweg zum Hof zurück. Nun war für ein weiteres Fahrzeug kein Platz mehr in der Scheune. Danach klebte er die vorbereitete Folie mit der Aufschrift *Vorübergehend geschlossen* über Thoms Firmenschild an der Straße.

Falk startete den Mazda, fuhr ihn rückwärts bis zur Haustür und öffnete die Heckklappe. Zuerst holte er Tanja. Er fand, dass sie leicht wie Luft war. Nachdem er auch die kleine Mia behutsam mit einem Kissen unter dem Kopf auf der Ladefläche untergebracht hatte, schloss er das Haus sorgsam ab. Es gehörte jetzt ihm.

Als er den Gang einlegte, fiel ihm ein, dass er noch Brille und Perücke ablegen musste.

Nicht nachlässig werden, mein Lieber!

*

Nachdem Falk die Mädchen in ihr vorübergehendes Quartier, den ehemaligen Kornboden, gebracht hatte, platzierte er neben ihren Matratzen noch zwei Eimer aus Plastik. Manchmal hatte das Betäubungsmittel ein paar Nachwirkungen. Schwindel, Desorientierung und ein übles Gefühl im Magen. Man konnte von den Mädchen nicht erwarten, dass sie sofort den Weg zum Chemieklo fanden. Es war ein lustiger Zufall, fand Falk, dass der Eimer für Mia fast die Farbe ihres Fahrrads hatte.

Er ließ das Licht an, verriegelte die Stahltür und sah nach, wie es Michael Thom in der Zwischenzeit ergangen war.

Kein Laut drang aus Thoms Gefängnis. Falk griff nach einem Hammer und ließ ihn einige Male mit Wucht auf den Deckel niedersausen.

Die Reaktion erfolgte sofort. Thom trommelte gegen Wände und Deckel. Sosehr er sich dabei auch anstrengte, nach außen drang nur ein kaum hörbares Klopfen. Aber es würde ohnehin niemand den ehemaligen Schweinestall betreten.

Als Falk die Riegel zur Seite schob und den Deckel mit einem Ruck öffnete, verzichtete er auf seine Maskerade. Sie war unnötig, denn der Gefangene würde hingerichtet werden.

Thom schoss wie ein Springteufel aus der Kiste. Wenn ihn die Kette an seinem linken Handgelenk nicht zurückgerissen hätte, wäre er garantiert mit einem Satz herausgehüpft.

Falk hatte ein solch aggressives Verhalten erwartet und war nach dem Öffnen der Kiste auf sichere Distanz gegangen. So konnte Thom sich nur zur Hälfte aufrichten und wild mit dem rechten Arm fuchteln.

»Bist du völlig verrückt!«, brüllte der Mann. »Mach mich los!«

Falk wusste nicht, wie lange Thom schon wieder bei Bewusstsein war, aber die kurze Zeit hatte ausgereicht, sich die Handknöchel blutig zu schlagen, bei dem Versuch, den Deckel zu öffnen oder mit möglichst viel Lärm Hilfe herbeizuholen.

Falk bewegte sich nicht und fixierte seinen Gefangenen nur mit ausdrucksloser Miene. Das verlangte ihm eine gehörige Portion Selbstdisziplin ab, denn so wie sich der Mann gebärdete, musste er auch gegenüber der zerbrechlichen Lisa aufgetreten sein: wenn der Kaffee zu kalt war, das Bier zu warm oder ihm sonst irgendetwas nicht passte.

»Was glotzt du denn so?« Thom zerrte an der klirrenden Kette und stutzte plötzlich. »Hey, Mann! Wo hast du denn deine Haare … und die Brille gelassen?«

Thom hatte ihn erst jetzt wiedererkannt. Obwohl er immer noch die gleiche Kleidung trug.

»Brauchen wir nicht mehr.« Falk konnte sehen, dass er den Gefangenen mit seinem ruhigen und beherrschten Auftreten zusehends verwirrte. Ihre Blicke trafen sich. Thom ging auf, dass es absolut kein gutes Zeichen war, wenn sich der Entführer seiner Verkleidung entledigte.

»Was willst du von mir?«, fragte Thom jetzt ein wenig leiser. »Viel Geld habe ich nicht.«

»Ich weiß«, entgegnete Falk.

»Was willst du dann?«

Falk wurde kurz von einer Maus abgelenkt. Sie schien einer unsichtbaren Linie auf dem Boden zu folgen und schlug dann einen nahezu rechtwinkligen Haken.

Falk lächelte. Er mochte Mäuse. Fallen aufzustellen oder Gift auszulegen kam für ihn nicht in Frage.

Thom deutete das Lächeln seines Gegenübers falsch und versuchte es jetzt mit einem gespielt versöhnlichen Ton. »Beenden wir jetzt den Blödsinn. Mach mich los, und wir vergessen die Sache. Es ist nämlich so, dass meine Familie mich sicher längst vermisst.«

»Nein, tut sie nicht.«

Thom stutzte. »Hast du ihnen etwas angetan?« Als hätte er die Kette an seinem Handgelenk vergessen, versuchte er erneut, sich aufzurichten. »Was hast du mit ihnen gemacht?«

»Es geht ihnen besser denn je.« Falk hob die Hand. »Jetzt sei still!«

Thom schwieg tatsächlich.

Falk schlug einen offiziellen Ton an: »Ich beschuldige dich der Misshandlung deiner Frau. Du wirst dafür bestraft werden. Das ist der Grund, warum du hier bist.«

Thom überlegte kurz, dann nickte er. »Soll das etwa heißen, Lisa hat dich beauftragt, mich hier einzusperren? Meine Fresse! Das hätte ich ihr nie zugetraut.« Er machte wieder auf vertraulich. »Hör zu, Kumpel. Noch können wir sauber aus der Sache rauskommen. Ist ja nicht viel passiert. Lass mich einfach frei. Ich gebe dir, sagen wir, zweitausend Euro, und alles ist vergessen.«

»Mal angenommen, Lisa hätte mich wirklich um Hilfe gebeten, was würdest du tun, wenn ich dich zu ihr zurückkehren lasse. Was?«

Thom grinste dümmlich und sagte nach kurzem Zögern: »Gar nichts. Das heißt, vielleicht sollten wir uns mal darüber unterhalten, wie es so weit kommen konnte.«

»Kein schlechter Anfang.« Falk nickte anerkennend.

Thom zerrte an der Kette. »Nun, was ist, mein Freund?«

»Ich bin alles andere als dein Freund. Und ich weiß: Du würdest dich nicht *unterhalten* wollen, du würdest Lisa schlagen und mit deinen Zigaretten verbrennen. Und das wäre erst das Fegefeuer. *Wenn* sie mich beauftragt hätte, aber das hat sie nicht.«

»Das mit den Zigaretten war sie selbst. Lisa hat Probleme. Ich habe ihr gesagt, sie soll sich an Leute wenden, die ihr helfen können. Psychiater. Aber sie will nicht – das ist die Wahrheit!«

»Unsinn!«, brüllte Falk und stampfte mit dem Fuß

auf. »Erzähle mir nicht, Lisa hätte psychische Probleme. Ihr einziges Problem bist du, Michael *Arschloch* Thom.«

»Was immer sie gesagt hat, sie hat dich angelogen!«, schrie Thom.

Falk griff in eine Jackentasche, trat einen Schritt vor, obwohl der Hersteller des Pfeffersprays einen konzentrierten Strahl über eine Distanz von etwa fünf Metern versprach. Oleoresin Capsicum, gewonnen aus dem Fruchtfleisch von Chilischoten, traf den Angeklagten mitten ins Gesicht. Die Wirkung trat augenblicklich ein. Thom schrie auf, riss die freie Hand vor die Augen und verteilte dabei den Reizstoff übers ganze Gesicht bis in den Mund hinein. Er röchelte wie ein Ertrinkender, hustete und spuckte Schleim. Sein Gesicht hatte sich in Sekunden violett verfärbt. Die geröteten, tränenden Augen mussten für den Moment blind sein. Falk gab dem Mann einen so heftigen Stoß, dass er die Balance verlor und mit dem Kinn eine Seitenwand touchierte, ehe er auf dem Kistenboden landete.

»Es ist unrecht, Menschen weh zu tun«, sagte Falk zu seinem Angeklagten. »Aber in deinem Fall ist es eine Notwendigkeit.« Er verzichtete auf einen Plastikeimer und den Kanister mit Wasser und schloss den Deckel.

Soll er sich doch einpissen! Und der Durst wird ihn Demut lehren.

*

Lisa träumte von der Schule. Sie saß mit anderen Schülern in einem sehr hellen Raum. So hell, dass sie die Struktur ihrer Knochen erkennen konnte, wenn sie die Hand gegen die weißstrahlende Neonröhre unter der Decke hielt. Auch das Blatt auf dem Tisch vor ihr war weiß. Und das war sehr schlecht.

Bis auf das leise, emsige Kritzeln, das entstand, wenn die anderen Schüler auf ihren Zetteln eine Zahlenkolonne an die andere reihten, war es ganz still.

Das Geräusch erinnerte an das Gewusel von Insekten.

Erst jetzt entdeckte Lisa den Lehrer. Eine gesichtslose, schwarzgekleidete Gestalt, die mit langsamen Schritten von einem Schüler zum anderen ging. Dabei beugte sie sich über die Schulter jedes einzelnen, um zu sehen, was der bisher zu Papier gebracht hatte.

Lisas Magen zog sich zusammen, war nur noch ein harter und heißer Ball im Zentrum ihres Körpers. Sie musste sich übergeben.

Jetzt! Alle würden es sehen, wie sie dieses leere weiße Blatt beschmutzte.

Dieser Traum kam immer wieder. Es gab ihn in verschiedenen Varianten, aber alle liefen darauf hinaus, dass sie irgendeine ihr gestellte Aufgabe nicht erfüllen konnte.

Wenn sie erwachte, brauchte sie eine ganze Weile, um sich von der irrealen Furcht zu lösen. Um dann in eine Wirklichkeit einzutauchen, die noch weitaus schlimmere Dinge bereithielt als einen restlos misslungenen Mathetest.

Die Übelkeit im Magen blieb, und als sie versuchte, sich aufzurichten, ließ sie sich sofort wieder ins Kissen zurücksinken. Flecken, schwarz wie Tinte, schwebten vor ihren Augen. Bildeten die Lücken in einem unvollendeten Puzzle und verhinderten den Blick auf das Gesamtbild. Und dieses Bild, das sie jetzt lückenhaft erblickte, zeigte das Zimmer ihrer ältesten Tochter Tanja.

Sie hatte nicht die geringste Ahnung, wie sie hierhergekommen war. Hatte sie eine plötzliche Müdigkeit übermannt? Der Versuch, sich zu erinnern, bereitete

Lisa Kopfschmerzen. Ein langsames, aber heftiges Pochen hinter den Schläfen.

Sie legte ihre rechte Hand auf die Stirn.

Kein Fieber! Die Haut fühlte sich eher zu kühl an.

Erst beim zweiten Versuch aufzustehen – *Ich muss nach den Mädchen sehen!* – stellte sie fest, dass ihr anderer Arm an einen Bettpfosten gefesselt war.

Mit Handschellen!

Die Erinnerung war sofort wieder da. Nicht vollständig, einige Details fehlten.

Da war der Mann mit der Pistole. *Der wahnsinnige Mann, der sich Arno nennt!* Er hatte Michael *in Gewahrsam* genommen. Diese Formulierung würde sie nie mehr vergessen können. Eigentlich drückten die Worte etwas aus, was sie sich schon so oft in den vergangenen Jahren gewünscht hatte. Aber doch nicht auf diese Art!

Lisa stellte fest, dass es nicht möglich war, sich von den Handschellen zu befreien. Sie rüttelte an dem Pfosten, aber Lisas Himmelbett war sehr stabil.

Sie lauschte auf Schritte, Stimmen, aber sie hörte nur das Ticken von Tanjas Wecker.

»Tanja!«, rief sie. Dann lauter: »Taaanja! Mia!«

Sie versuchte es immer wieder, obwohl die Anstrengung ihre Kopfschmerzen schier explodieren ließ.

Schließlich rief sie um Hilfe, unterbrochen von Weinkrämpfen. Was, wenn der Mann ihren kleinen Mädchen etwas angetan hatte? Wenn für sie alle Hilfe zu spät kam? Bilder von ihren tränennassen Gesichtern, ihren vor Angst puppensteifen Körpern stiegen in ihr auf. Und die Bilder wurden entsetzlicher …

»Hilfe!« Sie schrie, bis ihr vor Erschöpfung die Stimme versagte. Aber das war eigentlich auch egal, denn die nach dem Umbau eingesetzten Türen und Fenster ließen keinen Laut hinaus oder herein. Lisas Gedanken zerstoben wie feiner Rauch im Wind. Die Wirkung des Betäubungsmittels war noch nicht vollständig abgeebbt. Sie betrachtete durch das Fenster die nadelspitzen Eiszapfen am Rand des Daches.

Ist es so kalt geworden?

*

Lisa schlug die Augen wieder auf und erblickte erneut die Eiszapfen. Wasser tropfte von ihnen hinab auf den Boden. Draußen war es heller geworden. Die Sonne schien.

»Hallo, Lisa!«

Sie wandte den Kopf zur Seite, und im ersten Moment glaubte sie, gerettet zu sein. Neben dem Bett ihrer Tochter stand ein fremder Mann und schaute mit leicht zur Seite geneigtem Kopf auf sie herab. Beinahe hätte sie vor Freude aufgeschrien und den Mann mit der Glatze – *Er muss ein Polizist sein!* – gefragt, ob die Mädchen in Sicherheit waren.

Doch dann verlor Lisa in dem größten Entsetzen, das sie jemals verspürt hatte, beinahe erneut das Bewusstsein. Er hatte zwar die Haare und die Brille abgelegt, aber sie erkannte sein Gesicht wieder. Ein Gesicht, das einem mit den klaren Konturen und den sanften Augen auf Anhieb sympathisch sein konnte, wenn man nicht wusste, welch kranke Gedanken sich hinter der Stirn verbargen.

Genau wie ihr Mann Michael wusste Lisa, dass ihre Chancen, lebend aus der Situation herauszukommen, soeben nicht nur rapide gesunken waren, sondern gegen null tendierten. Dass *Arno* die Lederhandschuhe gegen dünne Latexhandschuhe eingetauscht hatte, wie Ärzte sie bei Untersuchungen benutzten, machte alles nur noch schlimmer. Der Revolver steckte in seinem Hosenbund.

»Wo ist Ihre … Verkleidung?«, fragte sie in der absurden Hoffnung, es könnte irgendeine Erklärung existieren, die für sie nicht den Tod bedeutete. Er lachte, strich sich mit dem Latexhandschuh über den Schädel und erzeugte dabei ein leises Quietschen. »Die brauchen wir hier nicht mehr. Das erste Kapitel, Annäherung und Absicherung, ist abgeschlossen, jetzt folgt das zweite Kapitel: die gegenseitige Vertrauensbildung.«

Er hat nicht alle Tassen im Schrank. Er lässt mich nicht am Leben. Keinen von uns.

Der Mann kam ihrer nächsten Frage zuvor. »Die Mädchen sind in Sicherheit.«

»Wo?«, fragte Lisa.

»Das ist mein Geheimnis. Der Ort ist sehr, sehr schwer zu finden.«

Sie deutete mit einem Kopfnicken auf die Eiszapfen vor dem Fenster. »Es ist kalt geworden. Sie haben die Mädchen doch nicht in irgendeinem Schuppen versteckt oder in einer Kiste vergraben?«

Der Mann erstarrte und musterte sie mit einem verkniffenen Gesichtsausdruck. Ein paar Flecken Rot erblühten in seinem Gesicht. »Du verstehst es noch immer nicht!« Seine Hände öffneten und schlossen sich, als wollten sie die Luft dazwischen zerquetschen. Er atmete tief ein und schien sich beherrschen zu müssen.

»Mia und Tanja geht es gut. Sie haben es warm und müssen weder Hunger noch Durst leiden. Du wirst sie wiedersehen, nachdem ich dir gezeigt habe, wie ein Ehemann sein kann. Bis dahin bleiben die Kinder, wo sie sind. Versteh mich bitte nicht falsch, aber das soll für dich ein Ansporn sein, nicht auf dumme Gedanken zu kommen.«

»Wie lange?«, fragte Lisa.

Er verschränkte die kräftigen Arme vor der Brust. »Das liegt an uns.« Er berührte sie kurz an der Schulter. Es kostete sie große Überwindung, nicht angeekelt zurückzuweichen. »Aber ich glaube, wir sind aus dem Gröbsten raus.«

Michaels Handy läutete. Sein Klingelton klang wie eine altmodische Autohupe.

Lisa sah sich hektisch um, weil sie erwartete, dass Michael den Raum betrat. Entweder, um sie zu retten, oder um ihr zu sagen, dass alles einer seiner ganz besonderen Scherze war.

Nun lach doch mal, Lisa! Wo bleibt dein Sinn für Humor?

Der Mann holte das hupende Telefon aus seiner Hosentasche und betrachtete das Display.

»Sagt dir der Name was?« Er hielt ihr das Handy hin.

Sie nickte. »Es ist seine Schwester, meine Schwägerin.«

»Wenn er jetzt nicht rangeht, wird sie seinen Rückruf erwarten. Stimmt's?«

Lisa nickte. Er ließ das Handy auf die Bettdecke fallen. »Sprich mit ihr und beweise mir deine Vertrauenswürdigkeit. Aber stell den Ton laut.«

Es vergingen zwei, drei weitere Sekunden – *Huuup! … Huuup!* –, bis sie die richtige Taste gefunden hatte.

»Hallo, Manuela!«

»Lisa? Wo steckt Michael?«

»Der … ist nach Bochum gefahren. Wegen eines Gebrauchtwagens.«

»Wann kommt er zurück?«

»Ich weiß es nicht.«

»Egal. Ich wollte nur ausrichten, dass wir morgen früh in die Schweiz fahren. Für zwei Wochen.«

»Ist gut. Ich richte es aus.«

Michaels Schwester legte grußlos auf. Sie machte nie einen Hehl daraus, dass sie der Meinung war, ihr kleiner Bruder habe die falsche Frau geheiratet.

Lisa mochte sie auch nicht, aber sie war einer der wenigen Menschen, die unangemeldet hier aufgetaucht wären. Jetzt fuhr sie, wie in jedem Winter, in irgendein mondänes Kaff in den Alpen und machte auf feine Dame im Pelzmantel.

»Das war sehr gut«, lobte der Mann mit der Glatze.

Was, wenn Manuela einen Besuch angekündigt hätte und es mir nicht gelungen wäre, sie abzuwimmeln? Wie viele Tote hätte es dann gegeben?

»Das hast du hervorragend gemacht«, sagte der Mann und ging zur anderen Bettseite. »Ich mache dich jetzt los.«

Er öffnete wie versprochen die Handschellen und legte sie auf den Nachtschrank neben Tanjas Kästchen mit den Haarspangen.

»Ich heiße übrigens Falk, meine Liebe.«

Er hielt ihr die latexummantelte Hand hin.

Kapitel zehn

Sie hatte im Gespräch mit ihrer Schwägerin noch nicht einmal gestammelt. Bis auf ein kurzes Zögern, das zu vernachlässigen war, hatte sie absolut glaubwürdig auf die Fragen reagiert. Daher hielt er den Zeitpunkt für gekommen, ihr seinen wahren Vornamen zu verraten.

Lisa nahm seine Hand, und er half ihr aus dem Bett, weil er aus Erfahrung wusste, dass sie sich zumindest ein wenig schwindlig fühlen würde. Sie atmete einige Male tief durch und hielt sich am Fensterrahmen fest. Er reichte ihr ein Glas Wasser, und sie leerte es mit hastigen Schlucken.

»Besser?«, fragte er.

»Was muss ich tun, um meine Kinder wiederzubekommen?«, fragte Lisa.

Falk war ein wenig irritiert, dass sie noch immer nicht verstanden hatte, worum es hier ging. Er spürte, wie sich seine Wutkammer ein klein wenig öffnete. Diesen Ausdruck hatte er von seiner Mutter.

In jedem Menschen stecken schlechte Gefühle wie Neid oder Wut. Du musst sie nur unter Verschluss halten. In einer Kammer. Tief in deinem Innern.

Wenn sein Vater auch über eine solche Kammer verfügt hatte, so hatte er sie zumindest gegenüber seiner Frau nur äußerst selten verschlossen gehalten.

Aber Falk hatte auch gelernt, dass es manchmal richtig war, seiner Abscheu, einem berechtigten Zorn, freie Bahn zu lassen. Mit zwölf hatte er für kurze Zeit so etwas wie einen besten Freund. Ein schlaksiger Bursche mit spinnenartigen Gliedmaßen namens Gerrit, der, obwohl in seinem Kopf permanent ein Wettbewerb der verrücktesten Ideen stattzufinden schien, zu den Klassenbesten gehörte. An einem Herbstabend war er auf einen Baum geklettert, um mit dem Opernglas seiner Großmutter eine Vierzehnjährige aus der Nachbarschaft beim Ausziehen in ihrem Zimmer zu beobachten. Da Falk viel zu fett und unbeweglich zum Klettern gewesen war, musste er unter dem Baum ausharren und Gerrits Schilderungen lauschen. Der redete sich so richtig in Rage, beschrieb *Riesentitten mit spitzen Nippeln*, obwohl Falk das Mädchen eher als flachbrüstig in Erinnerung hatte.

Als ein paar Minuten später ein Auto in der Einfahrt hielt, mussten sie das Weite suchen. Aber Falk hatte genau gesehen, wie das Mädchen, das Gerrit so eingehend beschrieben hatte, mit ihren Eltern aus dem Wagen stieg.

Falk sprach ihn nicht darauf an, er war eigentlich froh darüber gewesen, dass Gerrit alles nur erfunden hatte. Bei der Aktion war ihm ohnehin von Anfang an unwohl gewesen.

Eine Woche später öffnete er dann seine Wutkammer und beendete die Freundschaft. Auf einem Parkplatz in der Nähe von Gerrits Elternhaus liefen immer viele Tauben herum. Sie waren so träge, dass man aufpassen musste, nicht auf sie zu treten. Gerrit tauchte mit einer Plastikflasche Spiritus auf. »Pass mal auf«, sagte er. »Hast du schon mal vom Vogel Phönix gehört?« Gerrit interessierte sich damals für seltsame Dinge, von denen Falk nicht die geringste Ahnung hatte. »Wenn der Phönix spürt, dass er sterben wird, baut er ein Nest und verbrennt darin. Wenn das Feuer erloschen ist, bleibt darin ein Ei zurück, aus dem ein neuer Phönix schlüpft.«

Gerrit lächelte. Das Lächeln war irgendwie eigenartig. Es machte Falk nervös. Gerrit näherte sich ganz langsam einer Taube. »Wetten, dass Tauben das nicht können!« Er presste die Plastikflasche mit beiden Händen zusammen, und der Vogel wurde von einem Strahl Spiritus getroffen. Die Taube flog nicht weg, schüttelte sich verwirrt und gab damit Gerrit genügend Zeit, ein Streichholz zu entzünden und es nach ihr zu schnippen. Die Flamme erlosch allerdings noch vor dem Auftreffen. Ehe Gerrit einen zweiten Versuch starten konnte – die Taube hatte noch immer nicht kapiert, was los war –, bückte sich Falk nach einem Stein. Er traf Gerrit über der rechten Augenbraue. Gerrit blutete stark, brüllte, als wäre er es, der nun in Flammen stand, und rannte davon.

Es gab kein Nachspiel. Falk hatte nicht die geringste Ahnung, wie Gerrit seinen Eltern die Verletzung erklärt hatte.

Das zweite Mal öffnete Falk die Wutkammer für seinen Vater. Ganz weit. Als er ihn lallend vor der Kellertreppe stehen sah. Da Falks Vater die Mutter so windelweich geschlagen hatte, dass sie sich nicht mehr rühren konnte, blieb ihm nichts anderes übrig, als selbst in den Keller zu gehen, um mehr Bier zu holen. Er wusste nicht, dass Falk im Haus war, und vermutlich hatte er auch keine Ahnung, dass es sein Sohn war, der ihm den tödlichen Stoß versetzte, als er schwankend den rechten Fuß auf die oberste Stufe setzen wollte.

Falk fand, dass seine Mutter nur zum Teil recht hatte. Es war zumeist angebracht, seine Wut im Zaum zu halten, aber manchmal musste die Kammer weit geöffnet werden, um gegen Schlimmes vorzugehen.

Aber jetzt war nicht der Moment, um die Schleusen der Kammer zu öffnen und Lisa für ihr Unverständnis zu bestrafen. Es zeichnete eine Mutter aus, dass sie sich um ihre Kinder sorgte. Nun lag es an Falk, ihre letzten Ängste zu zerstreuen. Genau deshalb war er hier.

»Schaffst du es nach unten? Oder möchtest du dich lieber wieder hinlegen?«, fragte er und bemühte sich, sanft und verständnisvoll zu klingen.

Wutkammer zu!

»Geht schon«, sagte Lisa. »Mir ist nur etwas kalt. Ich möchte mir einen Pullover überziehen.«

»Darf ich ihn aussuchen?«, fragte Falk und deutete ihr Schweigen als Zustimmung.

*

Lisa saß in der Küche, und langsam wich die Blässe aus ihrem Gesicht. Falk hatte Kaffee gekocht, stellte zwei dampfende Tassen auf den Tisch und streckte die Hand aus, um ihr eine Haarsträhne aus dem Gesicht zu streichen. Sie ließ ihn gewähren, zuckte noch nicht einmal zusammen. Er wertete das als ein sehr gutes Zeichen.

Er hatte für sie einen schlichten grauen Wollpullover ausgewählt.

»Ich möchte dir ein paar Fragen stellen, Lisa«, begann er. »Bei einigen geht es darum, dass ich dich noch besser verstehe, andere dienen unserer Sicherheit.«

Sie umklammerte die Tasse mit beiden Händen, nippte am heißen Kaffee und sah nicht auf.

»Wer ist die Frau in dem goldenen Geländewagen? Nimmt sie Tanja regelmäßig mit?«

Lisa sah ihn jetzt direkt an, und er konnte deutlich erkennen, wie erstaunt sie war.

»Ich habe den Hof natürlich zuvor beobachtet«, erklärte er. »Über eine ganze Woche hinweg. Was ist nun mit der Frau?«

»Ihr Sohn geht mit Tanja in eine Klasse. Wenn wir mal keine Zeit haben, rufen wir sie an und bitten sie, Tanja mitzunehmen.«

»Es ist nicht damit zu rechnen, dass sie einfach mal so vorbeischaut?«

»Nein. Absolut nicht. Michael hat mal bei ihrem Wagen eine Inspektion gemacht und eine Menge Arbeitslohn berechnet. Viel mehr als sonst. Er meinte, die hätte doch genug Geld. Und schon hatte er eine mögliche Stammkundin weniger.«

»So ein Trottel!«, stellte Falk fest. »Dabei habe ich nicht den Eindruck, dass er es sich leisten konnte, Kunden zu verprellen.«

»Da haben Sie recht«, erwiderte Lisa.

»Du!«, korrigierte Falk. *»Du* hast recht, muss es heißen.«

»Ja, natürlich«, beeilte sich Lisa zu sagen.

»Letzten Samstag warst du einkaufen. Der Mistkerl hat dich aber wieder weggeschickt, und du kamst dann mit einem Päckchen zurück. Was war da los?«

»Sie … ich meine, du hast selbst so eine Kleinigkeit registriert?« Sie klang überrascht.

»Für mich sah das nicht wie eine Kleinigkeit aus«, sagte Falk. »Er hat dich rumgeschubst und dabei seine Hose verloren.« Falk breitete seine Arme über einen Meter weit aus. »Sein nackter Hintern strahlte wie ein Vollmond.«

Ein Lächeln flog über Lisas Gesicht, verschwand aber sofort wieder. »Im Laden in Hemmerde gab es seine Lieblingswurst nicht, also musste ich noch einmal nach Unna fahren.«

Falk kannte dieses Verhalten nur zu gut von seinem Vater. Allerdings hatte der von Falks Mutter verlangt, die Preise stets zu vergleichen und nur das günstigste Angebot zu kaufen. Abends ließ er sich dann die Quittungen zeigen und explodierte, wenn ihm das Suppenfleisch oder die Kondensmilch zu teuer vorkamen. Anfangs zwang er seine Frau, am nächsten Tag ein einzelnes Produkt umzutauschen. Wie sie das anstellte, war ihr Problem. Später ließ er dann davon ab, weil es seinen Ruf als Geschäftsmann in der Stadt hätte schädigen können.

Die nächste Frage war Falk peinlich, aber sie musste sein, weil er der Meinung war, dass es zwischen ihm und Lisa keine Geheimnisse geben durfte.

Er räusperte sich und hoffte, dass er nicht errötete. »Deine Lippen, Lisa – warum sind die so?«

Unwillkürlich tippte sie mit dem Zeigefinger gegen ihre wulstige Unterlippe. Falk erwartete beinahe, dass sie so ein Geräusch erzeugen würde. Vielleicht ein ganz leises *Plop! Plop!*

»Ich wollte Michael gefallen«, sagte sie leise.

»Dann war das deine Idee?«

Sie nickte und zuckte gleichzeitig mit den Schultern.

Falk ließ die Sache auf sich beruhen und hoffte, dass sie nicht bemerkt hatte, wie … abschreckend er diese kosmetische Manipulation an ihr fand.

»Ich muss mal auf die Toilette. Darf ich?«, fragte Lisa.

»Dafür brauchst du doch nicht meine Erlaubnis.«

Er hörte, wie sie auf Wollsocken die Treppe hinaufeilte. Das Geräusch gefiel ihm. Obwohl er erst seit dem Morgen hier war, fühlte er sich schon sehr zu Hause.

Vor den Fenstern verlor das Tageslicht endgültig an Kraft, und er überlegte, dass es an der Zeit war, mal nach den Mädchen zu sehen. Er ließ die Rollläden herunter und schaltete das Licht an.

Lisa kehrte nach einigen Minuten zurück.

»Würdest du mir noch einen Kaffee einschenken. Nur mit Milch«, bat er. »Ich muss auch mal kurz nach oben.« Er suchte ihren Blick, aber sie hatte sich bereits der Kaffeemaschine zugewandt.

Im Badezimmer öffnete er den Spiegelschrank. Das kunstlederne Etui mit dem Nagelset war noch an seinem Platz, aber als er den Reißverschluss öffnete und den Inhalt kontrollierte, stellte er fest, dass eine Nagelfeile – die größte! – fehlte.

Er starrte in den Spiegel, konnte zusehen, wie die roten Flecken auf den Wangen erblühten, und versuchte, sich mit kaltem Wasser etwas Abkühlung zu verschaffen. Es nützte nichts. Er hatte das Gefühl, das Wasser würde auf seiner Hand verdampfen. Die Wutkammer öffnete ihre Türen.

*

»Steh auf!«, verlangte er von ihr, als er in die Küche trat.

Sie starrte ihn an, ihr Gesicht nichts als Augen, und gehorchte sofort.

»Zeig mir deine Hände!«

Lisa streckte die Arme aus, ihre Hände zitterten stark.

»Bist du der Meinung, dass du dir ausgerechnet jetzt die Nägel feilen musst?«, brüllte Falk.

»Bitte«, flüsterte Lisa.

»Es gibt zwei Möglichkeiten: Du gibst mir die Feile freiwillig, oder du ziehst dich komplett aus. Denn vielleicht hast du die verdammte Feile in deinem Hintern versteckt!« Seine Stimme überschlug sich. »Hast du das?«

Sie schüttelte den Kopf so heftig, dass ihr das Haar ums Gesicht wirbelte. Aus ihren Augen begannen Tränen zu fließen.

»Dann gib sie mir endlich!«

Er sah zu, wie sie zunächst den Knopf ihrer Jeans und dann den Reißverschluss öffnete. Die Nagelfeile steckte seitlich in ihrem Slip.

»Damit hättest du dich verletzen können«, sagte Falk und hatte den Eindruck, dass sich Lisa bei diesen Worten ein klein wenig entspannte. Weil sie dachte, die Wutkammer sei wieder verschlossen.

Ist sie aber nicht, Lisa!

»Leg die Feile einfach auf den Tisch.«

Sie gehorchte und wich ängstlich zurück.

»Ich habe dir vertraut!«, schrie er mit einer Stimme, die vor Zorn bisher unbekannte Höhen erreichte.

Stimmt nicht, verbesserte ihn eine innere Stimme. *Dann hättest du nicht in das Etui gesehen.*

Falk verscheuchte diesen Einwand. »Ich habe dir meinen Namen gesagt!«

In letzter Sekunde stoppte sein Verstand die bereits zum Schlag ausholende Hand. Stattdessen versetzte er ihr nur einen leichten Stoß. »Los! Beweg dich!«

Sie erreichten den Flur. Falk öffnete mit der linken Hand die Tür zum Keller. »Geh da runter!«

»Nein!« Sie versuchte sich zu wehren, aber ihre Schläge prallten wirkungslos von ihm ab.

»Lass das!« Seine Stimme hatte ihren gewohnten tiefen Klang wieder. »Wenn ich dich Treppe hinunterschubsen muss, kannst du dir dabei sämtliche Knochen brechen. Willst du das?« Zur Unterstützung seiner Worte schüttelte er sie ein wenig.

Sie gab ihren Widerstand auf und stieg langsam die

Treppe hinab. Auf der dritten Stufe wäre sie auf ihren Wollsocken beinahe ausgerutscht. Falk folgte ihr.

»In den ersten Kellerraum!«

Lisa wandte sich zu ihm um. Sie musste sich nicht ducken, sie war nicht groß genug, um gegen die Decke zu stoßen. Die dunklen Augen schienen ihr ganzes Gesicht einzunehmen.

»Bitte nicht da rein. Da ist keine Lampe.«

»Na und!« Der unterwürfige, flehende Ausdruck in ihren Augen konnte ihn nicht von seiner Entscheidung, sie zu bestrafen, abbringen.

Wie von selbst wanderte das Messer – der Master Hunter – aus einer Jackentasche in seine Hand.

Menschen haben Angst vor scharfen Klingen!

Sie wich rückwärts vor ihm und dem Messer zurück und machte den ersten Schritt über die Schwelle. Die Neonröhre im Kellerflur erhellte nur den ersten Meter des Raumes. Dahinter lauerte eine tiefe Schwärze, die nach Verfall und toten Tieren roch.

Falk schloss die Tür und schob den Riegel vor. Einen Moment lang wartete er auf eine Reaktion von Lisa, aber sie verhielt sich ganz still. Er versuchte sich vorzustellen, wie sie auf der anderen Seite stand und auf den Lichtschimmer starrte, der durch die Ritzen der Tür zu ihr drang. Vielleicht hoffte sie darauf, dass er die Neonröhre im Flur nicht ausschaltete, aber da musste er sie enttäuschen.

Als Falk auf der obersten Stufe der Kellertreppe stand und das Licht ausmachte, folgte augenblicklich Lisas Reaktion. Sie hämmerte gegen die Tür und schrie.

Ich hätte dir das gern erspart, Lisa.

*

Falk setzte sich an Michael Thoms Schreibtisch. Das Kabel des Festnetztelefons hatte er durchtrennt. Er schaltete den Laptop ein und stöhnte verstimmt, als das Ding ein Passwort von ihm verlangte.

Er hob den Computer hoch und betrachtete dessen Unterseite. Manche waren blöd genug, um dort einen Aufkleber mit den Zugangsdaten zu hinterlassen. Thom gehörte allerdings nicht zu dieser Spezies.

Falk durchsuchte die Schubladen. Er fand eine halbe Stange Zigaretten der Marke Camel ohne Filter, einen alten, zerfledderten Frankreich-Reiseführer – *Wollte der Kerl mit Lisa irgendwann nach Paris?* – und eine fast leere Tüte Salzlakritz.

Fündig wurde Falk unter dem Sockel der Schreibtischlampe. Darunter verbarg sich ein Notizzettel mit verschiedenen Zahlen- und Buchstabenkombinationen.

Falk tippte auf *BigThom69*. Das passte zu dem Burschen.

Nach der Eingabe hatte er freien Zugang zu allen Dateien. Zuerst checkte er die Mails. Jede Menge Werbung und ein paar Anfragen zu Gebrauchtwagen und Autoteilen. Die Ordner enthielten Kundenadressen – nicht mehr als zwei Dutzend – und eine äußerst übersichtliche Buchführung. Unter dem Titel *Roadster* verbarg sich allerdings eine Liste mit mehreren Sexfotos, die Thom sich aus dem Netz heruntergeladen haben musste. Egal, ob sich die Frauen solo, mit einem oder einer ganzen Horde Männer präsentierten, sie alle verfügten über enorme Brüste in der Größe von Wassermelonen und Lippen im Autoreifenformat.

Falk wandte sich angewidert ab und fragte sich, ob Lisa von den Vorlieben ihres Mannes wusste. Hatte sie sich deshalb die Lippen aufspritzen lassen?

Seine Wut verlagerte sich vollständig auf Thom. Lisa war nur sein Opfer. Er musste daran denken, dass der Kerl genau hier auf seinem Schreibtischstuhl gehockt hatte, um geifernd und mit der Hand im Schritt die Bilder der monströsen Huren auf dem Laptop zu begaffen. Und seine liebenswerte Frau sah sich genötigt, mit diesen Schlampen zu konkurrieren. Kein Wunder, dass sie so verstört auf ehrlich gemeinte Hilfe und Zuneigung reagierte.

Ich muss mehr Geduld mit ihr haben!

Er eilte in den Keller und öffnete die Tür zu ihrem Gefängnis. Vorsichtig trat sie ins Licht. Sie musste die ganze Zeit über geweint haben. Ihre Wange war angeschwollen, und sie wirkte auf ihn wie ein kleines krankes Mädchen. Falk trat auf Lisa zu, und sie wich augenblicklich zurück.

»Schon gut«, sagte er leise und umarmte sie. Sie blieb dabei starr wie eine Schaufensterpuppe. Er ließ sie los und hob ihr Kinn hoch.

»Keine Tränen mehr, Lisa. Ich werde das Haus nicht nach weiteren Waffen durchsuchen. Selbst das Besteck in der Küche bleibt, wo es ist. Wenn mir etwas geschieht, siehst du deine Töchter nie wieder. Das ist dir doch jetzt klar, Lisa?«

Sie nickte stumm.

»Gut. Jetzt komm mit.«

Er führte sie in Thoms Zimmer und spürte sofort, dass sie sich dort unwohl fühlte.

»Ich möchte dir etwas zeigen.« Falk deutete auf den eingeschalteten Computer. Lisa warf nur einen kurzen Blick auf das Foto einer überproportionierten Blondine, die sich nackt auf einem Schreibtisch räkelte. Hinter ihr hingen eine Weltkarte und die US-amerikanische Flagge an der Wand.

»Ich kenne diese Bilder«, sagte sie. »Michael hat sie mir gezeigt.«

»Er wollte, dass du dich auch so zurechtmachst?«

»Ja.« Sie berührte wieder kurz ihre Lippen. »Aber für mehr war kein Geld da.«

Falk schnaufte vor Wut, und Lisa wich vor ihm zurück.

Er nahm den Laptop in beide Hände und ließ ihn auf die Tischkante niedersausen. Die Blondine verschwand, und der Bildschirm wurde schwarz. Beim zweiten Aufprall zersplitterte das Gehäuse, und ein paar Tasten flogen umher. Zum Abschluss schleuderte er den Computer gegen die Wand.

»Ich verstehe das nicht«, keuchte er. Es war der Zorn, der ihm den Atem nahm, nicht die Anstrengung, ein läppisches Gerät aus Plastik zu zerstören. »Eigentlich hättet ihr hier ein perfektes Familienleben führen können. Fernab der Städte mit ihren schlechten Einflüssen und umgeben von der Natur. Dein Mann hätte sogar die meiste Zeit daheim in seiner Werkstatt arbeiten können.« Er machte eine Pause und lächelte versonnen. »Es hätte fast wie bei den Waltons sein können. Kennst du die Serie, Lisa?«

»Nein, ich habe nur mal davon gehört.«

»Ich bringe uns ein paar Folgen auf DVD mit.« Falk klatschte vor Begeisterung in die Hände. »Ich werde jetzt mal nach unseren Mädchen sehen. Sie brauchen auch Kleidung zum Wechseln. Komm, packen wir ein paar Sachen für sie ein.«

Während Lisa sich um Mias Kleidung kümmerte, bestand Falk darauf, etwas für *unsere Große*, wie er Tanja bezeichnete, auszusuchen.

Er verstaute alles Notwendige in einem kleinen Reisekoffer. Dabei entdeckte er im Schrank, versteckt zwischen zwei Pullovern, das Schulheft, das am Morgen auf Tanjas Schreibtisch gelegen hatte und von ihr sofort zugeschlagen worden war.

Er hörte, dass Lisa von Mias Zimmer ins Bad ging, um von dort Zahnbürsten und Handtücher zu holen. Sie würde es nicht wagen, erneut eine Feile aus dem Etui zu entwenden. Trotzdem wartete er einen Moment auf das verräterische Geräusch des Reißverschlusses. Erst dann klappte er das Heft auf. Schon die Überschrift auf der ersten Seite ließ ihn vermuten, dass Tanja es nicht für den Schulunterricht verwendete.

Das Mädchen, das den Kopf verlohr!

Er überflog die ersten Sätze der dreiseitigen Geschichte, in der es tatsächlich um ein zehnjähriges Mädchen aus Paris ging, das nach dem morgendlichen Aufstehen feststellt, dass sein Kopf ziemlich locker auf dem Hals sitzt. Auf dem Weg zur Schule fällt er schließlich ganz ab und wird von einem Mann auf einem Motorrad geklaut.

Falk las die Geschichte nicht zu Ende, fand aber, dass Tanja über eine blühende, wenn auch etwas seltsame Phantasie verfügte. Nur die Rechtschreibung ließ noch ein wenig zu wünschen übrig. Tanja schien eine Vorliebe für den Buchstaben H zu haben. Er blätterte weiter und fand nach einigen leeren Seiten eine Auflistung, deren Sinn er nicht verstand. In jeder Reihe stand am Anfang das Datum eines Tages. Es begann am 10. März des vergangenen Jahres und endete am gestrigen Freitag. Hinter jedem Datum waren Kreise gezeichnet. Meistens waren es drei oder vier, ganz selten mehr, manchmal aber auch nur zwei oder ein einziger Kreis.

Er legte das Heft zu den Kleidungsstücken in dem kleinen Reisekoffer.

Lisa stand in der Tür. In der rechten Hand hielt sie einen Koffer mit Blümchenmuster. Unter ihrem linken Arm klemmte ein wuscheliges Stofftier, das aussah wie eine Kreuzung zwischen einem Bären und einem Meerschweinchen.

»Das ist Mias aktueller Liebling«, sagte Lisa und fügte hinzu: »Kann ich mitkommen?«

»Das dürfen wir noch nicht riskieren. Nicht nach dem, was vorhin zwischen uns vorgefallen ist.« Er sprach mit der gelassenen, aber festen Stimme, die seiner Meinung nach für labile und hysterische Leute geeignet war. Er wollte auf keinen Fall, dass Lisa erneut durchdrehte. »Ich werde Mia ihren Liebling bringen und beide Mädchen von dir grüßen. Aber es ist besser für dich, wenn du erst einmal zur Ruhe kommst.« Er klopfte auf Tanjas Bettdecke. »Mach es dir bitte bequem.«

Falk sah, wie es in ihren Gedanken arbeitete, aber sie war schließlich klug genug, sich zu fügen. Weil sie wusste, dass er den Revolver und den Master Hunter in seinen Taschen verbarg. Und weil er der alleinige Herrscher über das Wohlergehen ihrer Kinder war. Aber, so wünschte er sich, vielleicht wuchs auch ihr Zutrauen.

Falk fesselte ihre linke Hand mit den Handschellen an den Bettpfosten.

»Haben die Mädchen irgendwelche Allergien?«, fragte er zum Abschluss.

»Bisher nicht«, antwortete Lisa und wandte den Kopf zum Fenster, wo es kein Licht mehr hinter der Glasscheibe gab.

*

Bevor er den Kornboden betrat, verwandelte er sich wieder in Arno. Selbst wenn er Mutter und Töchter glücklich zurücklassen würde, um sich anderen Hilfsbedürftigen zuzuwenden, konnte es trotzdem passieren, dass die Mädchen irgendwann über ihn und sein wahres Aussehen plapperten. Ohne böse Absicht. Wie Kinder eben so sind.

Falk hatte ein schlechtes Gewissen, denn eigentlich wollte er schon früher nach Tanja und Mia sehen. Nur war er leider durch die Wankelmütigkeit ihrer Mutter aufgehalten worden.

Die Mädchen saßen gemeinsam auf einer Matratze und sahen ihm ängstlich entgegen. Mias Pullover war ganz fleckig. Auf dem Boden lag ein schmutziges Handtuch. Die Kleine hatte sich erbrochen. Falk konnte es noch immer riechen. Ihre ältere Schwester hatte sie wohl, so gut es ging, saubergemacht.

»Hallo, ihr Süßen!« Er griff hinter sich, brachte das Stofftier zum Vorschein und sprach mit verstellter Stimme weiter. »O Mann, was habe ich meine Freundin Mia vermisst!« Er bewegte den Kopf des Stofftiers vor und zurück. »Jetzt bin ich so aufgeregt, dass ich sogar meinen Namen vergessen habe.«

Die Mädchen schwiegen weiterhin, aber Mias Gesicht hellte sich beim Auftauchen ihres Lieblings ein klein wenig auf.

»Kannst du mir meinen Namen verraten, Mia? Wenn ich den nicht zurückkriege, werde ich noch ganz traurig.«

»Brabus«, sagte Mia und wollte die Arme nach dem Meerschweinchenbären ausstrecken, aber ihre Schwester hielt sie davon ab.

»Brabus«, wiederholte Falk. »Was ist denn das für ein ulkiger Name?«

»Papa hat gesagt, dass er so heißt«, sagte Mia.

»Mmm«, brummte Falk ein wenig verstimmt, rutschte auf den Knien zu den Mädchen und überreichte der Kleinen ihren Brabus.

»Wo sind Papa und Mama?«, fragte Mia und umklammerte das Stofftier mit ihren kurzen Armen.

»Ihr werdet eure Mama bald sehen«, sagte Falk. »Bis dahin werdet ihr es hier so gut und gemütlich haben, wie es nur geht.«

Neben der Matratze lag eine geöffnete Packung mit Milchbrötchen. Die Hälfte der Brötchen fehlte bereits. Auch eine Flasche Apfelsaft war fast leer.

»Ich sehe, ihr habt die Leckereien bereits entdeckt.« Er deutete auf das Regal mit den Lebensmitteln. Dort befand sich neben Säften und Keksen auch eine Schüssel mit Bananen und Äpfeln. »Ihr müsst aber auch was von dem Obst essen. Cornflakes und Müsli gibt es auch.«

»Ist das auch nicht vergiftet?«, fragte Tanja. Ihre Stimme klang dabei so vorwurfsvoll und scharf, wie er es einer Zehnjährigen niemals zugetraut hätte. Falk wusste nicht, ob sie die Frage ernst meinte.

Er zwang sich zu einem Lächeln. »Wenn du willst, esse ich etwas von dem Obst. Vor deinen Augen. Und du bestimmst, welchen Apfel oder welche Banane ich nehmen soll.«

Ihm fiel die Geschichte ein, die sie in das Heft geschrieben hatte. Die mit dem Mädchen, dessen Kopf von einem Motorradfahrer geklaut wurde.

»Schon gut«, sagte Tanja und behielt ihn genau im Auge. Zumindest schien sie sich nicht allzu sehr vor ihm zu fürchten.

Falk stand auf und zog den Vorhang in der Ecke ein Stück zur Seite. »Das ist eine Toilette«, erklärte er. »Ist halb so schlimm.«

Mia verzog das Gesicht. Tanja folgte weiterhin aufmerksam jeder seiner Bewegungen.

»Es sind viele Bücher da. Ich bin sicher, dass euch einige davon gefallen werden.«

»Mia kann erst ein paar Wörter lesen«, sagte Tanja. »Warum sind wir hier?«

»Es geht um euch und eure Mutter. Ich muss euch helfen.«

»Ich will jetzt zu Mama«, sagte Mia und stand kurz davor, in Tränen auszubrechen.

Ihre Schwester nahm sie in den Arm und küsste sie auf die Stirn. »Mia hat Angst«, sagte sie.

»Das braucht sie aber nicht.« Falk setzte sich in der Nähe der Mädchen auf den Teppich.

Tanja nahm ihre Schwester noch fester in den Arm. »Dann dürfen wir jetzt nach Hause?«

»Bald«, beschwichtigte Falk. »Es geht um euren Vater. Du weißt, was er mit deiner Mutter gemacht hat.«

Tanja sagte nichts, aber jetzt starrte ihn auch Mia an. Ihr waren die Gewalttätigkeiten bestimmt auch nicht entgangen.

»Zeigen Sie ihn an?«, fragte Tanja.

Ein gescheites Mädchen!

Er hatte sie auf Anhieb gemocht.

»So kann man es bezeichnen. Es muss dafür gesorgt werden, dass er in Zukunft so etwas nicht mehr tun kann.«

»Und wo ist er jetzt?«

»Vorübergehend ist er an einem Ort, an dem er darüber nachdenken kann, was er Schlimmes getan hat.«

»Papa ist nicht böse«, mischte sich Mia ein und funkelte Falk an.

»Weil er dir Brabus und viele andere schöne Dinge

geschenkt hat«, sagte Falk. »Das verstehe ich, aber wir werden später darüber reden. Mit eurer Mutter. Ich soll euch ganz lieb von ihr grüßen und ausrichten, dass es ihr schon viel besser geht. Und dass ihr auf mich hören sollt.«

Es war offensichtlich, dass Tanja nicht wusste, ob sie ihm glauben sollte.

Falk entschied sich dafür, sie mit dem Heft zu konfrontieren. Er holte es aus dem Koffer mit ihren Kleidungsstücken. Sie erschrak mit einem leisen Seufzer, als sie es in seinen Händen sah.

»Tolle Geschichte«, sagte Falk. »Aus dir wird mal eine richtige Schriftstellerin. In deinem Alter besaß ich auch viel Phantasie, aber ich hätte sie nie so gelungen zu Papier bringen können.«

Er tat so, als würde er die Sätze überfliegen. »Wahnsinn!« Dann blätterte er weiter. »Möchtest du mir erklären, was das hier ist?« Er zeigte ihr eine aufgeschlagene Seite und las: »27. März, drei Kreise. 28. März, zwei Kreise. Der 29. März bekommt vier Kreise. Ist das eine Art Kalender, Tanja?«

»Kann sein«, sagte sie nur.

»War der 27. März vielleicht ein schönerer Tag als der 28. März? Und der 29. am schönsten?«

Sie sah ihn verblüfft an, und er wusste, dass er ihr System durchschaut hatte. Tanja benotete jeden Tag. Bestimmt hing die Anzahl der Kreise auch mit dem Verhalten ihres ehemaligen Vaters zusammen. Bei drei Kreisen hatte er die Mutter nur angepöbelt, bei zwei Kreisen rutschte ihm die Hand aus. Ein Kreis bedeutete: Das Schwein hat sie zum Bluten und Schreien gebracht. Während Tanja in ihrem Bettchen lag und sich wünschte, sie wäre für den Moment taub.

Falk musste sich jetzt unbedingt auch um Thom kümmern.

*

Er hatte das Licht im Flur angelassen. Sonst würde sie jetzt in völliger Dunkelheit im Bett ihrer Tochter liegen.

Der Keller war furchtbar gewesen. Lisa hatte diese Gruft unter ihrem Haus schon fast vergessen oder besser verdrängt. Nur wenige Male war sie dort unten gewesen. Immer in Begleitung von Michael, der einige halbherzige Versuche gestartet hatte, in den beiden Räumen ein Lager für Ersatzteile einzurichten. Doch der Boden und die Wände waren zu feucht. Alles, was dort gelagert wurde, musste binnen kürzester Zeit verrosten, verrotten, verschimmeln.

Kaum hatte Falk – *War das nun sein richtiger Name?* – die Tür verriegelt, war die Finsternis zu etwas Lebendigem geworden. Sie verschob und bewegte sich.

Lisa erinnerte sich daran, dass diese ausufernde Phantasie ihr schon als Kind Probleme bereitet hatte. Sie war ein leichtes Opfer für ihre größeren Brüder gewesen. Zehn Minuten im Besenschrank eingesperrt zu sein reichte aus, um sie in ein heulendes Elend zu verwandeln.

Wenn sie und die Kinder heil aus dieser Sache herauskämen, würde sie mit ihnen von hier wegziehen. Fort von Michaels Familie, die sie als nicht *standesgemäß* betrachtete.

Lisa stellte fest, dass sie Michael bereits aus ihren Zukunftsplänen gestrichen hatte. Sie verschwendete keinen Gedanken daran, wie es ihm erging oder ob er überhaupt noch lebte. Es war, als wäre er einfach entfernt worden.

Sie blickte durchs Fenster. Da war nur absolute Schwärze. Bei Tage hatte man einen Ausblick über den Garten und die dahinterliegenden Felder. Im Herbst kam der Nebel hinzu. Im Winter der Schnee. Mehr gab es nicht.

Lisa legte sich auf die Seite, ballte mit der rechten Hand eine Faust und klopfte mit den Knöcheln gegen die Scheibe. Das Glas fühlte sich sehr kalt an. Hoffentlich hatten es die Mädchen warm.

Sie schlug noch einmal fest gegen die Fensterscheibe. In ihrer Reichweite befand sich kein Gegenstand, der stabil genug war, um das Glas zu zertrümmern. Damit hätte sie ohnehin nur der Kälte Einlass verschafft und wäre von dem Verrückten dafür bestraft worden.

Ihr Blick schweifte durch das Zimmer. Wann hatte sie hier das letzte Mal mit Tanja zusammengesessen, um einfach nur zu reden? Um zu wissen, wie es ihrer großen Tochter ging, was Tanja fühlte. Stattdessen hatte sie sich darauf konzentrieren müssen, heil durch den Tag zu kommen.

Es war, als hätte Michael ihr Herz und ihren Verstand über all die Jahre eingemauert.

O Gott, gib mir meine Kinder zurück! Ich werde von nun an alles anders machen.

*

Bevor Falk den Schweinestall betrat, ließ er den Revolver und das Messer in der Scheune zurück. Auf keinen Fall wollte er, dass er sich von seiner unbändigen Wut auf Thom zu einer unbedachten, reflexartigen Handlung – einem Schuss, ein paar Stichen – hinreißen ließ.

Es war nicht an ihm, zu richten.

Stattdessen nahm er ein armlanges Brett von dem Stapel neben der Kreissäge. Er hatte im Herbst ein großes Vogelhaus bauen wollen, war aber dann doch nicht dazu gekommen.

Falk öffnete die Kiste. Thoms Kopf erschien über dem Rand, und er starrte mit geschwollenen Augen zu Falk herüber. Das rechte Auge sah schlimm aus. Es tränte unentwegt und war feuerrot.

»Ich kann auf einem Auge nichts mehr sehen«, jammerte Thom.

»Hoch mit dir!«, befahl Falk. Er wusste natürlich, dass die Kette es dem Angeklagten unmöglich machte, ganz aufrecht zu stehen.

»Zieh die Hose aus!«

Thom schüttelte den Kopf. »Das ist eine Scheißidee! Es ist viel zu kalt.«

Falk schlug ihm mit dem Brett seitwärts gegen den Kopf. Thom machte einen Schritt rückwärts, gab keinen Laut von sich und fiel auch nicht hin. Sein Ohr blutete. Er hob kurz die Hand an sein Ohr und betrachtete benommen das Blut an den Fingerspitzen.

»Das geht zu weit«, sagte er.

Irgendwie schien er immer noch zu glauben, dass alles nur ein dummer Streich seiner Frau sei. Eine Angelegenheit, aus der er mit ein paar Blessuren davonkommen konnte.

»Die Hose!«

Falk schlug ihn noch einmal. Diesmal traf ihn die Kante des Bretts an der Nase. Mehr Blut floss. Thom fiel nach hinten, und die Kette an seinem linken Handgelenk straffte sich mit einem Klirren. Er ging in die Knie und zog sich am Rand der Kiste wieder mühsam in die Höhe, als hätte er endlich kapiert, dass er Falks Anordnungen besser befolgen sollte.

Thom öffnete den Gürtel und stieg, auf einem Bein balancierend, aus seiner ölverschmierten Jeans.

»Wirf sie in meine Richtung.«

Die Jeans landete vor Falks Füßen. Er kickte sie zur Seite.

»Die Unterhose auch.«

Thom wurde wieder trotzig. Sein Ohr blutete nicht mehr, aber unter seiner Nase versickerten zwei rote Linien in seinem Magnum-Schnäuzer.

»Das mache ich nicht.«

Er bereitete sich darauf vor, einen weiteren Schlag abzufangen, und hob die rechte Hand, um seinen Kopf zu schützen. Falk überraschte ihn, indem er nicht auf den Kopf zielte, sondern das Brett gegen seine behaarte Brust stieß. Es traf ihn mit einem knirschenden Geräusch unterhalb des Herzens. Es hörte sich an, als sei eine Rippe gebrochen.

Thom stieß ächzend die Luft aus seiner Lunge.

»Die Unterhose! Sonst beenden wir unser Brettspiel und machen mit Klinge und Revolver weiter. Möchtest du, dass ich dir ins Knie schieße?«

Thom ließ die Unterhose zu Boden fallen und bedeckte seine Genitalien mit den Händen. Er zitterte. Die Temperatur im Stall betrug höchstens fünf bis sechs Grad.

»Wusstest du, dass Tanja seit März vergangenen Jahres die Tage in ein Heft eingetragen hat, um sie mit einem Punktesystem zu bewerten?«

Thom glotzte einäugig, das blinde Auge hatte sich geschlossen. Er zitterte stärker. Blut tropfte aus seinem Bart.

»Je weniger Punkte ein Tag bekommt, desto beschissener ist er verlaufen. Was bedeutet, dass du deine Exfrau dann wohl besonders mies behandelt hast.«

»Exfrau?«, staunte Thom.

»Sie ist nicht mehr länger deine Frau.«

Jetzt bebte Thom am ganzen Körper. »Was soll das heißen? Will Lisa sich etwa scheiden lassen? Das glaube ich nicht.«

Thom schnaufte verächtlich. Sein noch immer viel zu selbstbewusstes Auftreten gefiel Falk überhaupt nicht.

»Pass auf!«, sagte er scharf. »Du kannst bis zur Verhandlung heil bleiben. Damit meine ich, dass du weder einen Finger noch einen Hoden verlierst.«

Thom öffnete den Mund, um etwas zu sagen.

Falk ließ das Brett auf den Boden fallen. Das Scheppern ließ Thom zusammenzucken. Für einen Moment vergaß er, seine Genitalien zu bedecken.

»Siehst du, das Brett liegt am Boden«, sagte Falk. »Nun ist es an der Zeit, etwas anderes zu benutzen. Etwas Scharfes oder sehr Spitzes. Möchtest du das?«

Thom schüttelte den Kopf. Die Nase hatte aufgehört zu bluten.

»Gut.« Falk atmete tief durch. »Dann werde ich dir jetzt ein paar Fragen stellen.«

Thom zitterte und schwieg.

»Was, glaubst du, ist das Schlimmste, das du Lisa jemals angetan hast?«

»Es ist kalt, so verdammt scheißkalt«, erwiderte Thom.

»Daran wird sich auch nichts ändern, wenn du weiterhin störrisch bleibst und meine Fragen nicht beantwortest. Also, was war das Schlimmste?«

»Weiß nicht.«

»Dir ist öfter die Hand ausgerutscht?«

»Soll ich nicht besser gleich einen Fragebogen ausfüllen?«

»Komm mir nicht sarkastisch!«, brüllte Falk ihn an und machte ein paar Schritte zur Tür. »Ich hole jetzt den Revolver und jage dir eine Kugel in deinen fetten Arsch!«

Thom wich unbehaglich zurück. »Kann sein, dass mir mal die Hand ausgerutscht ist. Manchmal kann sie einen wahnsinnig machen. Mit ihren vielen Wünschen. Obwohl sie doch genau weiß, dass die Werkstatt noch nicht genug abwirft.«

»Was sind denn das für Wünsche?«

»Lisa liegt mir ständig in den Ohren, dass sie endlich einen eigenen Wagen braucht. Aber der ist zurzeit eben nicht drin.« Thom schlug einen einschmeichelnden Ton an. »Ich weiß, dass mir manchmal die Nerven durchgehen. Weil es eben nicht rundläuft. Es macht mich ganz krank, dass ich Lisa nicht das bieten kann, was sie verdient.«

»Und dieses Gefühl kompensierst du, indem du sie schlägst?«

Thom wedelte protestierend mit beiden Händen, brachte die Kette zum Klirren, und Falk konnte nicht anders, als einen Blick auf Thoms schlaffen Penis zu werfen. Der Genitalbereich war rasiert. Eine Lichtung auf Thoms ansonsten stark behaartem Körper.

»Das waren Einzelfälle. Ich habe mich bei Lisa dafür entschuldigt und ihr versprochen, dass es nicht mehr vorkommt.«

»Letzten Samstag sah das aber noch ganz anders aus. Du hast sie über den Hof gescheucht, weil sie deine Lieblingswurst nicht bekommen hat.«

Thom stand für einen Augenblick nur da, vergaß das Zittern und fuhr sich dann mit der Hand über das Gesicht. Das Blut an seinen Fingern war noch nicht getrocknet und hinterließ schlangenartige Linien auf Stirn und Wangen.

»Du hast uns begafft!?« In diesem Moment ging ihm endgültig auf, wie ernst seine Lage wirklich war. Alles war bestens vorbereitet.

Falk lächelte, als er sah, wie der Mann zum ersten Mal von Panik ergriffen wurde.

»Du bist ein Psycho«, entfuhr es Thom.

Falks Lächeln gefror. Thoms Bemerkung ließ eine gehörige Portion von der Wut aufflammen, die dafür gesorgt hatte, dass Robert Wiese und Björn Mischke plötzlich aus sehr vielen Wunden bluteten.

Falk spreizte die Finger, bis die Sehnen schmerzten. Das tat er immer, wenn er darum kämpfte, nicht die Beherrschung zu verlieren. Es war gut, dass er Revolver und Master Hunter in der Scheune zurückgelassen hatte. Sonst wären die Waffen jetzt zum Einsatz gekommen. Falk machte einen Moment die Augen zu, und als er sie wieder aufschlug, glänzten sie wie zwei Silbermünzen, leblos und starr.

»Das ... das nehme ich zurück«, stammelte Thom. »War nicht so gemeint.«

»Schon gut.« Falks finstere Miene wich einem schmalen Lächeln. Die roten Flecken breiteten sich von den Wangen explosionsartig aus, und Falks Gesicht glühte in einem intensiven Purpur. Er griff nach Thoms Jeans und zog mit einem Ruck den ledernen Gürtel aus den Schlaufen.

»Ich will ja reden«, sagte Thom. »Komm, lass uns reden. Ich habe doch schon zugegeben, dass mir manchmal die Nerven durchgehen.«

Falk betrachtete den Gürtel in seinen Händen. Die metallene Gürtelschnalle zeigte einen Adler, dessen

Klauen ein Schwert umklammerten, und wog schwer. Falk holte aus, und der Gürtel traf Thom an der Schulter. Der zweite Schlag traf die behaarte Brust, aber beim nächsten Mal visierte Falk den Kopf des Mannes an. Der Metalladler hinterließ einen länglichen Riss auf Thoms Wange.

»Du hattest eine wunderbare Frau!«, brüllte Falk, während Thom sich auf den Boden hockte und hinter den Wänden der Kiste Schutz suchte.

»Eine hingebungsvolle Mutter! Und du wolltest aus ihr eine Schlampe machen!«

Thom verbarg den Kopf unter seinen Armen.

»Sie soll wohl aussehen wie die Nutten auf deinem Computer!« Falk schlug erneut zu, traf aber nur den Rand der Kiste. Schnaufend ließ er den Gürtel fallen, rannte aus dem Stall in die Scheune und schob das Tor zur Seite. Der Abendwind kühlte sein inneres Feuer.

Wenn er sich zu sehr gehenließ, würde Thom die Verhandlung nicht erleben. Falk wischte sich mit der Hand den Schweiß von der Stirn.

Ich muss daran arbeiten, meine Wutkammer noch besser zu kontrollieren.

Er atmete einige Male tief durch, griff in der Scheune nach dem Revolver und kehrte in den Stall zurück.

Thom hockte noch immer in der Kiste und sah mit der neuen, stark blutenden Wunde an der Wange aus, als hätte er das Gesicht kurz in einen Häcksler gesteckt.

Falk hatte aus der Scheune eine alte Wolldecke mitgenommen. Er warf sie in die Kiste. Thom schlang sie sofort um seinen Körper.

»Hörst du mich?«, fragte Falk.

»Sicher.« Thom hörte sich für Falk noch immer nicht so an, als wäre der Widerstand gebrochen.

»Nimm den Kanister!« Falk reichte ihm den zur Hälfte mit Wasser gefüllten Plastikkanister.

»Und jetzt noch das hier.«

Thom streckte den Arm nach dem Schreibblock und dem Bleistift aus.

»Was soll ich damit?«

»Du wirst detailliert all das aufschreiben, was du Lisa angetan hast. Jeden Schlag, jede Verbrennung und jede Demütigung. Du wirst dich zu deiner Schuld bekennen. Und du wirst bereuen.«

Thom blinzelte ihn mit dem linken Auge an, das rechte war komplett zugeschwollen.

»Hier drinnen ist aber kein Licht«, sagte er.

Falk holte die Stablampe und reichte sie ihm. Thom tat so, als wolle er die Lampe nehmen, sprang dann auf und versuchte nach Falk zu greifen. Der war aber auf eine solche Verzweiflungstat vorbereitet gewesen und brachte sich mit einem schnellen Schritt aus der Reichweite des Angeklagten.

»Zweiter Versuch«, sagte Falk betont ruhig und hielt ihm die Lampe erneut hin. Dieses Mal umklammerte seine rechte Hand allerdings den Revolver. Der Lauf zielte auf Thoms Schädel.

»Geht doch«, bemerkte Falk. Den Angriff nahm er nicht übel, er hätte nicht anders gehandelt.

»Denk an dein Geständnis.« Er wollte gerade die Kiste schließen, als Thom ihm zurief: »Ich muss pissen!«

»Das ist nicht mein Problem«, erwiderte Falk. »Kannst ja in den Kanister pinkeln.«

»Aber das Wasser muss ich doch trinken.«

»Na und.« Falk ließ den schweren Deckel zufallen.

Kapitel elf

Egal, wie Hauptkommissar Dewald es auch formulierte, für Eva war klar, dass er und seine Leute keinen Schritt weitergekommen waren. Die Ermittlungen konzentrierten sich immer noch auf den Hochdruckreiniger und Robert Wieses Kundenkreis. Die bisher einzige Spur führte zu einem Ehepaar, das bei einer Wohnungsräumung ziemlichen Ärger gemacht hatte. Allerdings waren beide bereits deutlich über siebzig. Was Eva in dem Haus ihrer Freundin gesehen hatte, war nicht das Werk von zwei alten Menschen, die sich dagegen wehrten, den Ort zu verlassen, an dem sie vielleicht schon ihr halbes Leben verbracht hatten. Die Geschichte zeigte allein, dass Petras Mann im Berufsleben bisweilen äußerst rücksichtslos vorgegangen war.

In Evas Küche hingen große Bögen Papier an der Wand. Darauf notierte sie alles, was sie bisher über die Morde wusste, und fügte ihre eigenen Überlegungen hinzu.

Eva versuchte, alle Gemeinsamkeiten aufzuzeichnen. Robert Wiese hatte mit Immobilien gehandelt, Björn Mischke hatte in Soest ein mittelständisches Unternehmen geleitet, das Geflügelfleisch verarbeitete und vertrieb. Der Betrieb war vom Vater seiner Ehefrau gegründet worden. Laut Bericht war Mischke bei der Belegschaft beliebt gewesen.

Eva hielt solche Aussagen für Schwachsinn. Welcher

Angestellte würde denn nach der brutalen Ermordung seines Chefs und dessen Familie zugeben, dass er den Boss schon immer für ein Riesenarschloch gehalten hatte?

Zwischen den Morden lag ein Zeitraum von neunzehn Monaten. Die Tatorte waren keine vierzig Kilometer voneinander entfernt. Mischke hatte seine Frau gleich mit mehreren Geliebten betrogen. Robert Wiese hatte regelmäßig seine Frau verprügelt.

Beide waren alles andere als perfekte Ehemänner gewesen. Eine Tatsache, die Eva rot unterstrichen hatte.

Aber das waren die einzigen Gemeinsamkeiten, die es zwischen Mischke und Robert Wiese gab. Es existierte kein Vorstrafenregister, weder sie noch ihre Frauen waren jemals aufgefallen oder hatten irgendwo, vielleicht in einer Selbsthilfegruppe, um Hilfe gebeten.

Dewald hatte sich ihre Überlegungen angehört und gefragt, ob sie ernsthaft glaubte, dass da draußen jemand unterwegs sei, der miese Ehemänner absticht und dann den Rest der Familie tötet.

Eva musste zugeben, dass das absurd war. Aber folgten Psychopathen denn einer für Normalsterbliche nachvollziehbaren Logik? Was sie im Hause ihrer Freundin gesehen hatte, konnte nur das Werk eines Wahnsinnigen sein.

Hauptkommissar Dewald dankte ihr für die Überlegungen und betonte, dass alle erdenklichen Szenarien in Erwägung gezogen würden. Eva nahm jedoch einen leicht genervten Unterton in seiner Stimme wahr. Vermutlich hätte er ihr am liebsten gesagt, dass sie sich besser um Falschparker und Betrunkene kümmern sollte.

Aber dann sagte er zum Abschied etwas, was sie völlig überraschte: »Es ist nicht nur der Erfolgsdruck, unter dem ich stehe, der mich fast verrückt werden lässt. Ich habe die toten Kinder gesehen. Ich will diesen Fall lösen.

Deshalb bin ich froh, dass Sie sich Ihre eigenen Gedanken machen. Sie kannten die Familie. Vielleicht fällt Ihnen deshalb etwas ein, auf das meine Kollegen und ich niemals kommen würden.«

Eva drehte ganz langsam den Kopf herum und hörte die Wirbel in ihrem Hals knacken. An der Wand hing neben ihren Aufzeichnungen das letzte Foto von Petra. Ihr Herz schlug spürbar in ihrer Brust, und das Gefühl, sich unausweichlich dem Ende eines Tunnels zu nähern, wo alle unerträglichen Dinge wie Einsamkeit, Schmerz und vielleicht sogar der Tod auf sie lauerten, stellte sich wieder ein.

Eva verspürte den Drang, laut zu schreien, und ihr wurde klar, wenn sie nicht sofort etwas dagegen unternahm, würde sie in den nächsten Momenten im gesamten Haus zu hören sein. Sie nahm die halbvolle Tasse und schleuderte sie gegen die Wand. Das Porzellan zersplitterte, und der Inhalt spritzte ein sternförmiges Muster aus lauwarmem Kräutertee auf Evas Aufzeichnungen.

Sie beschloss, noch einmal zu Petras Haus zu fahren. Es war völlig egal, ob ihr das neue Erkenntnisse brachte. Sie musste nur irgendetwas tun. Alles war besser, als am Küchentisch in düsteren Gedanken zu versinken und dem eigenen Herzschlag zu lauschen.

Sie war gerade dabei, ihre Schuhe anzuziehen, als das Festnetztelefon läutete. Es war ihr Vater.

»Ich musste einfach anrufen«, sagte er und klang atemlos, als hätte er vor nicht allzu langer Zeit einen Asthmaanfall erlitten.

»Ist alles in Ordnung mit dir, Papa?«

»Das wollte ich eigentlich dich fragen. Um mich brauchst du dir keine Sorgen zu machen. Es ist das übliche Auf und Ab.«

Sie berichtete ihm von den Ereignissen der letzten Tage, der Beerdigung und zum Schluss von ihrem Vorhaben, noch einmal zum Haus der Familie Wiese zu fahren.

»Was glaubst du dort zu finden, Eva?«

»Ich weiß es nicht.«

»Da du in dem Fall nicht ermittelst, darfst du dir nicht einfach Zutritt verschaffen. So ist es doch, oder?«

Bisher hatte sie es noch gar nicht in Erwägung gezogen, ins Haus einzudringen. Sie wollte sich im Garten umsehen, die Szenerie auf sich wirken lassen, um irgendetwas zu finden, von dem sie gar nicht wusste, ob es existierte.

»Würdest du ins Haus wollen?«, fragte sie.

»Egal, was ich dir jetzt sage, du machst ohnehin, was du für richtig hältst.« Sie konnte ein leises Zischen hören. Er hatte sein Asthmaspray benutzt. Ein Anzeichen dafür, dass er nervös war. Seine Stimme hörte sich jetzt weniger heiser an. »Du bist nach dem Abitur bewusst zur Schutzpolizei gegangen. Um nah bei den Menschen zu sein, die Hilfe brauchen. Jetzt wurden deine Freundin, ihre Kinder und ihr Mann ermordet. Du wirst alles tun, um den Täter zu finden. Das weiß ich. Und es ist richtig, weil du auch dir selbst damit hilfst.«

»Du hast recht, Papa«, sagte Eva leise.

Er hatte es nie befürwortet, dass sie Polizistin werden wollte. Aber das hatte er nur einmal erwähnt und ihr dann alle Unterstützung zukommen lassen, die sie in ihrem Drang nach Selbständigkeit zuließ.

Während sie sich beim Anziehen des Mantels im Spiegel betrachtete und fand, dass sie heute gar nicht mal so beschissen aussah, musste sie an Falk Stucke denken.

*

Der Abend war nicht dunkel, sondern schwarz. Kein Mond, keine Sterne. Der Himmel hing tief und erdrückend über der Stadt. Als sie die beleuchteten Straßen hinter sich ließ, war es so, als würden die Scheinwerferkegel ihres Wagens einfach von der Schwärze verschluckt. Eva beugte sich über das Lenkrad, in der Hoffnung, etwas besser sehen zu können. Ein entgegenkommendes Fahrzeug hatte das Fernlicht eingeschaltet, und Eva riss geblendet eine Hand vors Gesicht.

Es war ein seltsames Gefühl, noch einmal diese Strecke zu fahren. An den Stadtrand von Dortmund, wo das Haus der Familie zwischen den jetzt kahlen Feldern stand. Niemand würde sie dort erwarten.

Das Nachbarhaus war hell erleuchtet. Fahrzeuge parkten am Rand der engen Straße, so dass es für Eva kaum ein Durchkommen gab. Laute Schlagermusik dröhnte vom Haus herüber. Eva hielt an und ließ die Seitenscheibe herunter. Gelächter und Rufe mischten sich unter die Musik. Hinter den Fenstern tanzten Menschen. Eine Party! Sie spürte, dass sie wütend wurde. Wie konnten die Leute feiern, wenn ihre Nachbarn vor wenigen Tagen massakriert worden waren!

Sie fuhr weiter, wich dem Außenspiegel einer parkenden Limousine aus und sagte sich, dass sich nichts ändern würde, wenn die Nachbarn ihre vermutlich lange geplante Feier verschoben hätten. Außerdem wusste sie von Petra, dass sich der gegenseitige Kontakt auf ein Minimum beschränkt hatte.

Sie stellte den Wagen in der Einfahrt ab, stieg aus und betrachtete das Haus. Aus der Entfernung blieb von der Musik der Nachbarn nur ein stupider Rhythmus.

Eva schaltete die Taschenlampe ein und ging in den Garten. Dieses Mal war sie besser vorbereitet. Außer der

Lampe spürte sie auch das Gewicht ihrer Dienstpistole in der Jackentasche. Nicht, dass sie ernsthaft damit rechnete, dem Mörder hier zu begegnen, aber die Waffe verlieh ihr ein Gefühl der Sicherheit.

Sie ließ den Strahl der Lampe durch den Garten wandern. Da war das winzige Treibhaus, in dem Petra im Sommer Tomaten und Zucchini gezogen hatte. Dahinter stand der alte Apfelbaum. In seiner Krone hatte Robert für die Kinder ein Baumhaus errichten lassen. Von einem Schreiner, denn er selbst hatte für solche Dinge keine Zeit. Petra hatte ihr gegenüber Bedenken geäußert. So ein Haus sei doch viel zu gefährlich, aber die Kinder waren ganz wild darauf gewesen, und wenn sich Robert etwas in den Kopf gesetzt hatte, konnte man es ihm nur sehr schwer wieder ausreden.

Er hat deine Sorgen sicher mit ein paar Schlägen zerstreut, Petra, dachte Eva bitter.

Sie hatte den Schlüssel zur Kellertür beim letzten Mal mitgenommen und völlig vergessen, ihn den Kollegen auszuhändigen.

Die Tür war von der Kriminalpolizei versiegelt worden. Eva zögerte trotz der Worte ihres Vaters einen Moment, dann entfernte sie das Siegel. Ihr Schwur, alles zu tun, um den Mörder zu finden, hatte für sie Vorrang.

Das Herz klopfte ihr bis zum Hals, als sie die Kellertreppe hinaufstieg. Im Flur nahm sie einen schwachen chemischen Geruch wahr. Vermutlich stammte er von irgendeinem Mittel, das die Spurensicherung benutzt hatte.

Eva wagte es nicht, das Licht einzuschalten. Es war sehr unwahrscheinlich, dass die feiernden Nachbarn etwas bemerken würden, aber sie wollte besser kein Risiko eingehen.

Sie ging zuerst ins Wohnzimmer. Auf dem Sofa zeichneten sich mehrere sehr große Blutflecke ab. Abgesehen davon wirkte alles so normal, als wäre die Familie nur verreist.

Eva wartete auf eine Eingebung, die, sosehr sie sich auch anstrengte, ausblieb.

Warum hatte Petra die tödlichen Stiche auf dem Sofa erhalten? Es stand direkt an der Wand. Nur wenige Meter neben der Tür. Petra musste den Mörder sofort bemerkt haben, als er in den Raum trat. Sie wäre aufgesprungen und nicht einfach sitzen geblieben, um sich abstechen zu lassen. Es sei denn, sie kannte den Täter. Vielleicht hatte er sich schon geraume Zeit bei ihr aufgehalten. Möglicherweise seit Tagen. Wo aber waren Robert und die Kinder während dieser Zeit gewesen? Wenn Hannah und Sebastian bereits betäubt waren und Robert nackt und gefesselt im Schlafzimmer lag, hätte Petra wohl kaum einen Plausch mit dem Täter gehalten. Außer wenn sie dazu gezwungen worden wäre. Weil der Täter gedroht hatte, sonst ihre Familie umzubringen – und sie nicht wusste, dass er diese Drohung schon längst in die Tat umgesetzt hatte.

In jedem Fall mussten die letzten Stunden ihres Lebens die Hölle gewesen sein.

Eva sah sich im Wohnzimmer ganz genau um. Da sie sich in der Vergangenheit hier schon oft aufgehalten hatte, konnte ihr vielleicht etwas auffallen, was der Spurensicherung entgangen war. Aber ihr fiel nichts Ungewöhnliches auf.

Eva suchte die anderen Räume im Parterre ab. Ohne Erfolg. Das Obergeschoss konnte sie sich sparen. Dort kannte sie sich kaum aus. Zuletzt warf sie einen Blick in die Küche. Die Essensreste und das zerbrochene

Gurkenglas waren verschwunden. Sie fragte sich, ob auch der Kühlschrank geleert worden war. Leicht Verderbliches konnte schnell schlecht werden, und nach einiger Zeit würde sich das Innere eines Kühlschranks in ein Gemenge aus Schleim und Schimmelkulturen verwandeln. Irgendjemand, vielleicht aus Roberts Verwandtschaft, sollte sich darum kümmern. Eva wunderte sich selbst, warum ihr das überhaupt wichtig erschien.

Neben der chromblitzenden Espressomaschine stand eine Pappschachtel, die Eva beim letzten Mal in ihrer Aufregung übersehen hatte. Sie nahm die Schachtel in die Hand. Unverschlossen. Der Inhalt – Cornflakes! – raschelte leise.

Niemals hätte Petra ein Produkt herumstehen lassen, das bei ihrem Sohn Sebastian aufgrund seiner Erdnussallergie einen Schock auslösen konnte!

Und es war absurd, anzunehmen, dass jemand von der Kripo oder der Spurensicherung die Schachtel hier abgestellt hatte.

Aber welcher Mörder würde Cornflakes an den Ort seines Verbrechens mitbringen? Es sei denn, er hatte vor, sich dort für einige Zeit häuslich einzurichten.

Eva öffnete den Kühlschrank, um zu überprüfen, ob es dort weitere Lebensmittel gab, die bei Petra und ihrer Familie niemals auf dem Esstisch gelandet wären. Er war noch nicht ausgeräumt worden, aber sie fand weder im Kühlschrank noch in den Schränken etwas Ungewöhnliches.

Eva wusste nun, dass der Mörder ein Freund von Cornflakes war, wenn es keine andere Erklärung für die Schachtel gab, aber sie konnte noch nicht einmal Hauptkommissar Dewald von ihrer Entdeckung berichten.

Schließlich würde er dann wissen, dass sie in das versiegelte Haus eingedrungen war.

Im Flur blieb sie vor der Treppe zur oberen Etage stehen. Da oben hatte sie die Kinder gefunden. So wie es aussah, musste ein Wunder geschehen, wenn sie ihr Versprechen, den Mörder zu finden, einlösen wollte.

Cornflakes halfen da nicht weiter.

*

Falk war zutiefst gerührt. Als er die Tür zum Kornboden öffnete, saß Tanja neben der Matratze ihrer kleinen Schwester und las ihr aus einem Märchenbuch vor.

Mia hatte bereits die Augen geschlossen und bekam gar nicht mehr mit, dass Falk hereingekommen war. Er legte den Zeigefinger an die Lippen und machte: »Pssst!«

»Es hat lange gedauert, bis sie endlich eingeschlafen ist«, sagte Tanja leise. »Sie will zu Mama und Papa.«

Falk betrachtete das Gesicht des schlafenden Mädchens. Ihr Mund zuckte ein paarmal, und sie verzog das Gesicht, als würde sie selbst im Schlaf noch etwas beunruhigen.

»Du bist wirklich eine gute Schwester«, sagte Falk zu Tanja. Er verließ noch einmal den Raum, kehrte dann mit einem kleinen Fernseher und einem DVD-Player zurück und machte sich gleich daran, die Geräte miteinander zu verbinden.

»Du kannst damit doch sicher umgehen.«

Tanja nickte.

»Da vorn im Regal stehen ein paar Filme. *Ice Age* und solche Sachen.«

»Haben Sie wirklich einen Elektroladen?«, fragte Tanja.

»Ich habe tatsächlich einen solchen Laden, aber du brauchst mich nicht zu siezen.«

»Wie lange müssen wir noch hierbleiben?«

»Nicht mehr lange.« Er griff nach einer Tüte Chips, öffnete sie und bot sie dem Mädchen an. Sie nahm sich einen einzigen Kartoffelchip heraus und leckte das Paprikapulver ab.

»Du wirst uns doch nichts tun?«

Falk war bei Kindern weitaus geduldiger als bei Erwachsenen. Er nahm es ihnen nicht übel, wenn sie trotz seiner Bemühungen nicht sofort erkannten, wie gut er es mit ihnen meinte.

»Euch wird nichts geschehen. Ich möchte wie ein Vater zu euch sein. Wie ein guter Vater.«

Sie ließ den Chip in ihrem Mund verschwinden und sah Falk mit zusammengekniffenen Augen an, als frage sie sich, ob er das wirklich ernst meinte.

»Aber Sie … du kannst doch nicht so einfach unser Vater sein. Wir haben doch schon einen. Das würde doch auffallen.«

»Es ist auch nur vorübergehend, damit ihr wisst, wie es ist, wenn man mit einem Vater zusammenlebt, der nicht ständig eure Mutter schlägt.« Er machte eine kurze Pause.

»Ich habe es mehrmals heimlich gesehen.« Tanjas Gesichtsausdruck wurde angesichts der Erinnerung ganz ängstlich.

»Schon gut, Tanja.« Falk berührte ganz leicht ihre Hand. »Das wird nie mehr geschehen.«

»Aber irgendwann wird Papa zurückkommen.«

»Wer eurer Mutter so etwas antut, darf nicht mehr zurückkommen«, sagte Falk.

Tanja schwieg.

»Ich möchte dich noch etwas fragen«, begann Falk.

»Ich weiß, dass du etwas hinter den Mülltonnen versteckst. Würdest du mir verraten, was es ist?«

»Geld«, antwortete das Mädchen, ohne zu zögern.

»Aha! Und was willst du damit machen?«

»Wenn es genug ist, will ich es Mama geben. Damit wir den alten Bauernhof verlassen können.«

»Mit oder ohne deinen ehemaligen Vater?«

»Ohne!« Sie wirkte mit einem Mal sehr erwachsen.

»Du kannst dein Geld behalten«, sagte Falk. »Alles wird gut, Tanja.«

Falk glaubte, was er ihr versprach.

An die Männer, Frauen und Kinder, die er erstochen oder erstickt hatte, dachte er dabei nicht.

*

Falk hatte ein paar Vorräte eingepackt und in Lisas Küche ein Abendessen aus Süßkartoffelbrei, Steak und Erbsen in geschmolzener Butter zubereitet. Es war sein Lieblingsgericht.

Er deckte den Tisch im Wohnzimmer mit dem besten Geschirr, das er fand, und zündete ein paar Kerzen an. Er hatte auch eine CD mitgebracht: *Die vier Jahreszeiten* von Vivaldi. Eine, wie er fand, passende Untermalung für ein festliches Dinner.

Dabei fiel ihm ein, dass er die DVDs mit den Waltons vergessen hatte. Aber dafür war es vielleicht auch schon zu spät. Der Tag, der ihm ewig lang vorkam, fand langsam sein Ende.

Er befreite Lisa von den Handschellen und führte sie ins Wohnzimmer.

»Ich habe versucht, etwas typisch Amerikanisches zu kochen«, sagte er und rückte für Lisa den Stuhl vom Tisch. »Nimm bitte Platz. Ich hoffe, du hast Appetit.«

Er füllte ihr von allem etwas auf den Teller und lobte dabei den feinen Geschmack von Süßkartoffeln.

In ihrem Glas befand sich Rotwein. Falk beschränkte sich auf stilles Wasser. Es galt schließlich, einen klaren Kopf zu bewahren.

Er versuchte ein Gespräch in Gang zu bringen, aber Lisa wollte nur wissen, wie es den Mädchen ging. Als er von Tanjas ganz persönlichem Kalender berichtete, reagierte Lisa sehr betroffen.

»Ich habe immer versucht, es vor den Kindern zu verbergen. Selbst wenn er mir noch so weh getan hat, wollte ich nicht schreien.«

»Zumindest Tanja weiß ganz genau Bescheid. Sie hat sogar Geld gespart und es hinter den Mülltonnen versteckt. Sie träumt davon, dass es irgendwann einmal genug ist, um mit dir und Mia von hier zu verschwinden.«

Falk beobachtete ihre Reaktion genau. Lisa senkte den Blick, und als sie ihn wieder über den Rand des Weinglases ansah, waren ihre Augen ganz feucht. »Ich werde mich von Michael trennen und mir mit den Kindern Hilfe suchen.«

»Das ist ein guter Ansatz«, sagte Falk. »Aber wie ich diesen Michael einschätze, wird er euch nicht so einfach gehen lassen. Du und die Mädchen wärt nirgendwo sicher.«

»Es gibt Frauenhäuser«, entgegnete Lisa. »Ich könnte ihn anzeigen.«

»Davon wird er sich nicht abschrecken lassen.« Er schob den erst halbleeren Teller zur Seite. »Ich weiß, wozu solche Kerle fähig sind.«

Falk erzählte von seinem Vater, den nicht enden wollenden Gewaltexzessen und schließlich von jenem Tag, an dem er Falks Mutter beinahe in der Toilettenschüssel ertränkt hätte.

»Ich konnte meiner Mutter nicht helfen, er hat gedroht, sie sonst auf der Stelle zu töten.« Er lehnte sich zurück und schloss für ein paar Sekunden die Augen. Die Erinnerungen waren so intensiv, dass er die panische Angst wieder spürte, die ihm sein Vaters damals eingejagt hatte.

Schließlich sagte er: »So etwas dürfen Tanja und Mia nicht erleben.« Er tippte sich mit dem Finger mehrmals hektisch gegen die Stirn. »Das kriegen sie da oben niemals mehr raus. Verstehst du! Niemals!«

»Wie soll es dann weitergehen?«, fragte Lisa.

»Michael Thom wird vor Gericht gestellt. Er schreibt in diesem Moment sein Geständnis, und ich möchte, dass du auflistest, was er dir alles angetan hat. So, dass es Tanja und Mia verstehen.«

Er konnte Lisa ansehen, dass sie nicht wusste, worauf er hinauswollte.

»Du und die Kinder, ihr seid das Gericht. Niemand kann besser über ihn richten als die, die er gequält hat.«

»Die Kinder sollen über ihren Vater richten?« Ihr Blick zeigte Fassungslosigkeit.

»Damit sie das auch wirklich können, musst du die Liste mit seinen Verbrechen schreiben.«

»Und wie soll das Urteil lauten?«

Falk stand auf, ging zur Stereoanlage und drehte Vivaldi ab. Er hätte sich jetzt gern ein wenig kaltes Wasser ins Gesicht gespritzt.

»Michael Thom muss weg!«, sagte er laut. »Für immer!«

Ehe Lisa reagieren konnte, ging er um den Tisch herum und nahm ihren Teller vom Tisch. Dabei fielen ein paar grasgrüne Erbsen vom Teller und kullerten über die Tischdecke.

Sie hatte das Essen kaum angerührt.

»Es ist schon spät«, sagte er. »Du solltest trotzdem mit der Liste anfangen. Wir haben keine Zeit zu verlieren.« Um seiner Aufforderung Nachdruck zu verleihen, rüttelte er an ihrer Stuhllehne. Dabei hielt er den Teller so schief, dass zuerst etwas Fett auf Lisas Pullover tropfte und schließlich das Steak in ihrem Schoß landete.

»Das ist deine Schuld«, sagte er. Auf ihrem Kopf, genau da, wo der Scheitel ihr Haar teilte, entdeckte er eine Erbse.

Falk lachte. Er brachte den Teller in die Küche und lachte immer heftiger. Der Teller landete in der Spüle, und er musste immer weiterlachen, obwohl ihm seine Reaktion mittlerweile selbst völlig überzogen vorkam. Er drehte den Wasserhahn auf, hielt zuerst seine Handgelenke unter den kalten Strahl und benetzte dann sein Gesicht.

Sein Gelächter wurde zu einem leisen Kichern und verstummte.

Es ist die Anspannung, sagte er sich und kehrte ins Wohnzimmer zurück. Lisa hatte in der Zwischenzeit ihr Steak auf seinen Teller gelegt. Auch die Erbse war aus ihrem Haar verschwunden.

»Nachtisch fällt aus«, verkündete er. »Geh in Tanjas Zimmer und beginn endlich mit der Liste.«

*

Er gab ihr eine halbe Stunde Zeit. Währenddessen spülte er das Geschirr überaus gründlich und brachte die Essensreste in den Müll.

Er hörte sie im Zimmer ihrer Tochter leise schluchzen. Als er die Treppe hinaufging, verstummte sie sofort. Lisa saß am Schreibtisch. Vor ihr lagen ein paar weiße Blätter, von denen eines noch nicht einmal zur Hälfte beschrieben war.

»Darf ich mal sehen?«, fragte Falk.

Ihre Antwort verstörte ihn ein wenig.

»Es ist fast wie in meinem Traum. Ich schaffe die Aufgabe nicht.«

Falk ging nicht darauf ein, nahm das Blatt in die Hand und überflog die wenigen Sätze.

»Ich sagte, du sollst so schreiben, dass es die Kinder verstehen.« Er zerriss das Blatt in viele kleine Schnipsel und warf sie in die Luft. »Aber das hier ist *Heidschi Bumbeidschi*. Märchenstunde! Noch mal das Ganze! Fang mit den Zigaretten an. Wie weh es tat und wie es riecht, wenn dein Fleisch verbrennt. Kapiert?«

Sie zog den Kopf ein und hielt den Blick auf den Schreibtisch gerichtet. »Das kann ich den Kindern nicht schreiben. Mia ist erst fünf.«

»Doch!«, beharrte Falk. »Weil es die Wahrheit ist.« Er senkte seine Stimme ein wenig. »Ich gebe dir noch einmal eine Viertelstunde. Es reicht, wenn du ein paar Sätze schaffst. Morgen ist auch noch ein Tag.«

Als er nach Ablauf der Frist zurückkehrte, stellte er zwei Gläser Rotwein auf den Schreibtisch. Ein einziges Glas würde ihn schon nicht umwerfen.

Er war wieder völlig ruhig. Der Text war besser, ehrlicher. Lisa hatte zwar nicht mit der Zigarettenfolter begonnen, aber sie schilderte einen von Thoms Wutausbrüchen – der Auslöser war tatsächlich zu kaltes Essen gewesen – ziemlich anschaulich.

»Viel besser«, sagte Falk. »Morgen machst du dann weiter.«

Lisa sah erleichtert aus.

Er reichte ihr das Weinglas und prostete ihr zu. »Darauf sollten wir uns einen Schlummertrunk genehmigen.«

*

Er fesselte sie dieses Mal nicht an den Bettpfosten, wünschte ihr eine Gute Nacht und schloss noch nicht einmal die Zimmertür ab. Sie würde sanft einschlummern. Ihr Glas hatte ein nicht allzu starkes Schlafmittel enthalten.

Falk wollte auf dem Sofa im Wohnzimmer übernachten, aber kaum hatte er sich die Schuhe ausgezogen und sich ausgestreckt, da stellte er fest, dass er trotz der Anstrengungen des Tages überhaupt nicht müde war.

Er lauschte einige Zeit den Geräuschen des alten Gebäudes. Dem Knistern und Knacken im Gebälk. Einmal vernahm er ganz deutlich das Trippeln eines kleinen Tieres in unmittelbarer Nähe.

Schließlich stand er auf und ging ins Obergeschoss. Vor Tanjas Zimmer blieb er kurz stehen und lauschte. Durch die Tür drang nicht das geringste Geräusch von Lisa.

Es waren nur wenige Schritte bis zum Elternschlafzimmer. Er wollte sich dort noch einmal umsehen, um sicherzugehen, dass Thom nicht irgendwo eine Waffe versteckt hatte. Das würde zu dem Kerl passen.

Aber als er die Schränke und Schubladen durchsuchte, fand er noch nicht einmal ein Taschenmesser. Stattdessen nahm er einen von Lisas Slips in die Hand, betastete den hauchdünnen Stoff, der sich wie Seide anfühlte, und legte ihn dann wieder vorsichtig zurück. Er hätte sich zu gern die Latexhandschuhe ausgezogen.

Falk trat gegen das Wasserbett, und es antwortete wieder mit einem Gluckern und Schmatzen.

In einem der Nachtschränke fand er eine fast leere Schachtel Zigaretten und ein Feuerzeug. Zuerst setzte er sich auf den Rand der Matratze, aber dann ließ er sich nach hinten fallen und genoss das stetige Auf und Ab unter seinem Körper. Er dachte wieder an Thom, der hier über Lisa hergefallen war.

Es wird ihr zuwider gewesen sein. Vielleicht hat sie es ganz am Anfang gemocht, aber später nicht mehr. Auf gar keinen Fall! Das arme Ding!

Falk zündete sich eine der filterlosen Zigaretten an. Das erste und einzige Mal hatte er mit seinem verrückten Freund Gerrit an einer Zigarette gezogen. Damals hatte er im Gebüsch eines Spielplatzes so getan, als ob ihm das gefiele. In Wirklichkeit hätte er sich beinahe übergeben. Obwohl er es auch jetzt vermied, den Rauch einzuatmen, musste er husten. Er überwand sich und zog erneut, bis die Glut orange schimmerte. Ganz langsam führte er die Zigarettenspitze an die Unterseite seines linken Ellbogens. Dorthin, wo die Haut dünn und empfindlich war. Er spürte die Hitze schon aus wenigen Zentimetern Entfernung. Entschlossen drückte er die Glut in sein Fleisch. Zuerst kam der Schmerz. Der Geruch war gar nicht so schlimm, er erinnerte an Gegrilltes.

Falk zählte langsam bis drei und kämpfte dagegen an, auch nur den geringsten Laut von sich zu geben. Dann ging er ins Badezimmer und wusch die kreisrunde Brandwunde gründlich aus.

Die Narbe wird mich für immer an Lisas Leid erinnern.

Kapitel zwölf

Gegen acht Uhr in der Frühe brachte er Lisa das Frühstück ans Bett und weckte sie sanft. Falk sah zu, wie sie sich das Haar aus dem Gesicht strich, ihn verschlafen anblickte und das Glas mit dem Orangensaft mit mehreren Schlucken leerte.

Er saß in dem Sessel und fühlte sich gut. Zwar schmerzte die Wunde am Arm noch etwas, aber das erinnerte ihn nur daran, seine Gedanken keusch zu halten. Schließlich war er davon überzeugt, dass er nur so seine Aufgaben erledigen konnte.

»Kann ich heute Tanja und Mia sehen?«, fragte sie.

Falk ließ sich nicht anmerken, dass ihn diese Fragerei nervte. Lisa musste doch verstehen, dass ihre Beziehung so etwas noch nicht zuließ?

»Bald«, antwortete er. »Ich werde jetzt nach den Mädchen schauen.«

Lisa sprang aus dem Bett, verlor die Balance, und Falk musste sie auffangen. Auch das leichte Schlafmittel zeigte immer ein paar Nachwirkungen. Konzentrationsschwäche und Schwindelgefühl.

»Nimm mich mit!« Sie klammerte sich an seinem Arm fest.

»Noch nicht«, sagte er bestimmt und wollte sie sanft zur Seite schieben, aber Lisa hielt sich weiterhin an ihm fest. »Es wäre besser für alle, wenn du ein paar Schritte zurücktrittst.« Seine Stimme wurde ein wenig lauter. »Wenn ich sage, dass du die Kinder bald siehst, wird es so sein. Du musst mir vertrauen.«

Lisa ließ ihn los. »Wann?« Ihre Augen, die von dem Schlafmittel verschleiert gewesen waren, wurden klar und groß.

»Wenn alles gut läuft, vielleicht schon morgen.« Er deutete auf das Tablett mit dem Frühstück. »Nun entspann dich und iss etwas.«

Falk winkte ihr zu und tat so, als wolle er das Zimmer verlassen. Auf der Türschwelle wandte er sich noch einmal um. »Auf das alberne Fesseln können wir von nun an verzichten. Oder, Lisa?«

Sie nickte eifrig.

Er nahm die ersten zwei mit Thoms Schandtaten beschriebenen Zettel vom Schreibtisch, faltete sie und steckte sie ein.

»Du solltest weiterschreiben.«

Falk holte den Mazda aus der Garage und bog dieses Mal rechts ab. Wenn Lisa ihn vom Haus aus beobachtete, was sie mit Sicherheit tat, war es gut, wenn sie ihn nicht immer in die gleiche Richtung wegfahren sah.

Er parkte in dem Waldweg, legte das Vogelkundebuch auf das Armaturenbrett und ging zu dem verlassenen Haus. Dort bezog er seinen Beobachtungsposten im ersten Stock und wartete.

Er nahm nicht an, dass Lisa so dumm sein würde, Hilfe zu holen. Dazu musste sie das Haus verlassen, denn Falk hatte die Handys verschwinden lassen und das Festnetz gekappt. Die Zündschlüssel zu Thoms Kombi und dem gebrauchten Golf steckten in seiner Jackentasche. Lisa müsste also zu Fuß gehen. Dann würde er sie einholen und zur Rechenschaft ziehen.

Aber auch nach einer Stunde hatte sie das Haus noch nicht verlassen.

Er wollte gerade seinen Beobachtungsposten verlassen, als er einen dunkelgrünen Kastenwagen bemerkte, der direkt vor Thoms Hofeinfahrt anhielt. Der Motor lief weiter. Rauchwölkchen stiegen aus dem Auspuff empor. Falk richtete sein Fernglas auf die Fahrerkabine. Undeutlich konnte er zwei Männer hinter der Frontscheibe erkennen.

Der Transporter fuhr auf den Hof, drehte im Schritttempo eine Runde und kehrte dann wieder auf die Straße zurück.

Vielleicht waren es Bekannte von Thom, die sich trotz des Schildes an der Einfahrt vergewissern wollten, ob tatsächlich niemand zu Hause war.

Lisa hatte offensichtlich keinen Mucks von sich gegeben.

Gutes Mädchen!

*

Horst Menning war bis vor einem halben Jahr der Bezirksbesamer gewesen. Ein Beruf, der korrekt als Besamungstechniker bezeichnet wurde. Auf den bierseligen Dorffesten musste er immer ein paar schlüpfrige Bemerkungen über sich ergehen lassen. Mennings Aufgabe war es gewesen, auf den Bauernhöfen dafür zu sorgen, dass aus brünstigen Kühen durch künstliche Befruchtung trächtige Kühe wurden.

Als Rentner konnte er sich nun ganz seinem Hobby, der Kaninchenzucht, widmen. Er wohnte am Ende einer Seitenstraße, und Falk hatte ihn gefragt, ob er ihm nicht ein Zwergkaninchen verkaufen wollte. Für die Kinder von Verwandten. Menning gab die Kaninchen aber nur paarweise ab. Es seien Herdentiere, die allein aggressiv würden, weil sie dann an Einsamkeit litten, sagte er.

Also kaufte Falk ein Weibchen und ein Männchen, das nach Aussage des ehemaligen Bezirksbesamers kastriert worden war. Als Zugabe erhielt er noch eine große Holzkiste, ein paar Karotten, Winteräpfel und Heu.

Als er den Kornboden betrat, saßen die Mädchen vor dem Fernseher und sahen sich einen Animationsfilm mit sprechenden Autos an. Zertretene Chips und Erdnussflips lagen überall herum, aber Falk wollte ihnen deshalb keine Vorwürfe machen. In einer für die Kinder ungewohnten Situation durfte man nicht allzu streng sein.

»Für euch, meine Süßen.« Er stellte die Kiste mit den Zwergkaninchen auf den Boden.

Mia wurde von dem Scharren in der Kiste angelockt und kroch auf allen vieren langsam näher.

Falk hob eines der winzigen braun-weiß gefleckten Tiere auf den Teppich.

»Oh!«, machte Mia. Das Kaninchen hockte nur da und zuckte mit den Ohren.

»Hier ist noch eins.« Das zweite Kaninchen machte gleich ein paar Hopser.

Mia streckte die Hand nach dem Tier aus und stieß es mit dem Finger an.

»Beißen die?«

»Nur, wenn ihr sie schlecht behandelt. Ich habe auch Futter mitgebracht.«

Tanja nahm das zweite Tier vorsichtig in beide Hände. »Dürfen wie die behalten?«

»Klar! Wenn ihr zu eurer Mutter zurückkehrt, nehmt ihr sie mit. Ich besorge auch noch einen schönen großen Käfig.«

»Papa hat uns Tiere verboten«, sagte Mia und streichelte ihrem Kaninchen über das weiche Fell.

»Das spielt jetzt keine Rolle mehr«, erwiderte Falk. »Die sind doch viel besser als Brabus. Was, Mia?«

Das Mädchen warf dem Stofftier auf ihrer Matratze einen kurzen Blick zu und sagte nach kurzem Überlegen: »Stimmt. Die sind ja auch echt.«

»Ihr seid natürlich für die Kaninchen verantwortlich. Dazu gehört auch, darauf zu achten, dass sie nicht überall hinmachen.«

»Iiih!«, machte Mia und musterte das Fellknäuel vor ihr, um es dann wieder zu streicheln.

Falk reichte ihr eine Karotte. »Vielleicht hat es Hunger.«

Das Kaninchen schnupperte an der Karotte und nagte sie dann an. Mia kicherte.

Bei der Überprüfung der Lebensmittel stellte Falk fest, dass von allem noch genügend vorhanden war. Er würde den Mädchen aber bald etwas Vernünftiges kochen müssen.

»Das soll ich dir von deiner Mutter geben.« Er reichte Tanja die beiden Zettel.

»Was ist das?«

»Lies es einfach, dann wirst du verstehen. Bis später.«

*

Thom hatte sich gar nicht klug verhalten. Nicht ein Wort hatte er zu Papier gebracht. Die Taschenlampe sei ihm aus den Händen gefallen und dabei kaputtgegangen. Der Kerl hatte sich noch dämlicher als Robert Wiese angestellt. Dem waren wenigstens nur die Batterien aus der Lampe gefallen.

»Leg alles, was von der Lampe übrig ist, neben der Kiste auf den Boden.«

Thom gehorchte. Glas und Glühbirne waren zersplittert. Falk kickte die Überreste zur Seite und warf seinem Angeklagten eine Tüte mit zwei altbackenen Brötchen zu. Er hatte Thom zuerst auch noch ein paar Bananen geben wollen, aber die würde er nun nicht mehr bekommen.

»Du wirst schreiben!«, befahl Falk. »Ich gebe dir eine zweite Lampe. Sollte es mit der ebenfalls ein Problem geben, schneide ich dich mit einer Rasierklinge in Streifen.«

»Okay!«, stotterte Thom. »Alles, was du willst.« Er schlang die Wolldecke um seinen Körper. »Es nur so furchtbar kalt.« Er hustete mehrmals. »Könnte ich bitte noch eine Decke und meine Kleidung bekommen?«

Es hatte keinen Sinn, zu riskieren, dass Thom ernsthaft krank wurde oder sogar erfror. Falk wusste, dass die Temperaturen selbst im Schweinestall gerade in der Nacht lebensbedrohlich fielen. Gleich nebenan in der Scheune stand ein weiterer Ölradiator, von dem er allerdings nicht wusste, ob er noch funktionierte. Er war auch bereit, Thom eine zweite Decke zu geben.

»Du verhältst dich ganz still«, sagte Falk. »Ich bin sofort wieder da.«

Eine fettige Schmutzschicht überzog den Radiator. Falk säuberte das Gerät notdürftig mit einem Lappen, schob die Heizung dann ein paar Meter bis zur nächsten Steckdose und schloss sie probeweise an. Die rote Kontrollleuchte brannte. Mit dem Ding würde er die Temperatur wenigstens um ein paar Grad anheben können. Das musste für Thom reichen.

Auf dem Weg in den Stall brach eines der winzigen Räder des Radiators ab. Fluchend schob er die Heizung weiter.

Thom stand nicht länger vor Kälte bibbernd in der Kiste. Die Kiste war leer. Der Haken, an dem die Kette befestigt war, fehlte. Auf dem Boden lag eine Glasscherbe. Thom war es mit der Scherbe gelungen, den Haken aus dem Holz der Kiste zu lösen.

Das hätte mir nicht passieren dürfen!

Ein einziger Blick reichte aus, um zu erkennen, dass der Flüchtige sich nicht im Stall versteckte. Es musste ihm gelungen sein, sich auf nackten Füßen an Falk vorbeizuschleichen, während der sich mit der Heizung beschäftigt hatte. Das Tor der Scheune war der einzig mögliche Fluchtweg.

Falk hetzte zum Scheunentor. Er sah, wie Thom den asphaltierten Feldweg erreichte, der geradewegs ins Dorf führte. Wenn jetzt eines der seltenen Fahrzeuge vorbeikam, war alles vorbei. Falk setzte sich hinters Steuer seines Wagens und raste mit durchdrehenden Reifen über den Hof.

Du verdammte Sau!

Thom rannte in der Mitte des Wegs. Er war völlig nackt, vermutlich weil ihn eine Wolldecke nur behindert hätte. Die Furcht ließ ihn die Kälte nicht spüren. Die Kette baumelte lose an seinem Handgelenk.

Falk trat das Gaspedal durch. Der Kerl war nur ein paar Wagenlängen vor ihm.

Thom hörte das Motorengeräusch und warf einen Blick über die Schulter. Für Falk sah er dabei aus wie ein verschreckter Affe.

Ehe ihn der Wagen einholte, sprang Thom in den Graben neben dem Asphaltweg. Schlammiges Wasser spritzte dabei hoch. Die Temperatur war noch nicht so tief gefallen, dass es gefror.

Falk bremste scharf, ließ den Motor laufen und stieg

mit der Waffe im Anschlag aus. Ein Blick nach allen Seiten zeigte ihm, dass sie allein waren. Noch.

Thom krabbelte auf allen vieren aus dem Graben und erreichte den Acker. Der Boden war vor geraumer Zeit gepflügt worden und bestand jetzt aus großen und harten Erdbrocken, die ein schnelles Weiterkommen ohne festes Schuhwerk fast unmöglich machten.

Der Morgen war feucht und diesig. Die Bäume des Wäldchens in zweihundert Meter Entfernung zeichneten sich als schwarze Schemen vor dem grauen Himmel ab. Dorthin wollte Thom fliehen.

Falk überwand den Graben mit einem Sprung und rief: »Bleib stehen! Oder ich knall dich ab!«

Thom reagierte nicht und bewegte sich mit unsicheren Schritten vorwärts.

Der nackte Mann auf dem kahlen Acker gab ein beinahe surreales Bild ab.

Falk wollte es vermeiden, einen Schuss abzugeben. Das Geräusch würde weit zu hören sein und Aufmerksamkeit erregen. Aber so wie es aussah, konnte er auf den Einsatz seines Revolvers verzichten. Er kam schnell voran und hatte den Flüchtigen fast eingeholt. Thom drehte sich immer wieder um, und jedes Mal wurde sein Gesicht dabei panischer. Er trat auf einen besonders großen Erdhaufen, knickte mit einem Schmerzensschrei um und ging in die Knie. Mühsam schraubte er sich wieder hoch, versuchte einen weiteren Schritt und ächzte laut.

Falk war jetzt direkt hinter ihm und trat ihm in die rechte Kniekehle. Thom versuchte wieder auf die Füße zu kommen, drehte und wand sich, aber Falk versetzte ihm einen weiteren Tritt in die Seite. Thom kippte nach vorn und schnappte würgend nach Luft.

Das Brummen eines Flugzeugs lenkte Falk kurz ab.

Die Maschine befand sich im Anflug auf den Dortmunder Flughafen, war aber noch viel zu hoch, als dass die Insassen erkennen konnten, was sich auf dem Acker unter ihnen tat. Zudem war die Sicht nicht klar.

»Zurück zum Wagen«, befahl Falk.

Thom kotzte auf den Boden. Falk zerrte ihn an der Kette hoch und schubste ihn vor sich her. Bei jedem Schritt stieß Thom ein Wimmern aus.

»Mach schneller! Sonst schieß ich dir in den Kopf«, sagte Falk mit Blick auf das nahe Dorf, von dem er nun ein paar Dachgiebel hinter Bäumen sehen konnte.

Thom versteifte sich, und ohne sich umzuwenden, keuchte er: »Mach doch! Ist mir scheißegal! Ich kann nicht mehr!«

»Du Heulsuse!«, entgegnete Falk und schlug ihm mit dem Revolver auf den Hinterkopf.

Thom gab ein Geräusch von sich, das sich für Falk so anhörte, als hätte er *Waffel* gesagt, was natürlich völlig absurd war, und fiel um.

Die restlichen Meter bis zum Wagen zerrte er den Bewusstlosen mit sich. Im Graben fluchte er laut, weil er sich unweigerlich mit dem Dreckwasser beschmutzte.

*

Falk brachte den Mann zurück in die Kiste und legte ihm Handschellen an. Davon besaß er eine ganze Menge. Nachdem er die Kiste sorgfältig verschlossen hatte, begann er damit, den Hochdruckreiniger in der Scheune zu zerlegen. Er überlegte, wie er ihn entsorgen könnte, und entschied, die Einzelteile an verschiedenen Stellen zu entsorgen, wo sie so leicht nicht zu finden wären. Das erschien ihm als sicher und war einfach durchzuführen.

Dafür benötigte er über eine Stunde. Als er fertig war, stand der Zeiger seiner Armbanduhr auf elf Uhr. Er verstaute die Teile des Reinigers auf der Ladefläche seines Wagens unter der Gepäckraumabdeckung. Anschließend wusch er sich und wechselte die durchnässte und verschwitzte Kleidung. Zum Abschluss holte er die DVD-Box der Waltons aus dem Wohnzimmer und legte sie auf den Beifahrersitz. Das Foto mit der amerikanischen Fernsehfamilie, die ihn lächelnd und in ihrer besten Festtagskleidung anstrahlte, besserte gleich seine Laune. Die Serie würde Lisa sicher gefallen.

Im Dorf war gerade der Sonntagsgottesdienst zu Ende. Falk ließ eine Gruppe älterer Frauen über die Straße und winkte ihnen freundlich zu. Er kannte die meisten von ihnen.

Am Ortsende bog er auf die Bundesstraße in Richtung Unna. Nach nur einem Kilometer sah er die Bremslichter des vor ihm fahrenden Wagens aufleuchten. Links und rechts standen Polizeiwagen und verengten so die Straße zu einer einzigen schmalen Fahrspur.

Eine Kontrolle!

Mindestens ein Dutzend uniformierter Polizisten war daran beteiligt. Kurz ging Falk der Gedanke durch den Kopf, dass sie nach ihm suchten. Aber das war absurd, hier ging es um etwas anderes. Es gab für ihn ohnehin kein Zurück. Ein Wenden hätte ihn verdächtig gemacht.

Ein kleiner Peugeot wurde von den Polizisten durchgelassen. Zwei weitere Fahrzeuge, ein tiefergelegter Golf mit monströsem Sportauspuff und ein weißer Lieferwagen, waren noch vor ihm.

Auch für den Golf interessierte sich die Polizei nicht, obwohl der Wagen einen ziemlichen Lärm machte. Es konnte sich also nicht um eine normale Verkehrskontrolle handeln, dafür war der Aufwand auch viel zu groß.

Der Lieferwagen musste auf den Randstreifen fahren. Ein Polizist mit einer Kelle betrachtete seinen alten Kombi zunächst ein wenig unentschlossen, kam dann aber auf die Fahrerseite und machte Falk mit einer Handbewegung deutlich, dass er sich hinter den Lieferwagen einreihen sollte.

Falk kurbelte die Seitenscheibe herunter. »Was ist denn los?«

»Fahren Sie bitte an den Rand und stellen Sie den Motor ab«, erwiderte der Polizist nur.

Falk überlegte, ob ihm der zerlegte Hochdruckreiniger auf der Ladefläche Schwierigkeiten bereiten konnte. Wussten die Beamten vor Ort überhaupt etwas über die Ermittlungen der Dortmunder Kripo? Gab es eine allgemeine Suche nach einem solchen Reiniger?

Falk versuchte ganz ruhig zu bleiben.

Der Fahrer des Lieferwagens musste aussteigen und die Tür zum Laderaum öffnen. Dort stapelten sich aber nur ein paar ordentlich mit Haltegurten gesicherte Holzpaletten.

Ein höchstens zwanzigjähriger Polizist, der sich bei seiner letzten Rasur etliche Schnittwunden zugefügt hatte, trat an Falks Wagen. Er verlangte Führerschein und Fahrzeugpapiere und bat ihn, auszusteigen.

»Habe ich etwas falsch gemacht?«, fragte Falk freundlich.

Ehe der junge Polizist antworten konnte, vernahm Falk eine vertraute Stimme.

»Herr Stucke! Das ist ja ein Zufall!«

Es war Eva Flessner. In ihrer Uniform und mit der Dienstmütze hätte er sie beinahe nicht erkannt.

»Hallo!«, rief er und wusste, dass er jetzt wirklich ein ernstes Problem hätte, wenn sie den zerlegten Hochdruckreiniger bei ihm entdeckte.

Und den Revolver im Handschuhfach!

»Schon gut, Olaf«, sagte sie zu dem jungen Kollegen. »Ich mache das schon.«

Der Polizist ging zu einem weiteren Wagen, der gerade am Straßenrand anhalten musste.

»Um was geht es denn hier?«, fragte Falk und schenkte Eva Flessner ein Lächeln, das sie sofort erwiderte.

»Metalldiebe«, antwortete sie. »Organisierte Banden klauen mittlerweile in großem Stil. Seien es nun zentnerweise Kabel vom Bauhof oder die Dachrinnen von Kirchen. Denen ist nichts heilig.«

»Furchtbar«, sagte Falk.

»Gerade an den Wochenenden sind die besonders aktiv. Wir stehen schon seit geraumer Zeit hier.«

»Und hatten Sie Erfolg?«

Die Polizistin deutete auf einen dunkelblauen Mercedes Sprinter. »Der ist uns zumindest ins Netz gegangen.«

»Ich habe jedenfalls keine Dachrinnen geladen«, sagte Falk lachend.

Eva Flessner sah spaßeshalber kurz in den Innenraum des Mazdas und fragte: »Sind Sie sicher?«

»Keine Dachrinnen, keine Drogen, keine Leichen«, erwiderte er. »Sogar die DVDs auf dem Beifahrersitz habe ich gekauft und nicht illegal kopiert.«

Sie musterte ihn mit einem Blick, den er nicht zu ergründen wusste. »Heute haben Sie übrigens Ihr Rasierwasser vergessen.«

Ein Kollege rief nach ihr. Eva Flessner reichte Falk die Hand. »Ich muss wieder an die Arbeit.«

»Auf bald«, sagte er.

»Alles in Ordnung«, teilte sie den Kollegen mit.

Falk setzte sich hinters Steuer und hob zum Abschied grüßend die Hand.

Eine nette Frau!

Dann fuhr er auf eine nahe gelegene Mülldeponie und entsorgte den Hochdruckreiniger. Stück für Stück.

Kapitel dreizehn

Lisa sah, dass der Mann, der sich zuerst Arno und jetzt Falk nannte, zurückkehrte und seinen Wagen in der Werkstatt abstellte.

Er war mehrere Stunden weggeblieben. Alle nur möglichen Szenarien hatte sie in der Zwischenzeit durchdacht. Da das Telefon nicht funktionierte, hätte sie zu den nächsten Nachbarn laufen müssen.

Was würde geschehen, wenn ihn jetzt die Polizei in Empfang nähme? Würde sie von ihm erfahren, wo Tanja und Mia steckten? Welche Möglichkeiten gab es für die Polizei, ihn zu der Information zu zwingen? Sie durfte keine Gewalt anwenden, aber da hatte es doch mal einen Fall mit einem entführten Jungen gegeben, bei dem man dem Täter mit Folter gedroht hatte. Vielleicht waren die Polizisten auch bei diesem Falk dazu bereit. Wo doch zwei kleine Mädchen in Gefahr waren. Aber wenn er trotzdem schwieg, wären die Mädchen vielleicht verloren. Sie hielt den Mann für verrückt genug, allen Drohungen und auch angewandter Gewalt zu widerstehen und Tanja und Mia aus Rache einfach irgendwo sterben zu lassen. Er konnte sie an jedem beliebigen Ort eingesperrt haben. Sicher würde er es der Polizei nicht so leichtmachen, sie bei sich zu Hause gefangen zu halten.

Am Ende hatte Lisa nichts unternommen. Nur eines

der Steakmesser aus der Küche hatte sie hinter dem Schuhschrank im Flur versteckt. Um es schnell erreichen zu können, musste sie den Schrank zwei Zentimeter von der Wand abrücken. Sie hoffte, dass Falk es nicht bemerken würde. Es war nicht ausgeschlossen, dass er, während sie schlief, auch das Besteck gezählt hatte. Aber dieses Messer sollte ihre allerletzte Versicherung sein. Wenn alles aus dem Ruder lief und sie erkannte, dass sie bald sterben würde.

Sie öffnete die Haustür für ihn. Er trat sich die Schuhe auf der Fußmatte ab und drückte sie kurz an sich, als wären sie zwei Liebende.

»Das Glück ist auf unserer Seite«, sagte er. »Beinahe wäre ich nicht zurückgekehrt.«

»Was war denn los?«, fragte Lisa.

»Nichts weiter. Alles ist gut.« Er zeigte ihr die DVD-Box. »Hättest du Lust, dir eine Folge mit mir anzusehen?«

Sie nickte, ohne richtig wahrzunehmen, was er von ihr wollte. »Wie geht es Tanja und Mia?«

Er schob die Unterlippe vor wie ein trotziger Schuljunge. »Was denkst du denn? Dass ich sie in einer Kiste eingesperrt habe, in der es dunkel und eiskalt ist? Es geht ihnen hervorragend. Ich habe ihnen sogar zwei Zwergkaninchen geschenkt.«

»Zwergkaninchen«, wiederholte Lisa.

»Genau. Ich hoffe doch, dass sie die behalten dürfen. Auch wenn ich nicht mehr bei euch sein kann.«

Auch wenn ich nicht mehr bei euch sein kann. Dieser Satz brachte ihren allergrößten Wunsch auf den Punkt. Gleichzeitig weckte er ein wenig Hoffnung. Vielleicht ging am Ende doch alles gut. Sie musste eben alles tun, um ihn bei Laune zu halten. Es würde ihr nicht schwerfallen, für ihn Ehefrau, Geliebte, Mutter zu sein. Oder was auch immer sie in seinem kranken Hirn darstellte.

»In dieser Staffel ist eine meiner Lieblingsfolgen enthalten. Der gutmütige, aber leider auch leichtgläubige Kaufmann Ike Godsey bekommt ein Riesenproblem, weil er sich auf Pump einen großen Posten Kühlschränke aufschwatzen lässt, die überhaupt nicht funktionieren. Zum Glück helfen ihm die Waltons.«

Lisa hatte nicht die geringste Ahnung, wovon der Mann redete, aber angesichts seiner nahezu kindlichen Begeisterung musste sie irgendwie reagieren.

»Klingt toll.«

Er hielt ihr die Pappbox mit dem Foto einer grinsenden Großfamilie vors Gesicht.

»In Waltons Mountain steht man füreinander ein. Wäre schön, wenn das auch in unserer Realität so wäre.« Er blickte sie fragend an. »Du kennst die Serie gar nicht, stimmt's?«

Sie hoffte, dass sie ihn mit der Wahrheit nicht verstimmte. »Leider nein.«

»Dann müssen wir das aber sofort ändern.« Er hängte seine Jacke an die Garderobe. Der Revolver steckte seitlich in seinem Hosenbund.

»Setz dich schon mal ins Wohnzimmer. Ich mache uns einen Kaffee. Haben wir Plätzchen im Haus?«

»Im Küchenschrank unten links sind Schokowaffeln«, hörte sie sich sagen. Er benahm sich wie ein treusorgender Ehemann. Nur hatte er ihre Kinder irgendwo eingesperrt und trug eine Schusswaffe. Für einen Moment war ihr so, als müsste sie lachen und weinen zugleich. Die Situation war ebenso grotesk wie gefährlich.

*

Obwohl Lisa die ganze Zeit auf den Fernseher gestarrt hatte, um Falk Interesse vorzutäuschen, konnte sie sich schon unmittelbar nach dem Ende der Folge nicht daran erinnern, worum es überhaupt gegangen war.

Falk hingegen amüsierte sich prächtig, und bei einigen Szenen hatte er leise die Dialoge mitgesprochen.

»Wie hat es dir gefallen?«, fragte er.

»Sehr gut. Es strahlt so eine ... Harmonie aus.« Sie hoffte, dass er sie jetzt nicht noch nach Details wie *Wen fandest du am besten?* aushorchte.

Vor Beginn der Folge hatte er noch eine zehnminütige Einführung in die Welt der Waltons gegeben.

»Wir werden uns später noch eine Folge ansehen«, verkündete er. »Wusstest du, dass der ehemalige US-Präsident Bush gesagt hat, man brauche eine Nation, die mehr wie die Waltons und weniger wie die Simpsons sei?«

»Ach«, erwiderte Lisa und dachte, wie verdammt egal ihr das alles war. Aber sie ermahnte sich dazu, mehr Interesse zu heucheln. »Da hat der Präsident wohl recht. Die Waltons lassen sich nicht unterkriegen.«

Ihre Antwort schien ihm zu gefallen, denn er bedachte Lisa mit einem so sanften Blick, als wäre er in sie verliebt. Sie ekelte sich und lächelte. Sie hoffte, dass ihr Lächeln gut gelang, denn es war Schwerstarbeit.

»Ich nehme mal an, während meiner Abwesenheit hattest du keinen Besuch?« Sein Gesichtsausdruck veränderte sich nicht.

»Nur ein Lieferwagen hat auf dem Hof gewendet«, antwortete sie wahrheitsgemäß.

»Ich weiß«, sagte Falk. »Ich habe ihn auch gesehen.«

Er beobachtet mich! Auch dann, wenn ich glaube, er ist schon längst weg.

Gänsehaut bildete sich auf ihren Armen. Wie gut, dass sie sich ruhig verhalten hatte.

»Kanntest du die Leute oder das Fahrzeug?«

Lisa schüttelte den Kopf. »Nein. Es hatte ein Bochumer Kennzeichen. Das habe ich mir gemerkt.«

»Fein.« Der Mann ließ ein breites Grinsen sehen. Auf Lisa wirkte es furchteinflößend und ein wenig irre, aber es war ihr immer noch lieber als dieser Blick eines Frischverliebten.

»Du hast dich toll verhalten. Ich finde, wir sollten einen Familientag veranstalten.«

Lisa sah ihn fragend an. »Wie geht das?«

Falk verdrehte die Augen. »Herrje! Hat dein Ex etwa nie etwas mit dir und den Mädchen unternommen? Das hätte ich mir denken können.«

»Nein, das ist es nicht.« Lisa formulierte ganz vorsichtig und bedacht, um den Mann nicht wieder in Rage zu bringen. »Aber für einen Familientag muss doch die Familie zusammen sein. Aber Tanja und Mia sind nicht hier.«

»Bingo!« Er schnalzte mit der Zunge und pikste mit dem Zeigefinger in ihre Richtung. »Daher werde ich eines der Mädchen holen. Welches? Tanja-Schatz oder die süße Mia?«

»Beide!«, entfuhr es Lisa spontan, und leiser fügte sie ein »Bitte!« hinzu.

»Das geht noch nicht«, sagte Falk, der sich für Lisa unerträglich wichtigtuerisch anhörte. »Aber wenn es weiterhin so gut läuft, sind wir bald alle vereint.«

»Warum nicht jetzt schon?« Lisa hatte die Vision, dass es ihr gelingen würde, den Mistkerl umzubringen – vielleicht mit dem Steakmesser hinter dem Schuhschrank –, wenn nur die Kinder in Freiheit waren.

Jetzt drohte er ihr schelmisch mit dem Finger. »Ich verstehe, dass du als Mutter nicht entscheiden möchtest, welches der Mädchen uns besuchen darf. Ich werde es dann eben vor Ort entscheiden.«

»Mia ist zu klein, um allein zu bleiben«, sagte Lisa. »Sie wird sich ohne ihre große Schwester fürchten.«

Noch mehr, als sie es jetzt schon tut, du Dreckschwein!

»Sie ist nicht mehr allein. Du vergisst die Kaninchen«, erwiderte Falk. »Ach, jetzt mach doch bitte den Süßkartoffelbrei von gestern warm.«

*

In seiner Scheune legte er für die Mädchen wieder die Arno-Verkleidung an. Er hatte sich schon längst für Tanja entschieden. Sie war alt und klug genug, um zu erkennen, dass es ihnen ohne Thom viel besser ging. Außerdem hatte sie bestimmt schon die ersten Seiten über das Leiden ihrer Mutter gelesen.

Doch zuerst wollte er nach Thom sehen. Nachdem er die Kiste entriegelt und geöffnet hatte, trat er mit der Waffe im Anschlag schnell ein paar Schritte zurück. Schließlich war sein Angeklagter nicht mehr an der Wand der Kiste angekettet, sondern trug nur Handschellen. Es bestand die Möglichkeit, dass er sich zu einem direkten Angriff auf Falk entschlossen hatte.

Doch Thom zeigte sich zunächst nicht und blieb hinter der Wand verborgen. Dem bestialischen Gestank zufolge musste er in die Kiste geschissen haben. Falk fragte sich, wie er den Kerl ohne Hochdruckreiniger sauber bekommen sollte. Nun: Das war ein Problem, das sich noch nicht stellte. Zurzeit durfte er ruhig in seinem eigenen Kot hocken bleiben.

»Zeig dich!«, rief Falk.

Ein Scharren drang aus der Kiste. Gefolgt von einem heiseren Ächzen. Thoms Kopf tauchte über dem Kistenrand auf. Sein gebräunter Teint war unangenehm käsig geworden. Das rechte Auge nässte.

»Sieh mal!« Falk klopfte mit der Hand gegen den Heizkörper, der in nur zwei Metern Entfernung von der Kiste stand. »Ich bin gnädig und habe es dir wärmer gemacht. Obwohl du versucht hast, dich einfach davonzuschleichen.«

»Krrr!«, machte Thom. Seine Kehle schien voller Schleim zu sein. Der Aufenthalt setzte ihm langsam ernsthaft zu. Als er den Mund öffnete, stellte Falk fest, dass dem Mann zwei Schneidezähne fehlten. Er musste sie sich bei dem Sturz auf dem Acker ausgeschlagen haben.

»Können … wir nicht irgendeinen Deal machen?«, brachte Thom hervor und zeigte noch immer nicht mehr als seinen ramponierten Schädel.

Falk warf ihm zwei der runzeligen Möhren zu, die ihm der ehemalige Bezirksbesamer für die Kaninchen mitgegeben hatte. Sie landeten neben Thom in der Kiste.

»Wie soll der aussehen?«, fragte Falk.

»Ich verschwinde einfach und werde mich nie wieder bei meiner Familie blicken lassen. Sie können alles behalten.«

»Du hast schon längst keine Familie mehr. Das kannst du knicken.« Falk sprach hastig und schlug mit der rechten Faust in die linke Handfläche.

Thom sah aus, als hätten ihn Falks Worte tief getroffen. Jetzt nässte auch das linke Auge. Es waren Tränen, und Thom schluchzte laut auf. »Was muss ich tun, um zumindest ein wenig wiedergutmachen zu können? Sag es mir! Bitte! Egal, was es ist! Ich bereue. Ich war ein

Arschloch … ein Schwein.« Er wurde immer leiser und legte die gefesselten Hände vors Gesicht.

Falk holte eine Taschenlampe, ein Exemplar ganz aus Kunststoff, aus der Jackentasche, legte sie vor sich auf den Betonboden und schob sie in Thoms Richtung. Sie prallte mit einem leisen Geräusch gegen die Kiste.

»Nimm die Lampe und schreib endlich dein Geständnis!«

Thom stand mit knirschenden Gelenken auf und musste sich weit über den Kistenrand beugen, um an die Lampe zu gelangen. Dabei verrutschte die Decke, in die er sich gewickelt hatte, und Falk wandte den Blick ab, weil ihn Thoms nackter Körper anwiderte.

»Lässt du mich wirklich am Leben, wenn ich alles aufschreibe?«, fragte der Mann, ging in die Hocke und verhüllte sich wieder.

Falk antwortete nicht.

»Warum soll ich es dann tun?« Thoms Schultern sackten ab. Er zeigte eine zutiefst verzweifelte Miene. Die so echt wirkte, dass selbst Falk sie nicht in Zweifel zog.

Deine Reue kommt zu spät! Viel zu spät! Außerdem hast du dich an die Regeln zu halten.

»Wie ich schon bei unserem letzten Gespräch sagte, kann ich dir den Aufenthalt hier noch wesentlich unangenehmer gestalten.«

»Bitte keine Rasierklinge«, sagte sein Gefangener leise.

»Du stinkst. Da müsste ich dir zu nahe kommen.« Er richtete den Lauf seiner Waffe auf eine Stelle direkt neben Thoms Kopf. »Ich bin ein sehr guter Schütze. Wenn ich will, trifft dich die Kugel da, wo es wirklich weh tut. Ohne dich sofort zu töten.«

Thom zog den Kopf ein und duckte sich dann ganz hinter dem Rand der Kiste.

»Das ist kindisch«, sagte Falk verärgert. Wenn der Kerl noch angekettet wäre, würde alles etwas einfacher sein. Er zielte auf die Kiste und drückte ab. Der Schuss hallte durch den Stall, und das Projektil blieb im Holz der vorderen Wand stecken.

»Ich schreibe! Ich schreibe ja!« Thoms Stimme überschlug sich.

»Dann zeig dich!«

»Aber du wirst nicht auf mich schießen?«

»Mach ich nicht«, erwiderte Falk.

Thom richtete sich wieder halb auf. Falk gab einen zweiten Schuss ab. Wie geplant zog die Kugel eine blutige Bahn direkt über die rechte Schulter des Angeklagten. Nicht mehr als ein Kratzer. Aber Falk wusste, dass selbst die harmloseste Schussverletzung beim Getroffenen immer einen enormen Eindruck hinterließ.

Thom ließ sich mit einem Schrei fallen und brüllte: »Du hast es versprochen!«

»Stimmt, aber gegenüber Subjekten wie dir muss man nicht ehrlich sein«, sagte Falk. »Beginn dein Geständnis, oder es wird noch viel schlimmer werden.«

Er ließ den Deckel zufallen und erhaschte dabei noch einen letzten Blick auf den Mann, der sich auf dem Kistenboden wand und ihn mit einem Auge anstarrte.

*

Auf dem Bildschirm des Fernsehers lief ein Märchenfilm, den keines der Mädchen zu beachten schien. Falk nahm an, dass sie sich einfach durch die Stimmen der Schauspieler nicht so allein fühlten. Er wünschte sich wirklich, die Mädchen bald wieder zu ihrer Mutter bringen zu können. Dort würde dann über Thom gerichtet werden, und alles wäre geregelt.

Tanja legte ein Buch zur Seite, als Falk in den Raum trat. Mia spielte mit den Kaninchen. Es war eine gute Idee gewesen, sie den Kindern zu schenken.

»Ich habe warmen Kakao mitgebracht.« Er stellte die Thermoskanne und die zwei Tassen auf dem Tisch ab. Dort lagen auch Lisas Zettel.

Tanja sah von ihrem Buch auf, und er war davon überzeugt, dass sie die Aufzeichnungen ihrer Mutter gelesen hatte.

»Habt ihr den Kaninchen schon Namen gegeben?«, fragte er.

»Ja«, sagte Mia und fügte stirnrunzelnd hinzu: »Die machen ganz schön viel Kacka.«

»Und wie heißen sie nun?«

Mia deutete auf eines der Kaninchen, das gerade unter dem Regal mit den Büchern verschwinden wollte. »Das ist Goldie. Das andere heißt Tanja Zwei.« Sie kicherte.

Ihre große Schwester schnaufte, als wollte sie sagen: *Die Kleine eben!*

»Hört zu«, begann Falk. »Glaubst du, Mia, dass du einen Moment allein auf die Kaninchen aufpassen kannst? Tanja muss mich kurz begleiten.«

»Wohin?«, fragte Tanja sofort.

»Wir fahren nur spazieren.«

»Dann will ich auch mit«, protestierte Mia. »Ich bleibe nicht allein.«

»Aber du musst doch auf Goldie und Tanja Zwei achtgeben.«

Mia verzog das Gesicht. Gleich würden Tränen fließen.

»Können wir denn nicht alle gemeinsam fahren?«, drängte Tanja.

»Beim nächsten Mal. Versprochen!«

Mia schluchzte mehrmals laut auf. Falk wollte ihr über das Haar streichen, aber sie wich abrupt aus und hätte sich dabei beinahe auf eines der Kaninchen gesetzt.

»Vorsichtig!«, sagte Falk. »Das war knapp.«

Mia erschrak und nahm das Kaninchen – Falk glaubte, dass es Goldie war – auf den Arm und drückte es gegen ihre tränennasse Wange.

»Es dauert wirklich nicht lange«, versuchte Falk sie zu trösten. »Du fütterst Goldie und Tanja Zwei, und dann sind wir auch schon wieder da.«

»Bestimmt?«, fragte Mia.

»Großes Ehrenwort!« Falk wollte die Kleine auf keinen Fall belügen. Das hatte sie, im Gegensatz zu ihrem Erzeuger, nicht verdient.

»Na gut«, sagte das Mädchen leise.

Ihre große Schwester hatte geschwiegen. Vielleicht, weil sie wusste, dass es besser war, nicht zu widersprechen. Ihr war klar, dass Falk niemand war, der nur Kakao brachte und Kaninchen verschenkte.

Nachdem Falk die Tür zum Kornboden verschlossen hatte, verband er Tanja mit einem Tuch die Augen. Er spürte, dass ihr das gar nicht gefiel, aber diese Vorsichtsmaßnahme ließ sich nicht vermeiden. Behutsam geleitete er sie bis zum Wagen. Draußen war es bereits dunkel. Nur im Westen glühten die Millionen Lichter des Ruhrgebiets und erleuchteten den Himmel, als würde dort ein immerwährendes Fest gefeiert.

Falk bat Tanja, sich im Fußraum vor dem Beifahrersitz zu verstecken. Sie war klein genug, um es nicht als allzu unbequem zu empfinden.

»Wo fahren wir hin?«, fragte sie.

»Zu deiner Mutter.«

Falk wählte erneut einen Umweg, damit es dem Mädchen so vorkam, als wäre sein Haus weiter entfernt vom Hof ihrer Eltern.

»Hast du gelesen, was deine Mutter geschrieben hat?«, fragte er sie nach einer Weile.

»Ja«, hörte er sie sagen. In der schwachen Armaturenbeleuchtung konnte er nur ihre Umrisse erkennen.

»Und?«

»Ich habe eine Menge davon gehört. Meistens ist es passiert, wenn ich schon im Bett lag.«

»Du sagtest, dass du heimlich nachgesehen hast«, bemerkte Falk.

»Ab und zu.« Ihr Tonfall machte klar, dass sie mehr von den Ausrastern ihres Vaters mitbekommen hatte, als für ein kleines Mädchen erträglich war.

*

Lisa drückte ihr Kind an sich, roch an seinem Haar und wollte es am liebsten nie mehr loslassen.

»Wie geht es Mia?«, fragte sie und hielt Tanjas Kopf mit beiden Händen fest.

»Gut«, antwortete Tanja mit einem kurzen Seitenblick auf Falk.

»Du kannst alles sagen. Wir haben keine Geheimnisse voreinander.« Er reckte den Kopf und stellte fest: »Das riecht aber nicht nach den Süßkartoffeln.«

»Spaghetti mit Tomatensauce«, sagte Lisa. »Das mögen die Mädchen am allerliebsten. Den Rest von dem Kartoffelbrei können wir ja essen.«

Sie konnte an seinem Gesichtsausdruck erkennen, dass ihm ihre Eigenmächtigkeit nicht behagte, aber er schwieg.

Nach dem Essen bemerkte Falk, dass Tanja die Aufzeichnungen gelesen hatte.

Lisa saß ihrer Tochter am Küchentisch gegenüber und fühlte sich furchtbar. Auf Falks Drängen hatte sie schon auf diesen ersten Seiten über die Verbrennungen geschrieben.

Sie wartete darauf, dass Tanja irgendetwas sagte, aber ihre Tochter fixierte einfach nur die Wand.

»Ich habe deiner Mutter von dem Geld hinter den Mülltonnen erzählt.« Falk stand im Türrahmen und beobachtete Mutter und Tochter. »Wie viel Geld hast du eigentlich schon zusammen?«

»Sechsunddreißig Euro und fünfzehn Cent.«

Lisa spürte, wie ihr Tränen über die Wangen kullerten. »Es tut mir so leid, mein Schatz.«

»Ich hasse ihn!«, stieß Tanja plötzlich hervor und ballte ihre kleinen Hände zu Fäusten. Dabei sah sie noch immer an ihrer Mutter vorbei. »Ich wünsche mir schon so lange, dass er einen Autounfall oder so was hat. Oder einfach nicht mehr wiederkommt. So wie jetzt!«

Lisa sprang auf und hielt ihre Tochter ganz fest. Jetzt weinten beide. So hemmungslos, dass sie beinahe das Atmen vergaßen.

Lisa konnte Falks Spiegelbild im Glas des Küchenfensters sehen. Durchscheinend wie ein Geist. Er lächelte.

Ihr kam der Gedanke, dass, wenn es ihr gelang, ihn jetzt zu töten, Tanja sie vielleicht zu ihrer kleinen Schwester führen konnte. Aber mit allergrößter Wahrscheinlichkeit wäre ein solcher Versuch zum Scheitern verurteilt. Sie verwarf die Überlegung sofort wieder.

Lisa konnte den Revolver zwar nirgendwo entdecken, aber Falk trug ihn sicher auch jetzt bei sich.

Ihre Gedanken konnte er jedenfalls nicht erraten, denn er lächelte noch immer.

»Wie wäre es, wenn wir etwas spielen?«, fragte er. »Irgendetwas mit Karten. Ihr dürft mich aber nicht absichtlich gewinnen lassen. Das mag ich nicht.«

*

Nach einer halben Stunde stellte Falk fest, dass es nun an der Zeit war, dass Tanja wieder zu ihrer Schwester zurückkehren musste. Schließlich hatte er versprochen, Mia nicht allzu lange allein zu lassen.

Lisa war hin- und hergerissen zwischen dem Wunsch, Tanja noch länger bei sich zu haben, und der Einsicht, dass Mia schon verzweifelt auf die Rückkehr ihrer großen Schwester wartete.

»Komm«, sagte Falk zu Lisa. »Begleite uns bis zu meinem Wagen.«

Sie hielt ihre Tochter bei der Hand und bewegte sich langsam, um den Abschied ein wenig hinauszuzögern.

Falk war wenige Schritte hinter ihnen. Sie hoffte, dass er in der Dunkelheit ebenso wenig sehen konnte wie sie, und hielt plötzlich inne, um so zu tun, als wolle sie Tanja noch einmal fest an sich drücken.

»Kannst du mir sagen, wo ihr versteckt werdet?«, flüsterte sie ihrer Tochter ins Ohr.

»Nein.«

Sie spürte Falks Hand auf ihrer Schulter und wusste nicht, ob er ihre Frage gehört hatte.

»Du kannst etwas für Tanjas Sicherheit tun«, sagte der Mann und drückte ihr ein Stück Stoff in die Hand. »Verbinde ihr damit die Augen.«

Falk ging zum Wagen, setzte sich hinters Steuer und startete den Motor. Als er die Scheinwerfer einschaltete, tanzten in ihren Lichtkegeln ein paar Schneeflocken. Bisher hatte es in diesem Winter überhaupt noch nicht geschneit.

Das Motorengeräusch übertönte ihre Worte, als sie Tanja hastig ein paar weitere Fragen stellte: »Wie lange bist du gefahren? Gibt es eine Möglichkeit für euch zu fliehen? Seid ihr in einem Keller?«

»Ich weiß es nicht genau«, antwortete Tanja. »Vielleicht eine halbe Stunde.«

Ehe sie weiterreden konnte, rief Falk: »Du musst ihr die Augen verbinden! Mach schon!«

Sie folgte seiner Anordnung, band ihr das Tuch aber so um, dass Tanja noch ein wenig von ihrer Umgebung erkennen konnte.

»Ich liebe dich, mein Schatz!«, sagte sie zu ihr. »Ich werde dafür sorgen, dass alles gut wird.«

Es war ein grässliches Gefühl, ihr Kind loszulassen und zuzusehen, wie es in den Wagen des Mannes stieg. Im Licht der Innenbeleuchtung zupfte Falk die Augenbinde zurecht. Danach musste Tanja sich in den Fußraum quetschen.

Hatte er den Trick mit der Augenbinde bemerkt, oder handelte er nur aus Routine? Solche Dinge konnten über Leben und Tod entscheiden.

Lisa entschied sich dafür, zukünftig noch folgsamer zu sein. Oder zumindest so zu erscheinen.

Die Bremslichter des Wagens leuchteten auf, und sie hörte, wie mit einem Knirschen der Rückwärtsgang eingelegt wurde.

Er weiß es! Er wird mich – uns – bestrafen!

Der Kombi hielt direkt neben ihr. Falk öffnete die Tür, stieg aber nicht aus. Er sagte: »Wenn Mia auch so gern deine Spaghetti mag, solltest du mir eine Portion für sie mitgeben. Ich mache sie in der Mikrowelle warm.«

»Ja, natürlich!« Lisa eilte ins Haus.

Kapitel vierzehn

Es war genau einundzwanzig Uhr, als Eva Flessners Handy klingelte.

Sie stellte das Radio in der Küche so leise, dass die Worte des Nachrichtensprechers zu einem unverständlichen Gemurmel verebbten.

Zu ihrer Überraschung war Hauptkommissar Dewald in der Leitung.

»Sie arbeiten an einem Sonntag?«, fragte Eva.

»Sie nicht?«, fragte Dewald und redete weiter, ohne auf eine Antwort zu warten. »Ich dachte mir, dass ich Sie besser sofort anrufe. Wir haben einen Verdächtigen.«

Eva ließ sich auf den Stuhl zurückfallen. Ihr Herz begann sofort zu rasen. »Wer ist es?«

»Ein ehemaliger Angestellter von Robert Wieses Immobilienfirma namens Henrik Drees. Wiese hat ihn vor einem halben Jahr entlassen. Angeblich wegen Unterschlagung. Drees hingegen behauptet, er hätte gehen müssen, weil er bei Wieses krummen Geschäften nicht mitmachen wollte. Jedenfalls war er danach ziemlich sauer auf seinen ehemaligen Chef. Er hat ihn mindestens zweimal im Parkhaus abgefangen. Dabei soll es auch zu einer Schlägerei gekommen sein.«

»Und warum kommen Sie erst jetzt auf diesen Mann?«, fragte Eva. »Hat Robert Wiese denn nicht Anzeige gegen Drees erstattet?«

Sie hörte ein leises Quietschen und konnte sich vorstellen, wie Dewald sich in seinem Bürostuhl räkelte. Vermutlich hatte er sogar die Füße auf den Schreibtisch gelegt.

»Hat er nicht«, erklärte der Kommissar. »Das spricht dafür, dass Drees mit dem Vorwurf, die Geschäfte seines Exchefs seien nicht ganz astrein gewesen, recht hat.« Er machte eine Pause, der Stuhl quietschte erneut, und dann redete er im Plauderton weiter. Dewald schien mit dem Ermittlungserfolg sehr zufrieden zu sein. »Wir haben uns Robert Wieses Mitarbeiter noch einmal vorgenommen. Eine der Frauen erzählte uns dann die Geschichte.«

Eva rief sich die drei weiblichen Angestellten der Immobilienfirma in Erinnerung. »Warum ist sie nicht schon früher damit rausgerückt?«

»Angeblich machte ihr dieser Drees Angst«, erwiderte Dewald. »Er habe öfter angerufen, um von ihr zu erfahren, wie es in der Firma läuft. Sie hatte vor seiner Entlassung eine Affäre mit dem Kerl. Ihr Ehemann sollte davon nichts erfahren.«

»Das beweist aber noch lange nicht, dass Drees der Mörder ist.«

»Für die in Frage kommende Tatzeit ist sein Alibi jedenfalls äußerst lückenhaft.«

»Hat er gestanden?«, setzte Eva nach.

»Noch nicht«, sagte Dewald. »Aber wir klopfen ihn gerade weich. Er steht übrigens auf Hieb- und Stichwaffen. Dolche, Schwerter und so einen Kram. In seinem Arbeitszimmer hingen sogar ein Morgenstern und eine Streitaxt an der Wand. Schräg, was? Sein Computer wird gerade von den Experten durchpflügt. Aber es steht jetzt schon fest, dass er eine Menge Dateien über

Robert Wiese und dessen Geschäftsgebaren angelegt hat. Zudem hat er ihm per Mail Dutzende von Drohungen geschickt.«

Eva war geradezu überwältigt, wie plötzlich die Morde aufgeklärt zu sein schienen.

»Es ist nur eine Frage von Stunden, bis der Kerl gesteht«, fuhr Dewald fort. »Da bin ich mir sicher.«

Nachdem das Gespräch beendet war, blieb Eva einfach nur sitzen. Eine Viertelstunde brauchte sie, damit ihr Herz sich beruhigte und nicht mehr wild in ihrer Brust zuckte. Ihrem angeschlagenen Herzen war es egal, ob sie Angst, Freude oder Leid empfand. Jedes überschwängliche Gefühl war ein Grund zur Raserei.

Sie rief ihren Vater an und erzählte ihm von dem Ermittlungserfolg.

»Dann kommst du zur Ruhe«, sagte er und klang sehr erleichtert.

Danach wollte sie Falk Stucke die Neuigkeit überbringen. Sie war davon überzeugt, dass es ihn interessieren würde. Aber mit einem Blick auf die Uhr entschied sie, dass es dafür schon zu spät war.

Eva beschloss, ihm die Nachricht am nächsten Morgen persönlich zu überbringen. Wenn sie sich recht erinnerte, hatte er noch Urlaub.

Eva freute sich, dass sie einen guten Grund hatte, Falk wiederzusehen.

Oder gehe ich zu weit? Dringe ich ungefragt in seine Privatsphäre ein?

»Sei nicht so verdammt scheu«, sagte sie laut in die Stille der Küche hinein und beschloss, sich einen Kräutertee aufzubrühen.

*

Bei Falks Rückkehr saß Lisa mit einem Glas Rotwein vor dem Fernseher und schaute sich zu seiner Freude eine weitere Folge der Waltons an.

Es war die mit der silbernen Hochzeit von Vater John und Mutter Olivia. Für ihn zählte sie zu den nicht ganz so gelungenen, aber es war schön zu sehen, dass Lisa an der Serie Gefallen fand.

»Setz dich doch zu mir«, sagte sie. »Möchtest du auch ein Glas Wein?«

»Ich hatte eigentlich andere Pläne«, erwiderte Falk. »Mia ist übrigens über die Nudeln hergefallen, aber wir zwei haben noch gar nichts gegessen.«

»Es sind noch Spaghetti übrig. Ich könnte für dich auch den Kartoffelbrei aufwärmen.« Lisa erhob sich halb aus dem Sessel.

»Es ist noch früh genug, um dich zum Essen einzuladen«, sagte er. »Wie würdest du das finden?«

»Wohin denn?«

»Wir fahren nach Dortmund.« Er wollte sie nicht in seine Lieblingsimbissbude ausführen, wo er Lisa und ihrem Ex zum ersten Mal begegnet war, sondern in ein Restaurant mit amerikanischer Küche. Das erschien ihm für diesen Anlass angemessen. Außerdem war es in Dortmund eher unwahrscheinlich, dass sie Bekannten von Lisa begegneten. Viele schien es davon ja ohnehin nicht zu geben.

Die Beziehung zu Lisa entwickelte sich in seinen Augen prächtig.

»Gern«, sagte Lisa. »Ich muss mich nur umziehen.«

»Wähl bitte etwas Schönes und Schlichtes aus«, bat er. »Ich mag es nicht aufreizend. Und nimm bitte deinen Ausweis mit. Für den Fall, dass wir wider Erwarten in eine Polizeikontrolle geraten.«

Während sie im Schlafzimmer verschwand, sah er den Waltons-Kindern bei ihren hektischen Vorbereitungen für die silberne Hochzeit der Eltern zu.

Als Lisa zurückkehrte, trug sie ein dunkelgrünes Kleid mit langen Ärmeln. Das gefiel ihm.

»Flache Schuhe, bitte«, sagte er.

*

Es schneite noch immer, als sie nach Dortmund fuhren. Große, träge herabsinkende Flocken, die den Straßenrand mit einer feinen weißen Schicht bedeckten und sich auf der Fahrbahn unter den Reifen der Autos in Matsch verwandelten.

Im Radio liefen Oldies, und bei manchen sang Falk den Refrain mit. Er kannte die Radarfallen und achtete darauf, die vorgeschriebene Geschwindigkeit einzuhalten. Ein Foto mit Lisa an der Seite war das Letzte, was er gebrauchen konnte.

Erst, als er den Kombi auf einem Parkplatz in der Innenstadt abgestellt hatte, legte er seine Verkleidung an.

»Reine Vorsichtsmaßnahme«, erklärte er Lisa.

»Ohne Perücke siehst du viel besser aus«, gestand sie mit einem schüchternen Lächeln, das ihm sehr gefiel.

»Bleib bitte sitzen.« Er eilte um den Wagen herum und öffnete ihr die Tür. Dabei deutete er halb im Scherz eine Verbeugung an.

Mittlerweile war es nach zweiundzwanzig Uhr, aber Falk wusste, dass die Küche des Restaurants bis nach Mitternacht geöffnet hatte.

Er verspürte den Drang, den Arm um ihre Taille zu legen. Verzichtete aber darauf, weil sie eine solche Geste für zudringlich halten könnte und nicht für einen Ausdruck echter Zuneigung.

Auf die großen Scheiben des Restaurants, die zur Straße hin zeigten, waren die Umrisse des Empire State Buildings und der Freiheitsstatue gemalt. Darüber blinkte grellrot der Name des Ladens: *Brooklyn.*

Das Restaurant war an diesem Sonntagabend nur spärlich besucht. Drei Pärchen saßen an den Tischen. An der Bar hockten mehrere junge Männer und tranken Cocktails.

Dennoch wurden Falk und Lisa von einer Angestellten an einem kleinen Empfangspult begrüßt und zu einer Sitzecke im hinteren Teil des Restaurants geführt.

Die Einrichtung versuchte ein typisch US-amerikanisches Flair zu vermitteln: Der aus Holz geschnitzte Kopf eines Indianers mit riesigem Federschmuck blickte mit stoischer Miene von der Wand auf die Gäste hinab. Überall hingen Schilder aus Metall, die für längst nicht mehr existierende Automarken oder Erfrischungsgetränke aus den USA warben. Alles wirkte ein wenig überladen und aufgesetzt. Aus Lautsprechern ertönte eine Schnulze von Bryan Adams.

Ein junger Kellner mit weißem Hemd und roter Fliege stellte sich vor und überreichte ihnen die Speisekarten. Seine Fliege saß ein wenig schief unter dem Kinn, und Falk gewann den Eindruck, dass der Bursche schon ein paar Bier intus hatte.

Falk empfahl Lisa das Steak mit frittierten Zwiebelringen und wählte für sich einen Burger mit eingelegten Peperoni.

»Morgen, spätestens übermorgen ist es so weit«, sagte er, nachdem der Kellner in Richtung Küche verschwunden war.

»Was meinst du?«, fragte Lisa.

»Normalerweise verlange ich von den Angeklagten

ein handgeschriebenes Geständnis, aber ich denke, das wird in diesem Fall nicht nötig sein. Da stimmst du mir doch zu. Oder, Lisa?«

Lisa sah ihn verständnislos an.

*

Er macht das nicht zum ersten Mal! Er hat schon früher Menschen in Gewahrsam genommen und verurteilt!

Bisher hatte Lisa sich darüber keine Gedanken gemacht, aber seine Worte machten ihr deutlich, dass sie und ihre Familie nur der nächste Posten in einer wer-weiß-wie-langen Liste waren.

»Du wirst deinen Ex schuldig sprechen«, fuhr Falk fort. Zwei Finger seiner rechten Hand, er hatte vor dem Besuch des Restaurants die Handschuhe ausgezogen, klopften den Takt der Musik auf der Tischplatte. »Da habe ich keinen Zweifel. Auch bei Tanja nicht. Bei Mia bin ich mir noch nicht ganz sicher.« Er bewegte den ganzen Oberkörper langsam hin und her und stieß ein nachdenkliches Brummen aus, das für Lisa besorgniserregend klang.

»Es wird wohl notwendig sein, dass du mit der Kleinen über alles, was dir dein Ex angetan hat, sprichst.«

Lisa wünschte sich nichts mehr, als ihn zu schlagen, seine Brille zu zerbrechen, in der Hoffnung, dass dabei ein Glassplitter in sein Auge drang.

Der Kellner brachte die Getränke und ließ dabei einen lustigen Spruch ab, den Lisa kaum wahrnahm.

»Die Strafe kann natürlich nur eine sofortige Hinrichtung sein«, sagte Falk, nachdem der Kellner sich anderen Gästen zugewandt hatte. Er richtete ein mildes Lächeln an den hölzernen Indianer an der Wand und seufzte tief. »Dann ist für immer Ruhe.«

»Aber die Mädchen sind noch zu klein«, erwiderte Lisa und war erstaunt, dass es ihr überhaupt gelang, einen klaren Satz zu formulieren. Angesichts des Schreckensszenarios, das in ihrem Kopf entstand.

Auch jetzt dachte sie nicht an Michael, sondern nur an das Trauma, das ein solches Erlebnis bei Tanja und Mia auslösen würde.

Ihre Welt war innerhalb von nur zwei Tagen derart aus den Fugen geraten, dass ihr Michaels bevorstehender Tod fast schon als Nebensache erschien. Es galt, ihre Töchter unter allen Umständen zu schützen.

Ihr Gegenüber griff nach dem Salzstreuer, schüttete sich eine Prise auf die Handfläche und leckte die Kristalle mit der Zunge auf.

Lisa bemühte sich, keine Miene zu verziehen.

»Mia ist fünf«, sagte sie nur.

Falk schmatzte, trank einen Schluck von seiner Cola und sagte: »Vielleicht ist es wirklich besser, wenn die Mädchen bei der Vollstreckung nicht dabei sind. Es reicht völlig, wenn sie wissen, warum ihr sogenannter Vater bestraft wird, und sie dem Urteil zuvor zustimmen.«

Das Essen wurde serviert. Falk nahm das Besteck in die Hand und legte es dann wieder hin. Einen Moment lang dachte Lisa tatsächlich, dass er nun ein Tischgebet sprechen wollte.

Falk beugte sich vor und platzierte seine Hände auf beiden Seiten von Lisas Teller.

»Ich mag dich sehr, Lisa. Das scheint alles ein wenig schnell zu gehen, aber so ist es nun mal.« Er bewegte wieder den Oberkörper hin und her und wirkte aufgewühlt, wenn nicht sogar ein wenig beschämt.

Lisa suchte nach einer Erwiderung, die halbwegs glaubwürdig klang. Einfach zu sagen, dass auch sie ähnlich fühlte, würde er ihr nicht abnehmen. Der Mann mochte verrückt sein, aber er war nicht dumm.

»Es zeugt von deiner Aufrichtigkeit, dass du mir jetzt nichts vormachst«, sagte Falk. »Es reicht mir völlig, wenn du erkennst, dass ich dir und den Mädchen die Freiheit verschaffe.«

»Das tue ich«, sagte Lisa leise.

Falk begann damit, den Burger in seine Bestandteile zu zerlegen. Die obere Hälfte des Sesambrötchens legte er an den Tellerrand. Daneben schaufelte er einen Berg aus Tomatenscheiben und Salatblättern. Das alles sah sehr akkurat aus.

»Die Leiche deines Ex wird nie gefunden werden. Er hat sich einfach davongemacht. So was kommt immer wieder vor«, sagte er. »Vielleicht melde ich mich später mal bei dir. Wenn genügend Zeit vergangen ist.« Er spießte ein Stück Burgerfleisch auf und hielt mit der Gabel auf halber Strecke zwischen Teller und Mund inne. »Wie würdest du das finden?«

»Ich weiß nicht, was ich sagen soll.«

»Es ist nicht verwunderlich, dass du noch keine innigen Gefühle für mich entwickeln konntest«, sagte Falk mit fast zu einem Flüstern gesenkter Stimme. »Aber das kann sich ändern. Auch für mich sind diese Empfindungen völlig ungewohnt. Ich spüre, dass du etwas ganz Besonderes bist.«

Lisa beschloss zu schweigen. Das Gespräch entwickelte sich gar nicht gut für sie.

Sie schnitt ihr Steak an. Blut sickerte aus dem Fleisch und bildete eine Lache, die bis zu den Pommes frites reichte.

Lisa würgte.

»Was ist los?«, fragte Falk.

»Ich … ich kann das nicht essen.«

Er stand auf, stellte sich neben sie und begutachtete das Steak. Die Flüssigkeit begann die Pommes aufzuweichen.

»Das Fleisch ist noch fast roh«, stellte er fest.

Falk sah sich nach dem Kellner um und entdeckte ihn an der Theke zwischen den jungen Männern. Er winkte ihn zu sich.

Die Fliege saß mittlerweile so schief, dass ihre rechte Hälfte beinahe seinen glattrasierten Unterkiefer berührte.

»Das Steak ist roh«, sagte Falk und stand noch immer kerzengerade neben Lisa. Er und der Kellner waren exakt gleich groß.

»Wir servieren unsere Steaks, solange es von den Gästen nicht anders gewünscht wird, stets medium.«

Sag nichts Falsches! Mein Begleiter trägt eine Waffe, dachte Lisa.

»Medium bedeutet meines Wissens so viel wie ›halb durchgebraten‹.« Falk nahm Lisa die Gabel aus der Hand und versenkte die Zinken mit Wucht im Fleisch. Als er die Gabel wieder herauszog, quoll Blut aus den winzigen Einstichen. Es war von noch intensiverer Farbe als die Flüssigkeit, in der die Pommes frites mittlerweile schwammen.

»Für mich sieht das so aus, als hättet ihr das Steak gerade erst aus einer Kuh geschnitten.«

Lisa richtete den Blick auf die Wand. Dort hing ein zerbeultes Autokennzeichen aus dem Staat North Dakota. Wenn sie noch einmal auf den Teller sah, würde sie sich sofort erbrechen. Es war nicht allein das unsachgemäß zubereitete Fleisch, es war die ganze Situation, die ihren Magen rebellieren ließ.

Die anderen Gäste sahen in ihre Richtung. Falk wurde sich dessen bewusst und sagte mit halbwegs versöhnlicher Stimme: »Bringen Sie das bitte in Ordnung. Meiner Frau wird sonst schlecht.«

Der Kellner griff so ungeschickt nach dem Teller, dass etwas von der Flüssigkeit vor Lisa auf den Tisch tropfte.

»Bringen Sie mir etwas ohne Fleisch«, sagte sie ächzend. »Einen Salat.« Lisa sprang auf und drängte den Kellner zur Seite. Auf den ersten Metern zur Toilette versuchte sie noch, Haltung zu bewahren, dann lief sie los und wäre beinahe mit einer weiteren Bedienung, einer jungen Frau, zusammengestoßen, die mehrere volle Weingläser auf einem Tablett balancierte.

Lisa schaffte es gerade noch bis zur ersten Toilettenkabine, ließ die Tür offen stehen und übergab sich in die Keramikschüssel.

Danach wankte sie zum Waschbecken, ließ das kalte Wasser über ihre Hände laufen und entdeckte im Spiegel, dass sie ein wenig aus der Nase blutete. Ein feines Rinnsal, das aus ihrem linken Nasenloch sickerte und jetzt die aufgespritzte Oberlippe erreichte.

Lisa übergab sich noch einmal ins Waschbecken. Ihr Magen brachte aber nur noch ein wenig schaumige Flüssigkeit hervor.

Sie wusch sich das Gesicht, verbrauchte eine Unmenge Papierhandtücher und stützte sich schwer atmend auf das Waschbecken.

Es klopfte an der Tür. Erst leise, dann laut und drängend.

»Lisa«, vernahm sie Falks gedämpfte Stimme. »Alles in Ordnung?«

Sie wollte antworten, brachte aber nur ein heiseres Krächzen hervor. Die Tür öffnete sich. Sie erwartete, dass Falk hereinkam, aber es war die Empfangsdame, die sie zu ihrem Tisch geführt hatte.

»Geht schon wieder«, sagte Lisa und versuchte, gerade zu stehen.

»Es ist unsere Schuld.« Die Frau streckte die Arme aus, um Lisa zu stützen. »Ein Fehler unseres Küchenchefs. Selbstverständlich können Sie sich etwas anderes aussuchen. Die gesamte Rechnung geht aufs Haus.«

»Salat, bitte.« Lisa hatte sich wieder unter Kontrolle. Ein kurzer Kontrollblick in den Spiegel zeigte ihr, dass die Nase nicht mehr blutete.

Vor der Tür wurde sie von Falk erwartet. Er wirkte nicht nur besorgt, er machte einen geradezu verzweifelten Eindruck. Ganz vorsichtig führte er sie zum Tisch zurück.

Die Empfangsdame folgte ihnen. Lisa hörte das Klacken ihrer Absätze.

»Haben Sie noch einen Wunsch? Vielleicht etwas zu trinken?«, fragte sie.

»Zunächst ein stilles Wasser«, bat Lisa und setzte sich wieder.

Die Blutstropfen waren in der Zwischenzeit vom Tisch entfernt worden.

»Wenn du willst, können wir sofort nach Hause fahren«, bot Falk an.

»Nicht doch«, erwiderte sie. »Ab jetzt geht alles aufs Haus.« Sie versuchte zu lächeln.

»Du bist mir ja eine«, sagte Falk grinsend und strich ihr mit der Hand über die Wange. Das war das erste Mal, dass er sie ohne Handschuh berührte.

*

Beim Hinausgehen kam die Frau vom Empfang noch einmal auf sie zu und entschuldigte sich erneut. Hinter ihrem Pult stand eine Glasvitrine mit verschiedenen Geschenkartikeln, die wohl zum Ambiente des *Brooklyn* passen sollten. Kleine Teddybären mit dem geschwungenen Schriftzug des Restaurants auf der Brust und einer roten Fliege um den Hals. Detailgetreue Modelle von Motorrädern der Marke Harley-Davidson und Whiskyflaschen in Geschenkkartons.

Während ein mittlerweile milde gestimmter Falk der Frau versicherte, dass so etwas ja mal vorkommen konnte, entdeckte Lisa zwei Handys unter dem kanzelartigen Pult der Empfangsdame. Sie war keine zwei Schritte von ihnen entfernt.

»Gehen wir?«, fragte Falk und hielt ihr die Hand hin. Mittlerweile trug er wieder die ledernen Handschuhe.

»Können wir unserer Kleinsten nicht einen von diesen Teddys mitbringen?«, bat Lisa und deutete auf die Vitrine.

»Sicher«, sagte Falk und wandte sich an die Empfangsdame. »Geben Sie mir bitte einen von den Bären.«

»Nein, nein.« Lisa trat einen Schritt näher ans Pult heran. »Du musst ihn aussuchen. Dann ist es etwas Persönliches.«

Er verzog amüsiert das Gesicht. »Die sehen zwar alle gleich aus. Aber meinetwegen.«

Die Frau öffnete die Vitrine, und Falk ging näher heran, um die Stofftiere zu begutachten. Lisa sah sich noch einmal um, ob sie auch nicht beobachtet wurde. Aber außer den jungen Männern, zu denen sich ihr Kellner nun endgültig mit einem Glas Bier gesellt hatte, war nur noch ein einziges Pärchen anwesend. Die beiden waren viel zu sehr ins Gespräch vertieft – Lisa hätte lauthals schreien müssen, um von ihnen wahrgenommen zu werden.

Ein halber Schritt. Sie streckte die Hand aus, ertastete ein Handy, ohne den Blick von Falks Rücken zu nehmen, und steckte es in die Manteltasche.

Falk drehte sich um, hielt einen Brooklyn-Teddy in der Hand und fragte mit verstellter Stimme: »Hallo, hallo! Bin ich der Richtige?«

Lisa nickte lächelnd, und dabei fiel ihr ein, dass sie verflucht unvorsichtig gehandelt hatte. Was war, wenn das Handy plötzlich läutete? Wenn die Frau mit den hochhackigen Schuhen und dem modischen Pagenschnitt einen Anruf erhielt? Oder sie die eigene Nummer wählte, um den Dieb zur Rede zu stellen?

Auf dem Weg zum Auto betastete sie vorsichtig das flache Handy. Da waren winzige Knöpfe und Schalter an der Seite. Aber Lisa hatte keine Ahnung, welcher das Ding auf lautlos stellte. Komplett lautlos. Selbst ein leises Vibrieren würde sie verraten.

Da lagen zwei Handys! Vielleicht gehört dieses hier gar nicht der Frau, und sie vermisst es nicht. Läuten kann es aber trotzdem!

Sie überlegte, ob es nicht besser wäre, das Handy einfach wegzuwerfen. Doch Falk hakte sich bei ihr ein und gab ihr dazu keine Chance. Die Nacht in der Großstadt war ungewöhnlich still, und er hätte es gehört, wenn das Gerät auf dem Boden gelandet wäre.

Beim Einsteigen öffnete er ihr erneut – ganz Kavalier – die Beifahrertür und schloss sie auch wieder.

Das Handy klingelte während der ganzen Fahrt nicht, und als sie auf dem Hof ankamen, gab Lisa vor, dringend auf die Toilette zu müssen. Sie huschte ins Badezimmer und betrachtete das Handy, das so viel moderner als ihr uraltes Nokia war. Sie entdeckte einen winzigen Schalter, von dem sie annahm, dass er das Gerät auf lautlos schaltete. So, wie es aussah, befand er sich in der richtigen Stellung. Zumindest hoffte sie das. Sie verbarg das Handy in dem winzigen Raum mit der Töpferscheibe unter einem Haufen alter Lumpen.

Obwohl es bereits kurz vor eins war, hatte Falk im Wohnzimmer den Fernseher eingeschaltet, und Lisa hörte bereits auf der Treppe die Titelmelodie der Waltons.

»Das war doch trotz allem ein schöner Tag«, sagte er, als sie hereinkam. Gönnerhaft fügte er hinzu: »Leg dich ruhig schlafen, wenn du müde bist.«

Sie entdeckte den Revolver auf der Lehne des Sessels, der sonst immer Michael vorbehalten war. Da gab es keine Diskussion. Wenn er seine Sportsendungen oder Krimis sehen wollte, mussten sie und die Mädchen verschwinden.

»Kommt es morgen zur Verurteilung?«, fragte Lisa.

Falk wandte nicht den Blick vom Bildschirm. »Das weiß ich noch nicht. Ich werde gleich morgen früh zuerst nach den Mädchen und deinem Ex sehen. Die Verurteilung bedarf natürlich einiger Vorbereitung. Das kannst du dir ja wohl denken.«

»Und sie findet hier statt?«

»Wo denn sonst. Übrigens musst du daran denken, Tanja und Mia für die nächsten Tage in der Schule und im Kindergarten krankzumelden.«

Auf dem Bildschirm tauchte ein alter, grauhaariger Mann in einer Latzhose auf.

»Hi, Grandpa!«, begrüßte Falk ihn freudig.

Kapitel fünfzehn

Lisa lag noch in Tanjas Zimmer wach, als Falk den Fernseher ausschaltete und es im Haus ruhig wurde.

Sie fragte sich, wie der morgige Tag ablaufen würde, wenn es zu Michaels Verurteilung kommen sollte. Falk hatte sich darauf eingelassen, dass die Mädchen nur dem Urteil zustimmen mussten, aber bei der anschließenden Vollstreckung nicht dabei sein würden.

Sollte sie noch vor der Tötung ihres Mannes versuchen, die Polizei mit dem gestohlenen Handy zu rufen? War das Risiko nicht viel zu groß, dass Falk beim Anrücken der Polizei durchdrehte und alle, auch die Kinder, erschoss? Oder waren die Beamten in der Lage, das zu verhindern? Es gab doch diese speziell geschulten Einsatzkräfte, die sich lautlos heranschlichen, Geiseln befreiten und den Täter unschädlich machten. Zur Not mit einem gezielten Schuss. Das kannte sie aus den Fernsehkrimis.

Oder sollte sie darauf vertrauen, dass Falk nach der Vollstreckung den Mädchen und ihr ein schönes Leben wünschte und von dannen zog?

Ich weiß es nicht! Ich weiß es einfach nicht! Wie verrückt ist dieser Kerl, der sich Falk nennt? Sicher verrückt genug, um komplett auszurasten, wenn irgendetwas nicht nach seinen Wünschen läuft. Wie reagieren die Mädchen, wenn sie ihren Vater, in welchem Zustand auch immer, wiedersehen? Wird Tanja ihn dann noch immer hassen?

Lisa war seit der ersten Minute klar gewesen, dass Falk keineswegs so handelte, um ihr oder den Familien, die er zuvor auserkoren hatte, zu helfen. In erster Linie tat er es für sich und sein Ego, das bei den Dramen in der Kindheit einen schweren Schaden genommen haben musste.

Was ist mit den Familien, den Frauen und Kindern geschehen, bei denen er von den Männern ein handgeschriebenes Geständnis verlangt hatte? Leben die noch?

Sie wusste, dass sie Falk unmöglich danach fragen konnte. Selbst wenn er ihr eine Antwort gab, handelte es sich dabei wahrscheinlich um eine Lüge.

Sie stieg aus Tanjas Himmelbett, bewegte sich ganz leise, um bloß nicht die Aufmerksamkeit des Mannes im Wohnzimmer unter ihr auf sich zu ziehen, und kühlte ihre Stirn an der Fensterscheibe.

Lag da so viel Schnee auf dem Sims? In der Dunkelheit konnte sie es nicht genau erkennen. Aber eigentlich spielte das auch überhaupt keine Rolle.

Sie kehrte ins Bett zurück, sehnte sich so sehr nach den Mädchen und wusste einfach nicht, was sie tun sollte.

Auf jeden Fall wollte sie morgen das Steakmesser hinter dem Schuhschrank hervorholen und an ihrem Körper verstecken. Sollte er versuchen, Tanja und Mia etwas anzutun, würde sie sich auf ihn stürzen. Ganz egal, ob sie es überlebte.

*

Falk war in dem bequemen Fernsehsessel eingenickt.

Dunkelheit, in der Bewegung war, flutete gegen das Wohnzimmerfenster und die gläserne Tür zur Veranda.

Es schneite.

Irgendetwas hatte ihn geweckt. Ein Geräusch, das in seinen Schlaf eingedrungen war und ihn sofort hellwach werden ließ.

Er lauschte angestrengt.

Ein dumpfes Scheppern. Es kam von draußen. Vom Hof. Es klang, als würde eine Autotür zugeworfen.

Das Geräusch wiederholte sich. Eine zweite Autotür. Das bedeutete, dass mindestens zwei Leute aus einem Fahrzeug ausgestiegen waren.

Die blauglühende Digitalanzeige des DVD-Players zeigte 06:49 Uhr an. Kundschaft würde zu so früher Stunde nicht auftauchen. Selbst wenn sie das Schild mit der Aufschrift *Vorübergehend geschlossen* übersehen hatte.

Er schlich in die Küche. Von dort hatte er den besten Blick auf den Hof: Das gebündelte Licht von zwei Taschenlampen durchschnitt die Finsternis. Schneeflocken flirrten in ihrem Schein. Eine Taschenlampe wurde auf das Haus gerichtet. Falk duckte sich gerade noch rechtzeitig, als ihr Strahl suchend über das Küchenfenster glitt.

Jetzt konnte er auch Schritte hören. Gedämpft durch den Schnee, der schon einige Zentimeter hoch liegen musste.

Jemand rüttelte an dem Tor zur Werkstatt. Eine zweite Person ging zu dem Transporter, den Falk jetzt im Schein der Taschenlampe erkennen konnte. Die Karre war dunkelgrün. Es handelte sich garantiert um den Transporter, der am gestrigen Morgen auf dem Hof gehalten hatte. Jetzt war er zurückgekehrt. Ehe es hell wurde. Bei den Insassen musste das *Vorübergehend geschlossen*-Schild wie ein Magnet gewirkt haben. Ein verlassener Hof mit Werkstatt war ideal für Diebe.

Die Polizistin hatte von organisierten Banden, die in der Gegend unterwegs waren, gesprochen.

Die sind dir leider nicht ins Netz gegangen, Eva! Jetzt habe ich sie am Hals!

Lisa kam leise die Treppe herunter und blieb im Türrahmen stehen. »Wer ist das?«

»Diebe«, antwortete Falk.

Er überlegte, dass sie wahrscheinlich versuchen würden, auch ins Wohnhaus einzudringen. Das konnte er nicht zulassen. Das war jetzt seine Familie! Sein Haus und Hof!

»Du bleibst hier und verlässt auf gar keinen Fall das Haus, Lisa.«

»Was hast du vor? Sie sind zu zweit und bestimmt bewaffnet.«

Es gefiel Falk, dass sie sich um ihn sorgte. »Ich gehe durch die Verandatür und überrasche sie von hinten. Du musst die Tür hinter mir verriegeln. Mach kein Licht an.«

Mit dem Revolver in der Hand ging er ins Wohnzimmer, öffnete die Tür zur Veranda, schlüpfte hinaus und Lisa schloss sie wieder.

Der Schnee knirschte unter seinen Schuhen. Er kniff die Augen zusammen. Ein eisiger Wind blies ihm die Flocken ins Gesicht. Der Winter war spät, aber mit Wucht über das Land gekommen.

Mittlerweile konnte er zumindest einige Umrisse in der Dunkelheit erkennen: die Hauswand zu seiner Rechten und den flachen Schuppen vor ihm, der eine gute Deckung abgab, um näher an die Diebe heranzukommen.

Denen war es mittlerweile gelungen, das Tor zur Werkstatt aufzubrechen. Er hörte, wie sie darin herumkramten. Ihn ekelten diese Kerle an. Sie waren nicht zu vergleichen mit den Ladendieben, mit denen er es in den Ruhr-Alleen zu tun hatte. Die klauten ein T-Shirt oder eine Uhr, aber hier drang jemand direkt in den mühsam erwirtschafteten Besitz und die Privatsphäre der Menschen ein. Er würde ihnen zeigen, welche Konsequenzen es mit sich brachte, wenn sie glaubten, Falk Stucke bestehlen zu können.

Er überwand die Strecke bis zur Werkstatt mit schnellen Schritten. Dabei musste er sich noch nicht einmal anstrengen, besonders leise zu sein. In der Werkstatt schepperte es laut, und einer der Männer stieß einen Fluch aus. Sein Komplize reagierte mit einem kurzen Lacher.

Die Burschen schienen sich sehr sicher zu fühlen.

Falk hatte sich in der Werkstatt sehr genau umgesehen. An der hohen Decke hingen mehrere Neonröhren. Sie flackerten nicht mal ein paar Sekunden, bis sie ihre volle Leuchtkraft entwickelten, sondern strahlten fast augenblicklich weiß und gleißend. Arschloch Thom hatte auf gute Beleuchtung bei der Arbeit geachtet.

Einer der Kerle kam aus der Werkstatt und schleppte etwas Schweres, das im Schein der Taschenlampe, die er unter den Arm geklemmt hatte, wie ein Werkzeugkoffer aussah.

Falk tastete sich wieder zurück in die Deckung des Schuppens und hoffte, dass der Mann den Strahl seiner Lampe nicht zufällig in seine Richtung halten würde. Dann könnten ihm die Spuren im Schnee auffallen. Hin zur Werkstatt und wieder zurück zum ehemaligen Hühnerstall.

Doch der Bursche marschierte schnurstracks von dem Lieferwagen wieder zurück in die umgebaute Scheune. Dabei rotzte er geräuschvoll auf den Boden.

Jetzt musste es schnell gehen. Es war gut, dass die Diebe darauf verzichtet hatten, das Licht in der Werkstatt einzuschalten. Sie waren clever genug, um zu erkennen, dass man den Schein von der Straße aus sehen konnte.

Falk betrat die Werkstatt. Der Lichtschalter war gleich neben der Tür. Er machte sich darauf gefasst, nach dem Aufenthalt in der Dunkelheit zunächst von der plötzlichen Helligkeit geblendet zu sein. Vermutlich sogar noch mehr als die Diebe, die immerhin mit Taschenlampen ausgerüstet waren.

Klick!

Es war fast so, als würde er direkt in die Sonne starren.

Einer der Männer schrie überrascht auf.

Falk verengte die Augen zu schmalen Schlitzen und konnte die Diebe jetzt schemenhaft erkennen. Einer stand vor dem Metallschrank mit dem Werkzeug, der andere steckte mit dem Oberkörper in Thoms Ford und machte sich dort vermutlich gerade an den Airbags oder dem Radio zu schaffen.

»Keine falsche Bewegung! Oder ich knall euch ab!«

Der Typ vor dem geöffneten Schrank, klein, gedrungen, mit schwarzer Wollmütze, riss sofort die Hände hoch.

Der andere kroch aus dem Kombi heraus und brüllte ein Wort, das Falk nicht verstand. In der rechten Hand hielt er etwas, was Falk für eine Waffe hielt. Eine große Pistole oder eine Schnellfeuerwaffe mit kurzem Lauf. Falks Blick war noch immer ein wenig getrübt. Aber die zwei Schüsse, die er auf den Mann mit der Waffe abgab, fanden dennoch ihr Ziel. Eine Kugel traf ihn in die Brust, die zweite in den Kopf. Auf seiner Stirn blühte eine hässliche Blume aus Blut und Hirnmasse auf. Er wurde von der Wucht der Einschläge gegen den Ford geschleudert und war sofort tot.

Falk wirbelte herum. Der andere Mann hatte sich nicht vom Fleck gerührt, machte nur »Ah, ah, ah!« und stierte Falk weiterhin mit erhobenen Händen an. Sein Gesicht war vor panischer Angst so verzerrt, dass es so aussah, als ob Falk ihm gerade den besten Witz aller Zeiten erzählt hätte und er kurz davor wäre, vor Lachen zu platzen.

Aber es war dann sein Schädel, der zerplatzte. Unter den großkalibrigen Projektilen aus Falks Revolver verwandelte der sich zum größten Teil in blutige Gischt und besprenkelte den Metallschrank hinter ihm.

»Scheiße noch mal«, sagte Falk verärgert. »Ihr passt so gar nicht in meine Planung.«

Was Falk für eine Schusswaffe gehalten hatte, war in Wirklichkeit ein Akkuschrauber, aber das war egal. Er hatte sie ohnehin erledigen wollen.

*

Eine Minute bevor die Schüsse fielen, stand Lisa in der Küche und spähte auf den Hof. Der Himmel zeigte das erste zaghafte Grau eines trüben Tages. Ein Mann mit Taschenlampe lud etwas in den Transporter. Der Schnee fiel immer heftiger.

Obwohl sie Falk verabscheute, musste sie jetzt darauf hoffen, dass ihm nichts geschah. Ohne ihn gab es vielleicht keine Möglichkeit, Tanja und Mia zu finden.

Aus dem Wohnzimmer drang ein Knirschen und Knacken. Sie wollte schon losrennen, weil sie glaubte, dass Falk aus irgendwelchen Gründen wieder zurück ins Haus wollte, aber dann fiel ihr ein, dass er dann wohl kaum versuchen würde, die Verandatür mit Gewalt zu öffnen.

Es war nicht Falk, der sich im Schimmer des neuen Tages mit einem Stemmeisen Zutritt verschaffte. Der

Fremde war fett, und als er das Schloss aushebelte und die Tür nach innen schwang, konnte sie deutlich sein angestrengtes Schnaufen hören. Der Mann verschwand aus Lisas Blickfeld, als er den teuren Flachbildfernseher in Augenschein nahm.

Lisa befürchtete, dass er die ganze Wohnung durchsuchen würde.

Wo steckte Falk? Ausgerechnet er konnte ihr jetzt als Einziger helfen.

Sie huschte auf ihren Wollsocken aus der Küche in den Flur. Lauschte dem Schnaufen des Einbrechers, der jetzt Schranktüren öffnete und Schubladen durchwühlte. Sie bückte sich und holte das Messer hinter dem Schuhschrank hervor.

Der verhasste Keller schien ihr der sicherste Ort zu sein, um sich zu verbergen. Sie durfte jetzt nicht zimperlich sein. Allein der Gestank würde einen Dieb vermutlich davon abhalten, dort unten nach etwas Wertvollem zu suchen.

Als sie die quietschende Kellertür öffnete, krachten zwei Schüsse und übertönten das verräterische Geräusch.

Sie kamen schnell hintereinander. Einen Atemzug später folgten drei weitere Schüsse.

Lisa ließ die Kellertür einen Spalt offen. Im Wohnzimmer ließ der fette Mann etwas zu Boden fallen und hastete dann an ihrem Versteck vorbei zur Haustür. Als er feststellte, dass sie verschlossen war, beobachtete Lisa, wie er in die Küche ging. Er schnaufte nicht mehr, sondern pumpte die Atemluft hechelnd in seine Lunge und stieß dabei unentwegt leise Flüche aus.

Plötzlich war er ganz still. Vermutlich hatte er etwas entdeckt. Vielleicht Falk. Draußen wurde es langsam ein wenig heller.

Der fette Mann öffnete auch in der Küche eine Schublade nach der anderen, und Lisa konnte es nicht fassen, dass er selbst jetzt noch nach Beute suchte. Nach fünf Schüssen, die entweder von seinen Begleitern oder einem Fremden abgefeuert worden waren. Erst als sie hörte, dass er im Besteck kramte, vermutete sie, dass er nach einer Waffe – einem Messer – suchte.

Wenn er keine Pistole bei sich trug, hatten seine Komplizen vielleicht auch keine. Dann konnte es nur Falk gewesen sein, der abgedrückt hatte.

Wenn Falk durch die Haustür käme, würde er die aufgebrochene Verandatür übersehen und nicht ahnen, dass er hier erwartet wurde.

Sie konnte den Mann erst wieder sehen, als er kurz in den Flur zurückkehrte und dann im Rahmen der Küchentür lehnte, um von draußen nicht entdeckt werden zu können. Er hielt ein Messer in der Hand. Ins Haus gelangte noch nicht genug Tageslicht, um sein Gesicht zu erkennen, aber die hektischen Bewegungen und der immer schneller werdende Atem zeigten, dass er zum Äußersten bereit war.

Lisa hoffte, dass er vor Aufregung kollabierte, aber den Gefallen tat er ihr nicht.

Die Kellertür und der Zugang zur Küche lagen fast diagonal zueinander. Sie umklammerte das Steakmesser und stieß mit der Schulter die Tür auf.

Der Mann reagierte auf das Quietschen der rostigen Scharniere mit einer Sekunde Verzögerung.

Dieser Moment reichte Lisa, um auf Armeslänge an den Einbrecher heranzukommen. Sie stieß zu und wollte die Klinge in seinem Nacken versenken. Bis tief ins Rückenmark. Aber er wandte sich um, riss die Augen auf, und das Messer grub sich in seine rechte Wange.

Blut spritzte aus einem Spalt, der so tief klaffte, dass Lisa bei besserem Licht die Zähne im Kiefer des Mannes gesehen hätte.

Der Mann presste die rechte Hand auf die Wunde, ohne den Blutfluss auch nur im Geringsten stoppen zu können. Mit der linken Hand schwang er sein Messer in Lisas Richtung. Er war offensichtlich Linkshänder.

»Tu tummes Schtück!«, brachte er undeutlich hervor, denn Blut füllte seinen Mund. Es lief ihm über Wange und Kinn. Ein Teil versickerte in seinem Pullover, der aussah, als sei er aus Drahtwolle. Der Rest klatschte in dicken Tropfen auf die Fliesen.

Lisa wich zurück, hielt das Messer mit beiden Händen vor ihren Oberkörper und versuchte den Kerl, der jetzt mit stampfenden Schritten auf sie zukam, auf Distanz zu halten. Sie wäre auf ihren Wollsocken beinahe ausgerutscht und entging nur knapp einem zweiten Hieb des Mannes, der, obwohl er blutete wie ein abgestochenes Schwein, nichts von seiner Kraft verloren hatte.

»Isch kriege disch!« Er stürmte vorwärts wie ein wütender Elefant. Lisa spürte, dass der Boden unter seinen Schritten bebte. Fäden aus Speichel und Blut hingen von seinem Kiefer herunter, während er mit der Klinge die Luft durchschnitt.

Wie Lisa hatte er sich für ein Steakmesser entschieden. In seinen fleischigen Pranken sah es winzig aus.

Hinter dem Angreifer wurde es mit einem Mal hell. Da das Licht von draußen kam, konnte Lisa nur Falks Umrisse erkennen. Er sah aus wie ein Scherenschnitt aus schwarzem Tonpapier.

»Hilf mir!«, schrie Lisa.

Ein Schuss dröhnte durch den Flur, und der fette,

blutende Mann wurde mit solcher Wucht nach vorn geschleudert, als hätte ihn ein Lastwagen gerammt. Er landete klatschend auf dem Boden. Unmittelbar vor Lisas Füßen. Sie ließ das Messer fallen und schlug die Hände vors Gesicht.

Der Mann lebte noch, wälzte sich auf die Seite und starrte zu Lisa hoch. Jetzt konnte sie durch den klaffenden Riss seine Zähne sehen. Sie konnte sich nicht bewegen, nur auf das entstellte Gesicht des Mannes starren, der den Mund auf- und zuklappte wie ein großer, unförmiger Fisch, der gestrandet war.

Falk stellte sich hinter ihn und drückte ab. Der Revolver klickte nur. Falk hob Lisas Messer auf und versetzte dem Mann einen Tritt, so dass er auf den Rücken fiel. Dann stach er ihm zielgenau in die Brust.

»Niemand greift meine Familie an!«, sagte Falk und ließ die Klinge stecken.

Der Mann röchelte noch einige Mal und starb.

»Ich dachte, sie wären nur zu zweit.« Er stieg über den Toten hinweg und nahm Lisa in den Arm. Sie ließ ihn gewähren und empfand für den Moment fast so etwas wie Dankbarkeit.

Falk ließ sie wieder los und deutete auf das Steakmesser in der Brust des Mannes. »Hat er dich angegriffen? Und du wolltest dich mit dem Messer wehren?«

Lisa konnte nur stumm nicken und fragte sich, wo das Messer des Mannes geblieben war. Sie entdeckte es neben dem leeren Schirmständer an der Wand.

Falk berührte mit seinen Lippen ganz kurz ihre Wange. »Du hast dich tapfer geschlagen.«

Kopfschüttelnd betrachtete er den Toten und das viele Blut im Flur. »Was für ein Schlamassel! Wir müssen den Dicken hier, die zwei Leichen in der Werkstatt und den

Transporter verschwinden lassen. Dazu brauche ich deine Hilfe.«

»Aber das war doch Notwehr«, brachte Lisa hervor.

»Nun«, sagte Falk. »Es müsste dir doch klar sein, dass wir nicht die Polizei verständigen können.«

Er bückte sich und zog mit einer schnellen Bewegung das Messer aus der Brust des Toten.

»Ich lade schon mal die anderen in den Transporter. Fettsack kommt zuletzt an die Reihe. Die Schweinerei mit dem ganzen Blut beseitigen wir später gemeinsam.«

Er ging hinaus in den Schnee.

Kapitel sechzehn

Falk stieg in den Transporter. Im Innern stank es nach Nikotin, der Aschenbecher quoll über, und auf dem Armaturenbrett stapelten sich Zigarettenschachteln und Verpackungen von diversen Fast-Food-Ketten. Der Zündschlüssel steckte.

Er nahm sich die Zeit, den Revolver nachzuladen. Die Trommel fasste nur sechs Schuss. Das konnten bei drei Gegnern nicht genug Patronen sein, aber er bevorzugte nun mal Revolver. Mit ihrer simplen Technik funktionierten sie immer absolut zuverlässig.

Falk setzte das Fahrzeug seitlich vor die Werkstatt. Der Laderaum war bis zum Rand voll mit Autofelgen, Kabel- und Drahtrollen und Blechen. Er entdeckte auch eine Dachrinne aus Kupfer und musste gleich an die Polizistin denken.

Falk brachte zuerst Thoms Koffer mit der Schlagbohrmaschine zurück, die der gedrungene Kerl schon in den Wagen verfrachtet hatte. Es wäre nicht gut gewesen, wenn man die in den Überresten des Fahrzeugs gefunden hätte. Die Spurensicherung arbeitete sehr akribisch, und es war nicht hundertprozentig auszuschließen, dass sie den Besitzer der Bohrmaschine ausfindig machen konnten.

Falk schleppte zuerst den Mann, der sich an Thoms Kombi zu schaffen gemacht hatte, in den Laderaum. Er war zwar leichter, als er gedacht hatte, aber sperrig und glitschig.

Beide Leichen hinterließen eine Blutspur im Schnee. Aber die sollten bei dem dichten Schneefall schon in wenigen Minuten nicht mehr zu sehen sein. Trotzdem musste hier alles – Hof, Werkstatt und vor allem der Hausflur – gründlich gereinigt werden.

Falk zog bereits in Erwägung, die Verurteilung um einen Tag zu verschieben. Lisa würde ein Ruhetag nach dieser Aufregung sicher guttun.

In der Werkstatt standen zwei Metallkanister mit je zehn Liter Fassungsvermögen. Er öffnete beide Deckel und stellte fest, dass sie Benzin enthielten. Leider war einer von ihnen, wie er durch Schütteln feststellte, nur zur Hälfte gefüllt.

Er stellte die Kanister in die Fahrerkabine und sah sich dann nach weiterem leicht brennbarem Material um. Die Ladung selbst war praktisch nicht entflammbar. Er fand noch ein paar Dosen Motoröl, Verdünnung und Lackspray. Das musste reichen, um den Iveco zumindest teilweise ausbrennen zu lassen.

Er konnte nur noch hoffen, dass die Diebe auf eigene Faust gehandelt hatten und niemand über ihre Route informiert war. Auf jeden Fall musste er schnell handeln und durfte keine Spuren hinterlassen, falls sich doch noch irgendwelche Kumpel auf die Suche nach den Verschollenen machten.

*

Er fand Lisa in der Küche. Sie saß zusammengekauert am Tisch. Auf der Uhr an der Wand war es kurz vor acht. Hoffentlich war sie dazu in der Lage, gleich im Kindergarten und der Schule anzurufen, um die Mädchen krankzumelden. Außerdem brauchte er ihre Hilfe bei der Beseitigung des Transporters samt Leichen.

»Wie geht es dir?«, fragte Falk.

»Beschissen.« Sie starrte in den Schnee hinaus.

Falk schaltete die Kaffeemaschine ein und stellte zwei Tassen auf den Tisch.

»Das bringt uns nicht vom Weg ab«, sagte er. »Wir trinken einen Kaffee, und danach entschuldigst du Tanja und Mia.«

Er entdeckte ein paar Blutspritzer an ihrem Hals. Sie mussten von der Leiche im Flur stammen. Falk befeuchtete ein Papiertuch und entfernte die Spritzer. Lisa ließ es ohne jede Regung über sich ergehen.

Du fällst mir doch jetzt nicht in einen Schock!

»Wir haben getötet«, sagte er. »Aber nur, weil wir mussten. Der Kerl hätte dich umgebracht.«

»Wie geht es jetzt weiter?«, fragte Lisa.

Falk versuchte, ihren Blick einzufangen, aber sie sah zur Tür. Dahinter lag die dritte Leiche und ließ den Flur wie einen Schlachthof aussehen.

»Ich bringe den Fetten zu den anderen, und du ziehst dir bitte etwas Warmes an. Danach fahre ich den Transporter möglichst weit weg von hier und stecke ihn an. Es wird aussehen, als wäre eine Diebesbande von ihrer Konkurrenz ausgeschaltet worden.«

Er schüttete Kaffee in ihre Tasse und fügte viel Milch und etwas Zucker hinzu. So mochte sie es am liebsten.

»Du musst den Kombi von deinem Ex fahren und mir folgen. Sonst komme ich nicht mehr zurück. Kannst du das, Lisa? Es ist wichtig.«

»Keine Winterreifen«, erwiderte sie und deutete nach draußen, wo die Welt komplett weiß geworden war. »Michael wollte sie erst aufziehen, wenn es schneit.«

»Dann wirst du meinen Wagen fahren.« Er überlegte, dass seine Reifen auch nicht mehr die besten waren, aber es musste einfach funktionieren.

Irgendwo zwitscherte ein Vogel. Nachdem er einmal damit angefangen hatte, hörte er nicht mehr auf.

*

Spätestens beim dritten Zwitschern wusste Lisa, woher das Geräusch kam.

»Was ist das?«, fragte Falk und sah sich verwundert um. Er öffnete die angelehnte Küchentür und trat in den Flur.

»Es kommt von oben«, stellte er fest. »Aber ich weiß genau, dass wir keinen Vogel im Haus haben.«

Falk hetzte die Treppe hinauf, und Lisa konnte nur denken: *Das Handy! Das verdammte Handy! Es war doch nicht ausgeschaltet! Warum muss es ausgerechnet jetzt klingeln!*

Als sie vorhin die Geräusche gehört hatte, war sie zuerst in das Zimmer mit der Töpferscheibe gelaufen. Weil man von dort den ganzen Hof überblicken konnte, und danach hatte sie in der Aufregung vergessen, die Tür zu schließen. Wenn ihr dieser Fehler nicht unterlaufen wäre, hätte man den Klingelton hier unten vielleicht gar nicht gehört.

Sie ging in den Flur und nahm die Leiche des dicken Mannes nur am Rande wahr. Im Obergeschoss brüllte Falk: »Verdammte Scheiße!«, und das Zwitschern hörte auf.

Er hatte das Handy gefunden.

Lisa sah das Steakmesser neben dem Schirmständer liegen, trat in eine Blutlache und griff nach dem Messer. Sie verbarg es hinter ihrem Rücken.

Falk stürmte die Treppe herab, das Handy in der rechten Hand. Sein Gesicht war voller roter Flecken. Er warf das Handy in ihre Richtung. Sie wich aus, spürte den Luftzug, als es neben ihrem Kopf vorbeiflog, um hinter ihr an der Wand zu zersplittern – ein trockenes Knistern, als wenn man sehr festes Geschenkpapier zerknüllt.

»Wo hast du das Handy her? Hast du es dem Toten hier abgenommen? Oder was?«

Es war wie einer der schlimmsten Gewaltausbrüche von ihrem Mann, die damit endeten, dass sie sich danach lange Zeit nicht mehr unter Menschen wagen konnte. Doch Michael hatte zumindest niemals einen Revolver in der Hand gehalten. Einen Gürtel, einen Kleiderbügel, aber keinen Revolver. Sie war davon überzeugt, dass Falk die Waffe längst nachgeladen hatte.

Falk zielte auf ihren Kopf. Er zielte fast immer auf den Kopf. Sein Gesicht glänzte. Wie eine rote Plastikfolie, die man straff über seinen Schädel gezogen hatte.

»Bedeutet dir das, was ich für dich und die Mädchen tue, denn gar nichts?« Er schob sich langsam auf sie zu und machte dabei einen Bogen um die Leiche. Einer seiner Schuhe rutschte leise quietschend in dem Blut ein paar Zentimeter zur Seite.

»Du Idiotin! Du machst alles kaputt! Alles!!!«

Hinter ihr lag das Wohnzimmer. Der Einbrecher hatte die Verandatür aufgebrochen. Sie war also nicht mehr verriegelt, aber sie öffnete sich nach innen. Ihre Gedanken rasten.

»Du hast gerade euer Todesurteil unterschrieben. Ihr seid es nicht wert, von mir erlöst zu werden.« Er schrie nicht mehr, sondern brachte die Worte leise und drohend hervor.

Lisa wusste, dass es vorbei war. Kein Reden, kein Betteln würde sie jetzt noch vor seiner Raserei retten.

Was wäre gewesen, wenn ich das Handy nicht gestohlen hätte?

»Töte mich«, sagte sie. »Aber bitte nicht die Kinder. Sie können doch nichts für mein Verhalten.«

Er blieb stehen, steckte den Revolver in eine Jackentasche, und für einen Moment dachte Lisa, es sei ein Wunder geschehen. Falk hätte sich beruhigt und würde sie doch nicht töten.

Dann sah sie das Messer. Er klappte es auf und sagte mit beherrschter Stimme: »Warum zwingst du mich dazu?«

Lisa zog ihre rechte Hand hinter dem Rücken hervor.

Falk sah das Steakmesser und blickte sie traurig an. »Du machst es nur noch schlimmer, Lisa.«

Ihr Messer wirkte neben Falks sehr professionellem Master Hunter wie ein Kinderspielzeug.

»Nein, nein, nein!«, hörte sie sich sagen. Ein Ausdruck nackter Angst.

Sie schwang das Steakmesser hilflos hin und her.

Die kurze Strecke bis zur Verandatür erforderte nur Sekunden. Sie wandte sich um und rannte los. Mit unerwarteter Schnelligkeit erreichte sie das Wohnzimmer. Dort war der Holzfußboden, abgewetzt und geschliffen von Michaels Arbeitsschuhen und den endlosen Spielen der Kinder, noch glatter als die Fliesen im Flur.

Lisa spürte, wie sie in ihren Wollsocken, die das Blut des fetten Mannes aufgesogen hatten, zuerst ins Rutschen geriet und dann den Halt verlor.

Sie kippte einfach vornüber, sah den massiven Wohnzimmertisch auf sich zukommen und fühlte den Bruchteil einer Sekunde Erleichterung, als sie ihn verfehlte. Reflexartig streckte sie die Arme aus, um den Aufprall abzufangen. Dabei vergaß sie, dass ihre rechte Hand noch immer das Steakmesser umklammerte. Die Erinnerung kam, als sich die Klinge mit dem Wellenschliff in ihre linke Brustseite bohrte.

*

Falk drehte Lisa vorsichtig auf die Seite. Das Messer steckte bis zum Griff in ihr. Nur wenig Blut sickerte aus der Wunde. Wahrscheinlich wirkte das Messer wie ein Korken.

Lisas Mund stand weit offen. Sie atmete. Leise, röchelnd und feucht. Tränen rannen unter ihren geschlossenen Lidern hervor.

Falk hatte bisher noch keinen Menschen erlebt, der weinte, wenn er auf so eine Weise starb.

»Warum hast du alles versaut?«, wisperte er.

Sie war für ihn etwas Besonderes gewesen. Eine Mutter, die bereit war, dem Teufel ins Gesicht zu springen, wenn der ihren Kindern zu nahe gekommen wäre.

Er war hin- und hergerissen zwischen Wut über ihr Fehlverhalten und Mitleid, dass sie nun sterben musste. Ein wenig Mitleid hatte er aber auch mit sich selbst, denn erneut war seine Hilfe falsch verstanden und abgelehnt worden.

Selbst wenn Lisa noch eine Überlebenschance hätte, was Falk für unwahrscheinlich hielt, sah er sich außerstande, Hilfe herbeizuholen. Lisa bekam, was sie letztendlich verdient hatte.

Viel wichtiger war, dass er seine Mission weiterführen konnte. Irgendwann würde man sein Handeln schon zu würdigen wissen.

Er ging durch das Haus und überlegte, ob irgendetwas auf seine Anwesenheit hindeuten konnte. Keine Fingerabdrücke, ein Glatzkopf verliert keine Kopfbehaarung, nichts. Blieben nur mögliche Reifenspuren von seinem Mazda. Zu Hause angekommen, würde er gleich die Reifen wechseln und die alten, wie zuvor den Hochdruckreiniger, entsorgen.

Die Polizei würde es schwer haben. Da er nicht vorbestraft war, besaß sie keine Daten seiner DNS oder sonst irgendetwas. Auch die Kugeln in den Leichen würden die Ballistiker nicht weiterbringen. Den Revolver hatte er sich illegal im Ausland besorgt.

Hier erwartete die Ermittler jedenfalls ein Szenario, das ihnen Kopfzerbrechen bereiten würde: ein Transporter mit zwei Leichen und Diebesgut, eine weitere Leiche im Flur des Hauses und eine erstochene Frau im Wohnzimmer, deren Mann mitsamt den Kindern verschwunden ist.

Sieht ganz danach aus, als würde Thom in den Fokus der Ermittlungen geraten.

Als Falk die Waltons-DVD-Box an sich nahm, fiel ihm ein, dass noch eine DVD im Player steckte. Er nahm sie heraus, putzte sie mit einem weichen Lappen ab, weil er wusste, dass die Silberlinge Fingerabdrücke geradezu magisch anzogen, und legte sie wieder zurück.

Er besaß jede Staffel doppelt und konnte daher auf die eine DVD verzichten.

Lisa, die noch immer heiser atmete, sich aber ansonsten nicht mehr rührte, sollte auf ihrem Weg ins Jenseits von etwas Tröstlichem begleitet werden.

Er ließ die DVD von Anfang an laufen. Gleich in der ersten Folge trieb ein Habicht in Waltons Mountain sein Unwesen. Er machte sich über die Hühner her.

»Das gefällt dir doch, Lisa.« Er kniete sich neben sie, und als er das Messer aus ihrer Brust zog, riss sie die Augen ein letztes Mal auf.

Ohne den Korken bahnte sich das Blut seinen Weg. Viel Blut.

Falk musste schon sicher sein, dass sie starb.

»Die Folge ist richtig gut«, bemerkte er, wartete noch die Anfangssequenz ab und ging.

Mit Lisa war er sehr sanft umgegangen. Weil er sie wirklich gemocht hatte. Für ihren Mann verspürte er allerdings nicht die geringste Sympathie. Ganz im Gegenteil.

*

Er musste den Transporter der Metalldiebe ein Stück zur Seite fahren, um mit seinem Mazda aus der Werkstatt zu kommen.

Es schneite noch immer, und der Schnee lag nun schon mindestens zehn Zentimeter hoch.

Die Straße war natürlich noch nicht geräumt worden. Die Verantwortlichen waren sicherlich von dem plötzlichen Wintereinbruch überfordert und schickten die Einsatzfahrzeuge zuerst auf die wichtigen Straßen.

Falk bemerkte, dass die Hinterräder des Kombis kurz zur Seite drifteten, als er aus der Einfahrt fuhr.

Die Scheibenwischer stellte er auf höchste Geschwindigkeit und konnte trotzdem nicht viel weiter sehen als bis zum Ende der Motorhaube.

Er blieb im zweiten Gang und kroch mit dreißig Sachen in Richtung Bundesstraße.

Mit einem Mal fielen die Flocken weniger dicht, es klarte auf, als hätte der Himmel ein Einsehen mit Falk, der so dringend etwas erledigen wollte.

Er gab etwas mehr Gas und beschleunigte auf vierzig Stundenkilometer. Die alten Winterreifen griffen doch besser, als er gedacht hatte.

Vor der nächsten Kurve wurde er vorsichtshalber wieder langsamer.

Ein mächtiger Geländewagen kam auf ihn zu. Falk riss das Lenkrad zur Seite, um auszuweichen.

Nicht auf die Bremse gehen – sonst rutscht die Karre noch!

Aber der alte Mazda schlitterte auch ohne Falks Zutun über den Seitenstreifen in den Graben. Es gab einen kurzen, heftigen Ruck, der Wagen sackte nach vorn und steckte fest.

Falk legte den Rückwärtsgang ein, aber die vorderen Antriebsräder drehten durch und die Motorhaube neigte sich noch ein Stück weiter in den Graben.

»Scheiße!« Er schlug mit der Faust aufs Lenkrad.

Im Rückspiegel konnte er sehen, dass der Mercedes-Geländewagen hinter ihm anhielt und der Fahrer die Warnblinkanlage einschaltete.

Falk öffnete die Tür und kroch mühsam aus seinem Wagen.

Es sah nicht so aus, als würde er den Mazda ohne fremde Hilfe wieder auf die Straße bringen können.

Der Fahrer des Geländewagens, ein hochgewachsener Mittvierziger mit ausgeprägten Geheimratsecken, stieg aus. Ehe er die Tür wieder zuschlug, konnte Falk einen langhaarigen Jugendlichen auf dem Beifahrersitz erkennen.

»Was für ein Sauwetter!«, rief der Mann aus. »Die Straße war wohl zu eng für zwei Autos. Tut mir leid.«

Falk verspürte große Lust, seine Faust in dem glattrasierten Gesicht des Mannes zu platzieren, aber er beherrschte sich. Ärger konnte er jetzt überhaupt nicht gebrauchen.

»Ich habe es verdammt eilig«, sagte er laut. Ein eiskalter Windstoß schien die Worte mit sich zu reißen. »Sie waren zu weit auf meiner Fahrbahn.«

Es schneite nicht mehr, aber der aufkommende Wind wirbelte jetzt den Schnee auf.

»Das will ich gar nicht bestreiten«, gab der Mann bereitwillig zu. »Auch ich habe es eilig. Ich wollte nur meinen Sohn bei seiner Mutter abliefern. In zwei Stunden geht mein Flug von Dortmund aus.« Er sah kurz zum Himmel, der noch mehr Schnee versprach, und zuckte mit den Schultern. »Falls es dazu überhaupt kommt.« Der Mann kam auf ihn zu und streckte die Hand aus.

»Herbert Karzewski!«

Falk ergriff ein wenig verblüfft die Hand des Mannes.

»Ich könnte versuchen, Ihren Wagen da rauszuziehen. Das ist ja wohl das mindeste.«

Falks Zorn verrauchte. Dieser Karzewski schien ein netter Kerl zu sein.

»Versuchen wir es«, sagte er.

Karzewski öffnete die Heckklappe seines Geländewagens und brachte ein stählernes Abschleppseil zum Vorschein.

»Machen Sie das Seil an Ihrem Kombi fest.«

Er stieg in den Mercedes und rangierte so lange auf der engen Straße, bis sich die Hecks der beiden Fahrzeuge gegenüberstanden.

»Binden Sie das andere Ende an meine Anhängerkupplung«, rief er durch die geöffnete Seitenscheibe.

Falk zurrte das Seil fest. »Ich hupe, wenn ich bereit bin«, sagte er laut und stieg in den Mazda.

Er startete den Motor, legte den Rückwärtsgang ein und drückte auf die Hupe.

Karzewski gab Gas. Falks Kombi ruckelte einen Moment auf der Stelle, dann machte er einen Satz nach hinten und wurde von dem Geländewagen nach und nach auf die Straße gezogen.

Karzewski stieg aus, löste das Abschleppseil und inspizierte den Kombi von allen Seiten.

»Scheint nichts abbekommen zu haben«, stellte er fest.

Falk stand an der geöffneten Tür und wollte nur so schnell wie möglich weiter.

Der Mann holte seine Brieftasche hervor, und Falk dachte, er wolle ihm jetzt noch einen Geldschein als Wiedergutmachung zustecken, aber er reichte ihm nur eine Visitenkarte.

»Falls doch noch etwas sein sollte«, sagte er. »Ich lege Wert darauf, dass alles im Reinen ist.«

»Das sehe ich genauso«, erwiderte Falk. Dieses Mal war er es, der die Hand ausstreckte. »Vielleicht sieht man sich mal wieder, Herr Karzewski. Es sind nicht alle Menschen so wie Sie.«

»Ich versuche nur nach Gottes Geboten zu leben«, sagte Karzewski und stieg in seinen Benz.

Als Falk losfahren wollte, merkte er gleich, dass etwas nicht stimmte. Die Lenkung war schwergängig, und der Wagen hielt nicht die Spur. Er hielt nach hundert Metern an. Beide Vorderreifen waren fast platt. Vermutlich lag im Graben unter dem Schnee etwas Spitzes, vielleicht Stacheldraht, verborgen. Einen ruinierten Reifen hätte er gegen das Ersatzrad austauschen können, aber so hatte er ein neues Problem.

Karzewski war schon längst außer Sichtweite. Falk blickte sich um. Er war völlig allein. Wenn es nur eben möglich war, würde jeder Autofahrer es vermeiden, bei diesen Witterungsbedingungen eine solche Landstraße zu benutzen.

Falk schätzte, dass er weniger als die Hälfte der Strecke bis zu seinem Hof zurückgelegt hatte.

Der Wagen konnte unmöglich deutlich sichtbar auf der einzigen Straße zu Thoms Gehöft stehen bleiben.

Gut vier Kilometer lagen noch vor ihm.

Er schaffte es schlingernd und im Schritttempo bis zur Bundesstraße. Dann ging nichts mehr. Die Reifen lösten sich langsam in ihre Bestandteile auf. Den Rest hätte er auf blanken Felgen zurücklegen müssen und dabei eine deutliche Spur bis zu seinem Hof in den Asphalt gefräst, die nach der Schneeschmelze für jedermann sichtbar sein würde. Er steuerte den Wagen ein paar Meter auf die Bundesstraße und ließ ihn dann am Straßenrand stehen.

Er hatte die gesamte Strecke zuvor schon mehrmals zu Fuß bewältigt. Bei seiner guten Kondition stellte das kein Problem dar, dennoch würde er für die restlichen Kilometer bei dem hohen Schnee und dem glatten Untergrund deutlich länger brauchen als gewöhnlich.

Die Chancen, mit seiner Mission weitermachen zu können, hatten sich weiter verschlechtert, aber sie standen noch nicht bei null.

Er wünschte sich aus tiefstem Herzen, dass Thom nicht der letzte Scheißkerl war, den er einer gerechten Strafe zuführen konnte.

Kapitel siebzehn

Das Wetter hatte auf den Straßen zu einem mittleren Verkehrschaos geführt.

Als Eva ihren Opel über die Bundesstraße Richtung Hemmerde lenkte, waren die Fahrspuren bereits geräumt worden. An den Rändern türmte sich der Schnee einen Meter hoch.

Der Wetterdienst hatte für den nächsten Tag noch mehr Schnee vorhergesagt. Wenn der aber schon in ihrer heutigen Spätschicht fiel, gab es eine Menge zu tun.

Jetzt war der Morgen einigermaßen klar. Eva konnte weit sehen, und wenn der Fahrer des Wagens vor ihr nicht immer wieder unmotiviert die Geschwindigkeit bis zu einem unerträglichen Kriechen reduziert hätte, würde ihr die Fahrt durch die Winterlandschaft sogar Freude bereiten. Zum Glück bog er endlich ab.

Sie hatte die Adresse von Falk Stucke herausgesucht und war sich trotzdem nicht ganz klar darüber, wo er genau wohnte. Irgendwo am Rand des Dorfes. Sie würde im Ort jemanden danach fragen müssen.

Sie hätte gern gewusst, ob der Festgenommene schon ein Geständnis abgelegt hatte. Später würde sie Dewald deswegen anrufen. Auf jeden Fall war dieser Drees dann nicht für die Morde in Soest verantwortlich. Ihm fehlte dazu schließlich jedes Motiv. War Jutta Skeri vielleicht am Ende doch eine Mörderin?

Im Gespräch mit ihrem Vater am gestrigen Abend hatte Eva auch kurz Falk Stucke erwähnt. Wie er versucht hatte, ihr bei der Aufklärung zu helfen, und dass er zufälligerweise dasselbe Rasierwasser benutzte wie ihr Vater. Mehr nicht. Ihr Vater ließ sie ausreden und fragte dann, ob sie sich vorstellen könne, den Mann näher kennenzulernen. Es sei dabei durchaus legitim – er benutzte immer gern Ausdrücke wie legitim, praktikabel oder exorbitant –, selbst die Initiative zu ergreifen.

Eva hatte erwidert, dass sie doch noch gar nicht viel über den Mann wisse.

»Dann musst du mehr über ihn herausfinden, Eva. Du weißt, dass es deine Mutter war, die mich damals aufgerissen hat. Bei meiner Schüchternheit hätte ich sonst eine wunderbare Ehe versäumt.«

Es war ein eigenartiges Gefühl, ein Wort wie *aufgerissen* aus seinem Mund zu hören, aber an diesem Morgen lenkte sie nun tatsächlich ihren Wagen zu Falk Stucke. Mit dem Vorwand, ihn darüber zu informieren, dass man höchstwahrscheinlich den Mörder der Familie Wiese festgenommen hatte, und um mehr über Falk *herauszufinden*.

Bis ins Dorf Hemmerde war der Räumdienst noch nicht vorgedrungen. Die ersten Menschen traf sie vor dem kleinen Supermarkt in der Ortsmitte. Die Räder drehten kurz durch, als sie den Parkplatz ansteuerte.

Sie stieg aus dem Wagen und wäre beinahe ausgerutscht.

»Hoppla, junge Dame«, sagte ein älterer Herr, der an ihr vorüberging.

»Guten Morgen. Wissen Sie, wo Falk Stucke wohnt?«, fragte sie ihn und hielt sich an der Autotür fest.

»Der Falk?« Der Mann hob die Augenbrauen. Eigentlich war es nur eine einzige Braue. Buschig und ergraut erstreckte sie sich oberhalb des Nasenansatzes. »Den kenn ich. Kein schlechter Kerl.«

Eva spürte, dass er sie nur zu gern nach dem Grund ihres Besuchs gefragt hätte, aber er beließ es dabei, ihr den Weg in knappen Worten zu erklären.

Falk wohnte, wie sie vermutet hatte, tatsächlich etwas außerhalb des Dorfes. In den letzten Stunden hatte kein Fahrzeug diese Strecke benutzt. Der Schnee lag hoch und unberührt. Sie entdeckte nur Fußspuren, die direkt zu Falks Hof führten.

Sie passierte die Einfahrt und hielt den Wagen kurz an, um Falk Stuckes Zuhause auf sich wirken zu lassen. Das zweistöckige Bauernhaus war weiß gestrichen worden. Im Sommer musste es wunderbar sein, im Schatten der Veranda zu sitzen.

Sie fragte sich, wozu er die Scheune benutzte. Da sein Kombi nirgendwo zu sehen war, nahm sie an, dass er den Wagen dort untergestellt hatte.

Sie fuhr langsam weiter. Das rechte Vorderrad rumpelte über einen Stein, der sich unter dem Schnee verbarg.

Sie überlegte kurz, ob sie ihre Ankunft durch ein Hupen ankündigen sollte, fand das aber zu aufdringlich und unpassend.

Der Wagen rollte noch ein paar Meter auf das Haus zu und blieb mit einem Mal stecken. Die Räder drehten durch und fanden keinen Halt. Sie versuchte zurückzusetzen. Ohne Erfolg.

Das war kein Grund zur Aufregung. Obwohl es so aussah, als sei sie hier fernab der Zivilisation, konnte sie das Dorf zur Not zu Fuß erreichen. Falls Falk Stucke nicht anwesend war.

Sie stapfte auf den Hauseingang zu. Außer dem Klang

ihrer Schritte und dem aggressiv klingenden Krächzen einiger schwarzer Vögel, die über einem nahen Feld ihre Runden drehten, gab es keine Geräusche.

Ihr Herz verhielt sich den ganzen Morgen schon so, als wäre es über Nacht durch ein Wunder wieder in den Normalzustand zurückversetzt worden.

Eva stieg die zwei Stufen zur Veranda hinauf und entdeckte an der Haustür keinen Klingelknopf, sondern nur einen altmodischen ringförmigen Türklopfer aus Kupfer.

Sie zögerte kurz, dann ließ sie ihn zweimal gegen das Holz fallen. Die erwarteten Schritte auf der anderen Seite der Tür blieben aus. Sie versuchte es noch einmal und musste zu ihrer Enttäuschung feststellen, dass Falk Stucke trotz des Wetters nicht zu Hause war.

Sie spähte durch das Fenster neben der Tür. Innen auf der Fensterbank stand ein Farn mit langen grün-weiß gestreiften Blättern in einem orangefarbenen Keramiktopf. Das unterschied Falk Stuckes Haus schon mal von ihrem Apartment. Sie besaß nicht eine einzige Pflanze.

Eva beugte sich so weit vor, dass ihre Nase das Glas der Scheibe berührte. Hinter dem Fenster befand sich die Küche. Sie konnte einen Schrank mit einer Unmenge großer und kleiner Schubladen erkennen und einen Tisch mit zwei Stühlen. Auf dem Tisch stand eine bauchige Kaffeekanne. In genau dem gleichen Orange wie bei dem Übertopf des Farns. Daneben entdeckte sie einen Tetrapak Milch und eine Schachtel Cornflakes.

Vielleicht war Falk doch da und hatte ihr Klopfen nicht gehört. So ordentlich, wie es bei ihm aussah, hätte er die Milch doch sonst sicher wieder in den Kühlschrank gestellt.

Als sie erneut den Türklopfer betätigen wollte, meldete sich ihr Handy mit einem leisen Summen. Während sie es etwas umständlich aus den Tiefen ihrer Winterjacke hervorkramte, stellte sie fest, dass es wieder angefangen hatte zu schneien.

So viel zum Wetterbericht!

Die angezeigte Mobilnummer war ihr unbekannt.

Hauptkommissar Dewald meldete sich. Bisher hatte er sie von seinem Büro aus angerufen. Schon als er seinen Namen nannte, hörte sie am Ton seiner Stimme, dass etwas nicht in Ordnung war.

»Ich glaube, ich muss mich bei Ihnen entschuldigen«, sagte er hastig. »Sie hatten vermutlich recht. Es handelt sich wohl doch um einen Serienmörder. Er hat erneut zugeschlagen. Drees ist unschuldig.«

»Was ist geschehen?« Ihr Herz meldete sich mit einem schwachen Pochen.

»Ein Mann namens Karzewski wollte seinen Sohn zu seiner geschiedenen Frau bringen. Früher als verabredet. Niemand öffnete, aber der Junge hatte einen Haustürschlüssel. Im Haus fanden sie die Leiche eines unbekannten Mannes. Erschossen und mit einem Messer übel zugerichtet. Die Mutter des Jungen lag im Wohnzimmer. Stich in die Brust. Keine Ahnung, ob sie überlebt. In einem Transporter vor dem Haus fanden die Kollegen zwei weitere männliche Leichen. Ebenfalls erschossen. Ich bin gerade auf dem Weg zum Tatort. Bei dem Wetter ist kaum ein Durchkommen.«

Die Sicht wurde schnell schlechter. Evas Auto verschwand hinter einer geschlossenen Wand aus Schneeflocken.

»Aber wie kommen Sie darauf, dass es derselbe Täter wie bei Familie Wiese ist? Das hört sich doch alles ganz anders an.«

»Der Stiefvater des Jungen, er heißt Michael Thom, und die beiden Halbschwestern sind spurlos verschwunden.«

»Dann hat dieser Thom vielleicht die Mädchen mitgenommen und zuvor seine Frau und diese drei Männer getötet.«

»Nein, nein!« Sie konnte sich vorstellen, dass Dewald energisch den Kopf schüttelte. »Nennen Sie es Instinkt, aber ich glaube, dass der Mörder auch die Familie Wiese umgebracht hat. Denken Sie daran, dass Robert Wiese aller Wahrscheinlichkeit nach nicht auf seinem Grundstück mit dem Hochdruckreiniger gefoltert wurde. Jede Wette, dass sich der Vater und vermutlich auch die Kinder in der Gewalt desselben Täters befinden. Wenn sie nicht auch schon längst tot sind.«

Sie hörte, wie Dewald, abgewandt vom Telefon, etwas rief, das wie »Überholen Sie!« klang.

»Wo ist der neue Tatort?«, fragte Eva.

»Was sagten Sie?«

»Wo ist der neue Tatort?«

»Habe zuvor noch nie davon gehört. Liegt bei Unna. Dreihausen.«

Sie musste sich am Geländer der Veranda abstützen. »Das ist ganz in meiner Nähe. Ich bin gerade in Hemmerde.«

»Aha«, erwiderte Dewald und schien ihr gar nicht zugehört zu haben.

»Da ist noch etwas«, sagte er in gehetzt klingendem Tonfall. »Die Kollegen, die schon vor Ort sind, finden das ein wenig kurios. Obwohl da überall Leichen herumliegen, war im Wohnzimmer der Fernseher an, es lief eine DVD von dieser amerikanischen Serie *Die Waltons*. Die habe ich als Kind auch immer gesehen.«

»Waltons?« Eva rang nach Atem. »Legen Sie auf keinen Fall auf! Ich … glaube, ich weiß, wer der Mörder ist.«

»Was!« Dewald brüllte ins Telefon. »Was sagen Sie da?«

Sie hatte die DVD-Box in Falk Stuckes Wagen auf dem Beifahrersitz liegen sehen. Als sie sich gestern Morgen zufällig bei der Fahrzeugkontrolle auf der B1 getroffen hatten. In Petras Küche hatte sie Cornflakes gefunden. Cornflakes derselben Marke hatte sie gerade eben auf Falks Küchentisch entdeckt.

Das ist doch verrückt! Ich muss mich irren! Zufälle! Nichts als Zufälle! Kann ich mich wirklich so in Falk getäuscht haben? Und ich Idiotin habe ihn noch über die Ermittlungen auf dem Laufenden gehalten!

Wenn er wirklich hinter den Morden steckte, hatte er sich seine neuen Opfer dieses Mal in allernächster Nähe ausgesucht.

Sie zuckte zusammen und hätte beinahe das Handy fallen lassen.

Sie wusste sehr genau, wie sich ein Schuss anhörte. Der hier war in unmittelbarer Nähe abgefeuert worden. In der Scheune.

»Falk Stucke«, sprach sie mit bebender Stimme in ihr Handy. »Er ist es. Ich bin auf seinem Hof. Gerade wurde hier ein Schuss abgefeuert.«

»Heilige Scheiße!«, fluchte Dewald und sprach dann ruhig und konzentriert weiter. »Wer ist dieser Stucke, und wo genau sind Sie?«

Sie gab ihm die Adresse mit einer knappen Wegbeschreibung durch.

»Unternehmen Sie nichts«, sagte der Kommissar. »Ich schicke Ihnen alles, was wir haben. Ich gebe den Kollegen am Tatort in Dreihausen Bescheid. Die können am schnellsten bei Ihnen sein.«

Sie konnte die höchstens zwanzig Meter entfernte Scheune in dem Schneegestöber nur noch schemenhaft ausmachen. Ihre Augen begannen zu tränen.

»Ich gehe da rein«, sagte sie zu sich selbst.

»Sie gehen nirgendwo rein. Hören Sie …« Dewalds Stimme wurde von Störgeräuschen überlagert, die sich anhörten, als wäre eine Bombe detoniert.

»Dewald?« Sie machte den ersten Schritt und zog ihre Waffe.

»Scheiße! Scheiße!« Obwohl er brüllte, klang die Stimme des Kommissars ganz fern. »Uns ist so ein Idiot in die Karre gefahren.«

Sie stieg die zwei Stufen von der Veranda hinab. Ihre Stiefel versanken tief im Schnee.

»Ich gehe da jetzt rein«, sagte sie wieder und starrte auf die Dienstpistole in ihren Händen, die sich in der Kälte blassviolett verfärbten.

»Tun Sie das nicht! Warten Sie auf Verstärkung!« Dewald schien sich auf der anderen Seite der Erdkugel zu befinden.

»Sie haben zwei Mädchen erwähnt.« Sie sah Hannah und ihren Bruder Sebastian vor sich. Blass, still, für immer reglos. Das durfte sich nicht wiederholen.

Dann sagte Dewald: »Ich blute.«

Aus dem Handy drangen undefinierbare Geräusche. Im Hintergrund drückte jemand auf eine Autohupe. Immer und immer wieder.

»Dewald?« Keine Antwort. Nur die gellende Hupe.

Ihr war klar, dass sie auf sich allein gestellt war. Dewald hatte gar keine Zeit gehabt, um irgendwelche Kollegen zu informieren.

Der Wind war stärker geworden und ließ die Bäume an der Straße rascheln und zischeln. Zweige schlugen krachend aneinander.

Eva wurde bewusst, dass der größte Teil des Lärms in ihrem eigenen Körper war. Das Blut rauschte in ihren Ohren, während ihr Herz schneller und schneller raste.

Eva wollte den gespeicherten Notruf anwählen, aber ihre Hände zitterten so stark, dass ihr das Handy entglitt und im Schnee versank. Als sie sich danach bücken wollte, begann sich die Welt um sie zu drehen. Und diese Welt verlor an Schärfe und verdunkelte sich. Es war, als senke sich ein schwarzes Tuch über sie. Sie konnte nichts mehr sehen, wusste nicht, wo sie ihr Handy suchen sollte.

Zwei, drei Schritte stolperte sie vorwärts, richtete ihr Gesicht gen Himmel, spürte die eisigen Flocken auf ihrer Haut schmelzen und fühlte sich ein wenig besser.

Die Welt wurde wieder heller.

Ein zweiter Schuss. Gleich darauf ein Schrei. Gedämpft von Türen und Mauern.

Zwei Kinder! Zwei Mädchen!

Wenn sie jetzt die Hand auf die Brust legte, würde sie ganz sicher spüren, wie ihr Herz versuchte, die Rippen zu zersprengen. Genau so fühlte es sich an.

Trotz der eisigen Luft verspürte sie Durst.

Eva hielt die Waffe mit beiden Händen und tastete sich vorwärts. Sie schaffte es bis zum Scheunentor. Es war nicht verschlossen.

Das Innere der Scheune war bis auf eine Kreissäge und einige ordentlich gestapelte Bretter leer.

Wo war Falk Stuckes Wagen?

Es gab nur eine einzige Tür, die in einen Anbau zu führen schien.

Jemand winselte dort unter Schmerzen. Kein Kind.

Vorsichtig drückte sie die Klinke nach unten. Die Scharniere waren gut geölt, und die Tür schwang lautlos nach innen auf.

Zuerst sah sie Falk Stucke. Er wandte ihr den Rücken zu, aber sein markanter haarloser Schädel war unverkennbar.

Wider jede Vernunft dachte sie: *Er wird mein Herz hören!*

Vor einer großen Kiste, deren Deckel weit aufstand, wand sich ein nackter, mit Handschellen gefesselter Mann am Boden. Er blutete aus zahllosen Wunden. Zumindest die an einem seiner Oberschenkel stammte von einer Kugel.

Ein tiefes, an den Rändern ausgefranstes Loch. Großes Kaliber.

Der nackte Mann entdeckte sie. Seine Augen weiteten sich, und trotz der enormen Schmerzen, die er verspüren musste, zeigte sein Gesicht grenzenlose Erleichterung.

Falk musste die radikale Veränderung von Schmerz zu Hoffnung im Mienenspiel seines Opfers bemerkt haben. Er drehte sich um.

»Polizei! Waffe fallen lassen!«, rief sie und spürte, wie ihre Pistole immer schwerer wurde.

Falk hielt einen Zimmermannshammer in der rechten Hand. Das Werkzeug lief an einer Seite spitz zu und besaß einen Keilschlitz zum Herausziehen von Nägeln. Damit konnte selbst ein Kind Löcher in einen menschlichen Schädel schlagen. In Falks Hosenbund steckte ein Revolver.

»Eva«, sagte Falk Stucke mit einem überraschten Gesichtsausdruck. »Was machen Sie denn hier?«

»Hammer fallen lassen! Gehen Sie rückwärts zur

Wand! Weg von dem Mann! Wagen Sie es nicht, nach dem Revolver zu greifen.«

Er betrachtete sie ohne Hast von oben bis unten und fixierte dann ihr Gesicht. »Ich sollte Ihnen besser erklären, was ich hier tue. Es ist gut und richtig.«

Er ist komplett wahnsinnig! Und ich war drauf und dran, mich in ihn zu verlieben!

Ihr Herz geriet aus dem schnellen, aber halbwegs regelmäßigen Rhythmus und begann in ihrer Brust zu stolpern. Sie schwankte kurz und fing sich wieder.

»Ihnen geht es schlecht«, stellte Stucke fest. Seine Sorge klang echt.

»Wo sind die Kinder?«, brüllte Eva ihn an, und die Anstrengung ließ sie erneut schwanken. Sie stemmte die Füße fest auf den Boden, um sich einen sicheren Stand zu verschaffen.

Falk Stucke ließ den Hammer fallen. »Sind Sie ganz allein, Eva?«

Der verletzte Mann hinter ihm gab ein paar krächzende Laute von sich, spuckte Blut und rief: »Schießen Sie! Er ist verrückt! Er bringt mich um!«

Falk hob die Hände und ging langsam auf sie zu. »Lassen Sie uns reden. Ich bin auf Ihrer Seite.«

»Keinen Schritt weiter! Ich …« In ihrem Kopf, nicht in ihrer Brust, explodierte etwas. Die Gesichter von Falk und dem noch immer schreienden Mann sahen wie überbelichtete Fotos aus.

Hell wie die Sonne!, war ihr letzter Gedanke.

Sie spürte nicht mehr, dass es wieder Falk Stucke war, der ihren Körper davor bewahrte, hart aufzuschlagen.

*

Falk ließ die Polizistin behutsam zu Boden sinken, zog seine Jacke aus, um ihren Kopf darauf zu betten.

Er fühlte ihren Puls, der sehr unregelmäßig war, und hob den Zimmermannshammer auf.

Jetzt zählt jede Sekunde! Für mich und für sie!

Er konnte sich nicht länger mit Thom aufhalten. Der wusste, was auf ihn zukam, jaulte auf und versuchte sich trotz der stark blutenden Schussverletzung im Bein aufzurichten. Dazu kam es aber nicht mehr. Falk schlug ihm die spitze Seite des Hammers in den Hinterkopf. Es hörte sich an, als hätte er versucht, eine Kokosnuss zu zerteilen.

Thom kippte von der Wucht des Schlages nach vorn und blieb liegen. Er zuckte noch nicht einmal mehr. Sofortiger Kollaps des Zentralnervensystems.

Falk war der Polizistin nicht böse. Sie hätte die Richtigkeit seiner Mission mit Sicherheit erkannt, wenn er dazu gekommen wäre, ihr alles zu erklären.

So aber musste das hier für sie nur nach einer Riesensauerei aussehen.

Vielleicht ergab sich irgendwann noch einmal eine Möglichkeit, miteinander zu reden.

Die Mädchen! Tanja und Mia! Was soll ich mit ihnen machen?, fragte er sich, während er sein Handy hervorholte.

Epilog

Eva war in einer Dortmunder Spezialklinik erwacht.

Das Letzte, an das sie sich erinnern konnte, war Falk Stuckes Gesicht in diesem weißen Raum, der so voller Blut und Geschrei gewesen war.

Aortenklappeninsuffizienz lautete die Diagnose der Ärzte. Dabei kommt es zu einer unzureichenden Versorgung des Herzens mit Blut. Das Herz wird dadurch unentwegt angeregt, die Pumpleistung zu steigern, und ist damit irgendwann überfordert. Der Auslöser könnte eine bakterielle Entzündung gewesen sein.

Die Ärzte wollten zunächst eine medikamentöse Therapie versuchen und hatten Eva absolute Ruhe verordnet. Auf ihre Fragen, was mit Falk Stucke, den verschwundenen Kindern und dem Vater geschehen war, wollte oder konnte ihr niemand Antwort geben.

Erst am nächsten Tag tauchte ein junger Kriminalbeamter an ihrem Krankenbett auf, der sich als Hauptkommissar Dewalds Mitarbeiter vorstellte.

»Mein Chef schickt mich.«

»Was ist mit ihm?«

Der Mann hielt einen bunten Blumenstrauß in den Händen und sah sich nach einer Vase um. »Die sind von ihm.«

»Legen Sie die Blumen einfach auf den Tisch. Was ist nun mit Dewald?«

»Autounfall. Schwere Gehirnerschütterung, Nasenbein und ein paar Rippen gebrochen. Ich saß bei dem Unfall am Steuer.«

»Ihnen ist aber nichts passiert?«

Der Kriminalbeamte rollte mit den Augen. »Er war nicht angeschnallt, weil er während des Gesprächs mit Ihnen gleichzeitig in Unterlagen wühlte. Aber er wird schon wieder.«

»Falk Stucke!«, stieß sie so heftig hervor, dass ihr Herz trotz der Medikamente einen Satz machte. »Wo ist er? Und was ist mit seinen Opfern?«

»Den Mann hat er erschlagen. Die Frau ist zwar noch nicht außer Lebensgefahr, aber das Messer hat ihr Herz zum Glück um einen Millimeter verfehlt.«

»Die Mädchen?«

»Die waren in einem Raum oberhalb der Scheune eingesperrt. Stucke hat sie nicht angerührt. Er selbst ist flüchtig. Die Fahndung führte bisher noch zu keinem Erfolg. Seinen Wagen haben wir mit platten Vorderreifen an der B1 gefunden, unweit von Hemmerde.«

Eva wandte den Blick zum Fenster. Den ganzen Morgen über hatte es geschneit. Wohin war Falk Stucke geflohen? Irgendwie hatte sie das Gefühl, dass er sich noch in der Nähe aufhielt.

»Sagen Sie Ihrem Chef, dass ich ihm danke. Ohne ihn wäre ich in der Scheune vermutlich gestorben.«

»So war es nicht«, sagte der junge Mann. »Hauptkommissar Dewald wurde bewusstlos, noch ehe er mir mitteilen konnte, dass er mit Ihnen telefoniert hatte. Falk Stucke war es, der den Notarzt gerufen hat.«

Es klopfte an der Tür.

»Herein!«, rief Eva geistesabwesend.

Ein grauhaariger, alter Mann, der in den letzten Jahren

sehr schmal geworden war, sich aber immer noch aufrecht hielt, trat ins Zimmer.

»Papa!«

Er stürzte auf sie zu und umarmte seine Tochter dann aber so vorsichtig, als sei sie ganz zerbrechlich.

»Wie geht es dir, mein Kind?«

»Ich weiß es nicht, Papa«, sagte sie. »Wirklich nicht.«

Sie war froh, dass ihr Vater auf sein Rasierwasser verzichtet hatte.

Er hielt ihr einen Briefumschlag hin.

»Was ist das?«, fragte sie. Der Umschlag war unbeschriftet.

»Ein Mann hat ihn mir hier im Treppenhaus gegeben.«

»Hat er seinen Namen genannt?«

»Nein«, antwortete ihr Vater. »Ich wollte ihn danach fragen, aber er hatte es sehr eilig.«

Eva öffnete den Umschlag mit zitternden Händen. »Wie hat er ausgesehen, Papa?«

»Groß, braune Haare. Er trug eine Brille.«

Dewalds Mitarbeiter trat näher ans Bett heran.

Der Umschlag enthielt einen handgeschriebenen Brief.

Verehrte Eva,
es tut mir außerordentlich leid, dass ich Ihnen so viele Unannehmlichkeiten bereitet habe. Ich wünsche Ihnen von ganzem Herzen eine schnelle und vollständige Genesung. Mir ist durchaus klar, dass Sie meine Beweggründe zu diesem Zeitpunkt noch nicht nachvollziehen können. Sicher ergibt sich in nicht allzu ferner Zukunft die Möglichkeit zu einem klärenden Gespräch.
Nichts lag mir ferner, als Ihnen Schaden zuzufügen.

Wir kämpfen beide auf der Seite der Gerechtigkeit.
Mit dem Unterschied, dass meine Möglichkeiten nicht so eingeschränkt sind wie die Ihren.
Ich komme auf Sie zu.

Ihr Freund Falk Stucke

»Der Brief ist von Stucke!«, sagte Eva und sah den Kriminalbeamten entgeistert an.

Der Mann zückte sein Handy und rannte aus dem Zimmer.